U0097324

古典詩歌研究彙刊

第七輯

龔鵬程 主編

第 3 冊

張籍及其樂府詩研究（上）

巫 淑 寧 著

國家圖書館出版品預行編目資料

張籍及其樂府詩研究（上）／巫淑寧 著 — 初版 — 台北縣永
和市：花木蘭文化出版社，2010〔民99〕
目 4+172 面；17×24 公分
（古典詩歌研究彙刊 第七輯；第3冊）
ISBN 978-986-254-118-0（精裝）
1.（唐）張籍 2. 學術思想 3. 傳記 4. 樂府 5. 詩評
851.4417 99001703

ISBN - 978-986-254-118-0

9 789862 541180

古典詩歌研究彙刊
第七輯　第三冊　　　　　ISBN：978-986-254-118-0

張籍及其樂府詩研究（上）

作　　　者　巫淑寧
主　　編　龔鵬程
總 編 輯　杜潔祥
出　　版　花木蘭文化出版社
發 行 所　花木蘭文化出版社
發 行 人　高小娟
聯絡地址　台北縣永和市中正路五九五號七樓之三
　　　　　電話：02-2923-1455／傳真：02-2923-1452
網　　址　http://www.huamulan.tw 信箱 sut81518@ms59.hinet.net
印　　刷　普羅文化出版廣告事業
初　　版　2009 年 9 月
定　　價　第七輯 20 冊（精裝）新台幣 28,000 元

張籍及其樂府詩研究（上）

巫淑寧 著

作者簡介

巫淑寧
學歷：國立中興大學中國文學研究所（83.09~86.06）
經歷：環球商業專科學校專任講師（86.09~89.07）
　　　環球技術學院通識教育中心專任講師（89.8~）
現職：環球技術學院通識教育中心專任講師
學術榮譽：行政院國家科學委員會 86 學年度乙種研究獎勵

提　　要

　　本論文係以張籍及其樂府詩為範圍，根據張籍詩集及現存資料，所作之全面探討。全文共分八章，其主要內容如下：第一章為緒論，略述研究本題的動機、範圍、近人研究概況及章節安排；第二章以張籍行實作考述，分別考訂其生卒、里籍、家族、宦遊、交遊；第三章論述張籍所處之時代背景，分為政治社會與文壇環境兩方面論述；第四章詳述張籍樂府詩之前承與思想內涵，首先對其樂府詩題作察考，其次詳述其樂府詩之前承，最後論述其樂府詩之思想內涵；第五章探討張籍樂府詩之內容，分為社會寫實之反映、自然風物之歌頌及別離與思鄉情懷之吟詠；第六章論析張籍樂府詩之形式，首先論析其語言風格，分別就其語言格式與語言特色，詳為論述，其次論析其創作之技巧，就其表現技巧與敘述手法及遣詞用字三方面歸納分析；第七章張籍樂府詩之評價與影響，以歷代詩論家之評價及並世與後世之影響兩方面論述；第八章總結張籍樂府詩的精神與風格，及其在當世與後世的地位與評價。文末附錄：〈唐張文昌先生籍年表〉、〈張籍樂府詩彙評〉、〈張籍研究論著集目〉，以及本論文寫作期間所參考之書目。

目

次

第一章　緒　論

第一節　研究動機

　　詩歌發展至有唐一代，詩體已臻完備，且達登峰造極之勢，此時的樂府詩也隨之發展。迨至中唐加之以新樂府運動的助長，使唐詩經盛唐的極盛之後，依然能展現另一個高潮，讓這一詩期的樂府詩更有研究的價值。

　　張籍為中唐詩人，其樂府詩作上承杜甫社會寫實詩風，下開元白諷諭詩派，為白居易、姚合等人所推崇，亦影響元稹、白居易、王建、朱慶餘等無數詩人。又當時詩人學張籍樂府詩者已蔚為風氣，他的詩作在中晚唐間可說是影響力很大，時人競效之，甚而在晚唐與賈島之詩作，成為晚唐詩人所學之二派。但歷來研究中唐的樂府詩或文學史的論著，多偏重於元稹、白居易兩家之論述，或者針對新樂府運動一事作探討。相對的，身處於此一時期的重要作家，同時也是與元、白一起提倡新樂府詩人的張籍，就顯得沈寂，而其樂府詩也受到忽略。

　　本論文有志於對張籍個人生平事蹟及其樂府詩作全面的探討，希望藉由此一探討，剖析張籍對中唐新樂府運動，作出什麼樣的貢獻？又其樂府詩是如何上承杜甫社會寫實詩風，下開元白諷諭詩派與其思想內涵為何？而其樂府詩又表現出怎樣的特色？以及他的樂府詩歷

來評價如何與他在當世與後世之影響又如何？以上這些都是值得探討的問題，亦即引起我深入研究的動機，期能藉此一窺張籍個人生平行實與其樂府詩之風貌，並進而確立張籍及其樂府詩的價值，使之在文學史上的地位更加凸顯。

第二節　研究範圍

　　張籍流傳下來的作品，只存詩集，其文可見者，只有〈上韓昌黎書〉、〈上韓昌黎第二書〉兩篇。歷來張籍詩集的流傳，在萬曼《唐集敘錄》一書中，即有詳細的著錄（臺北，明文書局，1988 年 6 月再版）。本論文所採用張籍詩集的底本，是由北京中華書局 1959 年 1 月一版，1965 年 8 月上海第三次印刷，中華書局上海編輯所編輯的《張籍詩集》八卷，並有附錄一、二，其附錄一收錄張籍予韓愈之二書，附錄二收錄南唐・張洎〈張司業集序〉與明・劉成德〈唐司業張籍詩集序〉、〈唐張司業詩集跋〉，皆是研究張籍的重要資料。此一版本是以明嘉、萬間刻八卷本（四部叢刊即是以此本影印）作爲底本，並校之以四庫本、唐詩百名家本、全唐詩本及其注文、尊前集，成爲目前研究張籍較完整的版本。

　　本論文採用《張籍詩集》爲底本，以「張籍及其樂府詩」爲題，進行研究。凡屬張籍的事蹟及其樂府詩的相關論題，皆在研究範圍之列。

第三節　研究概況

　　筆者自擬定研究張籍以來，便致力於對張籍論著之收羅，今擬成「張籍研究論著集目」次於論文之附錄三。從此一論著集目中，可以得知，臺灣地區單就張籍個人進行研究的專著，有羅聯添發表於《大陸雜志》與《唐代文學論集》中的〈張籍年譜〉、〈張籍上韓昌黎書的幾個問題〉等多篇論文；另有楊長慧〈張籍及其樂府詩〉、呂武志〈張

籍散文蠡測〉、張健〈張籍的五絕〉、張簡坤明〈元和詩人張籍寫實詩淺探〉……等單篇論文。另外，1993 年，臺灣商務印書館有由刁抱石撰編的《唐張文昌先生籍年譜》一書出版。學位論文方面，有張修蓉《中唐樂府詩研究》，1981 年國立政治大學博士論文，與金卿東《張籍、王建社會詩研究》，1990 年國立臺灣大學中研所碩士論文，以上兩本論著對張籍有較深入的探討。

　　大陸地區對張籍的研究較臺灣地區相對較多，其專著有 1986年，由黃山書社出版的紀作亮《張籍研究》。發表於報章期刊之單篇論文有卞孝萱〈張籍簡譜〉、李聽風〈談張籍樂府中所反映的唐代社會問題〉、張國光〈唐樂府詩人張籍生平考證——兼論張籍詩的分期〉……等，對張籍的研究頗具貢獻，值得後人參考。

　　國外漢學研究方面，也有幾位學者發表張籍的單篇論文，如赤井益久〈張王樂府論〉、長田夏樹〈王建詩傳繫年筆記——王建と張籍と渭洛〉、增田清秀〈唐人の樂府觀と中唐詩人の樂府〉及丸山茂〈張籍「傷歌行」とその背景——京兆尹楊憑左遷事件〉、〈韓愈の張籍評價について〉、〈張籍と白居易の交流〉等篇，可供我們參考。

第四節　章節安排

　　本論文係以張籍及其樂府詩為範圍，根據《張籍詩集》及現存資料，所作之全面探討。全文共分八章，茲將全文綱領及主要內容，簡述如下：

　　第一章為緒論，略述研究本題的動機、範圍、近人研究概況及章節安排。

　　第二章以張籍行實作考述，分別考訂其生卒、里籍、家世、宦歷、交遊。

　　第三章論述張籍所處之時代背景，分為政治社會與文壇環境兩方面論之。

　　第四章詳述張籍樂府詩之前承與思想內涵，分爲三節：首先對其樂府詩題作察考。其次詳述其樂府詩之前承。最後論述其樂府詩之思想內涵。

　　第五章探討張籍樂府詩之內容，分爲社會寫實之反映、自然風物之歌頌及別離與思鄉情懷之吟詠三節。在社會寫實之反映一節中，又根據其內容分爲描述戰爭的殘酷、指陳皇室的驕奢、披露權貴的擅權與無能、反映人民的疾苦、揭發婦女的遭遇五方面論述。

　　第六章論析張籍樂府詩之形式，首先論析其語言風格，分別就其語言格式與語言特色，詳爲論述。其次論析其創作之技巧，就其表現技巧、敍述手法及遣詞用字三方面歸納分析。

　　第七章張籍樂府詩之評價與影響，以歷代詩論家之評價及並世與後世之影響兩方面論述。在歷代詩論家之評價一節，又分唐五代時期、宋元時期與明代時期及清、近代時期四階段論述。

　　第八章爲本文結論。文末附錄：〈唐張文昌先生籍年表〉、〈張籍樂府詩彙評〉、〈張籍研究論著集目〉，以及本論文寫作期間所參考之書目。

第二章　張籍行實考述

第一節　生卒考

　　中唐詩人張籍，字文昌，世稱「張水部」或「張司業」，祖籍蘇州吳郡（今江蘇省蘇州市），定居於和州烏江（今安徽省和縣烏江鎮）。〔註1〕其著作有《張司業詩集》八卷與〈上韓昌黎書〉、〈上韓昌黎第二書〉傳世，另有《論語注辨》二卷，惜今已失傳。〔註2〕因其生前未任高官顯位，所以有關他的事蹟，在史籍上記載得很簡略。其生平略見於《舊唐書‧張籍傳》、《新唐書‧韓愈傳》附傳、宋‧尤袤《全唐詩話》、宋‧計有功《唐詩紀事》、元‧辛文房《唐才子傳》等書，

〔註1〕關於張籍的籍貫，詳見本論文〈里籍考〉。

〔註2〕張籍〈上韓昌黎書〉與〈上韓昌黎第二書〉不載於今傳的《張司業集》，南宋建安魏仲舉所輯《五百家注昌黎集》卷一四〈答張籍書〉與〈重答張籍書〉二篇，其前各錄有〈張籍遺公第一書〉與〈張籍遺公第二書〉；《全唐文》卷六八四亦收有此二文，題作〈上韓昌黎書〉與〈上韓昌黎第二書〉。然《五百家注昌黎集》所收文字與《全唐文》本稍有出入，訛誤亦較多。（見羅聯添〈張籍上韓昌黎書的幾個問題〉，《唐代文學論集》（下冊），臺北，學生書局，1989年5月初版，頁453、491。）

《論語注辨》之著錄見《新唐書》卷五十七，志第四十七〈藝文〉一論語類，北京，中華書局，1991年12月一版四刷，頁1444、《和州志》卷三六經類。

但以上各書均不載其生卒年。由於文獻不足，難以確考，張籍的生卒年，迄無定論。關於張籍的生年，各家說法不一，主要約有以下幾種說法：

第一：金啓華《新編中國文學簡史》定于廣德二年（西元 764年）。〔註3〕金氏此說，限於編寫文學史的體例，未列舉證據。

第二：胡適定于代宗永泰元年（西元765年），《白話文學史》云：

白居易〈與元九書〉云：「近日……張籍五十未離一太祝。」又白居易〈讀張籍古樂府〉詩云：「……如何欲五十，官小身賤貧，病眼街西住，無人行到門？」他五十歲時，還做太祝窮官；我們可用〈與元九書〉的時代（此書作於白居易在江州，元稹在通州時，但無正確年月，約在元和十年，西曆815）考張籍的年歲，可以推定他大概生於代宗初年（約765）。〔註4〕

《白話文學史》推定張籍生年的主要根據是從白居易〈與元九書〉：「張籍五十未離一太祝」一語及其寫作時間與〈讀張籍古樂府〉：「如何欲五十，官小身賤貧」之句，推定他大概生於代宗初年（西元765年）。聞一多〈唐文學年表〉、劉經庵《中國純文學史綱》與李曰剛《中國詩歌流變史》〔註5〕也定于此年，但都加一問號存疑。

第三：張國光〈唐樂府詩人張籍生平考證──兼論張籍詩的分期〉定于代宗大曆元年（西元766年），其根據是：

按韓愈《昌黎先生集·張中丞傳後敘》：「籍大曆中……見（于）嵩，……籍時尚小，粗問巡遠，不能細也。」大曆

〔註3〕 金啓華《新編中國文學簡史》，鄭州，中州古籍出版社，1989年1月，頁220。

〔註4〕 胡適《白話文學史》上卷，臺北，遠流出版事業股份有限公司，1986年7月一版，頁140。

〔註5〕 聞氏此說，與其〈唐詩大系〉定于西元七六八年不同。聞一多〈唐文學年表〉，《聞一多全集·唐詩編中》，武漢，湖北人民出版社，1993年12月一版一刷，頁896。
劉經庵《中國純文學史綱》，北京，東方出版社，1996年3月，頁83。
李曰剛《中國詩歌流變史》，臺北，文津出版社，1987年2月，頁347。

紀元共十四年（公元 765～779 年），今姑定張籍見于嵩之
年爲大曆十年（774）。當時張籍雖小，但他對于嵩所述張
巡許遠事跡，已有感性以上的認識，且能記張巡讀書三遍
不忘，背誦《漢書》盡卷不錯一字，及其就義時的慷慨激
昂與許遠的寬厚長者之風等等，這決非六、七歲兒童智力
所能及，至遲當爲九、十歲兒童。據此可以推定張籍生于
大曆元年（766），自此至大曆十年，依舊日之算法恰爲十
歲，與「尚小」一語相合。〔註 6〕

張氏此說，實亦出於推斷，尚不能令人信服。馬積高等主編《中國古
代文學史》〔註 7〕也定于此年，但加一問號存疑。羅聯添〈張籍年譜〉
與吳汝煜〈中唐詩人瑣考・張籍生年求是〉〔註 8〕也都定于此年，並
有詳細的考證，因爲此二家之說相近，又吳氏之說適補上述張氏之說
的不足，並就張籍與白居易之交往資料，獲得重要的訊息，茲舉吳氏
之考證引述如下，

> 張籍與白居易的交誼甚厚。白居易〈與元九書〉（《白居易集》
> 卷四五）稱：「張籍五十，未離一太祝。」朱金城《白居易年
> 譜》繫此書于元和十年十二月江州司馬任所，甚確。是年張
> 籍「年五十」，自元和十年（815）上推四十九年，則其生年
> 當在唐代宗大曆元年（766）。白居易〈讀張籍古樂府〉詩（《白
> 居易集》卷一）寫到：「如何欲五十，官小身賤貧。病眼街西
> 住，無人行到門。」此詩作年，亦可考知。

吳氏此即參考胡適《白話文學史》而來，只是此將張籍生年定于大曆
元年，並據白居易〈酬張十八訪宿見贈〉詩（《白居易集》卷六）：「昔

〔註 6〕 張國光〈唐樂府詩人張籍生平考證——兼論張籍詩的分期〉，《全國
　　　　唐詩討論會論文選》，陝西人民出版社，1984 年，頁 231。
〔註 7〕 馬積高等主編《中國古代文學史》中冊，長沙，湖南文藝出版社，
　　　　1994 年 10 月一版二刷，頁 137。
〔註 8〕 羅聯添〈張籍年譜〉，《唐代詩文六家年譜》，臺北，學海出版社，1986
　　　　年 7 月初版，頁 161～162。
　　　　吳汝煜〈中唐詩人瑣考〉，《文學遺產》增刊十八輯，太原，山西人
　　　　民出版社，1989 年 3 月，頁 88～89。

我爲近臣，君常稀到門。今我官職冷，唯君來往頻……胡爲謬相愛，歲晚逾勤勤？落然頹簷下，一話夜達晨。」之題下自注：「自此後詩，爲贊善大夫時所作。」兩《唐書》白居易本傳皆云白居易任太子左贊善大夫在元和九年冬，當然可信。自元和九年（西元 814 年）冬起，白居易因官職閑冷，才有充分的時間與張籍論交談詩，頻繁往來，對張籍的人品有了深刻的了解，並對張籍的樂府詩引起了強烈的共鳴，據此定〈讀張籍古樂府〉詩必定作于這一年冬，若以張籍生于大曆元年，推算出這年冬是四十九歲，恰與「欲五十」之語相合。又據張籍〈新除水曹郎答白舍人見賀〉一詩：「年過五十到南宮」之語，推算張籍生于大曆元年，與「年過五十」之說亦合：

> 張籍有〈新除水曹郎答白舍人見賀〉詩。詩云：「年過五十到南宮。」說來也巧，張籍「除水曹郎」的制文正好是白居易撰寫的。據《舊唐書·白居易傳》，白居易官中書舍人在長慶元年（821）十月至次年七月間。他的〈張籍可水部員外郎制〉當作于長慶元年冬末或次年春。按張籍生于大曆元年計算，其時爲五十六、七歲，與「年過五十」之說亦合。

吳氏認爲：「運用張籍與白居易交往中的有關資料來考證張籍的生年，可以成立。不過，有一則資料尚需特別說明一下。」他說：

> 張籍〈病中寄白學士拾遺〉詩（《全唐詩》卷三八三）寫道：「自寓城下關，識君弟事焉。」從字面上看，似乎張籍年歲至少與白居易相同，或比白居易小。白居易生于大曆七年（772）。有人即據此主張張籍亦當生于大曆七年。〔註9〕

吳氏以爲，此一資料不能從字面上來理解，他的理由是：

〔註9〕 見潘竟翰〈張籍繫年考證〉云：「又據張籍〈病中寄白學士拾遺〉詩：『自寓城下關，識君弟事焉』，則籍之年齡又比白居易小。汪譜謂白生于大曆七年（七七二），則籍之生年固不當早于此。但如晚于七七二年，又與八二二年籍自稱『年過五十』不合。白生日爲正月二十日（據陳振孫《白文公年譜》），則張籍當是生于七七二年而月份晚于白，故云『弟事焉』。」（《安徽師大學報》1981 年第二期，頁 68～69。）

其實，「識君弟事焉」，係用典。《禮記》卷五一〈孔子閒居〉說：「子云：『孝以事君，弟以事長。』」《禮記》卷六十〈大學〉云：「孝者所以事君也，弟者所以事長也，慈者所以使眾也。」鄭玄注：「弟音悌。」這就說明，「弟事」就是「弟（音悌）以事長」的意思。張籍以此表示對白居易的尊重，並不是以「弟」自居。假如張籍真的比白居易年齡小一點，那就該說「兄事」了。《史記・項羽本紀》寫劉邦聽說項伯的年歲比張良大，就趕緊說：「吾得兄事之」，就是一個很明顯的例子。事實上，張籍的年齡比白居易、韓愈都要大些。

據以上所言，吳氏認為，張籍的年齡比白居易、韓愈都要大些。在張籍詩中，我們也常看到張籍頻以「君」稱韓愈，如〈同韓侍御南谿夜賞〉云：「喜作閑人得出城，南谿兩月逐君行」（《張籍詩集》卷六），〈酬韓庶子〉云：「寂寞誰相問，祇應君自知」（《張籍詩集》卷二），而「君」字乃常用以稱同輩或晚輩；又宋・劉克莊《後村詩話》亦明言張籍之齒長於韓愈，[註10]可知張籍並不小於韓愈。雖然張籍〈祭退之〉詩云：「而後之學者，或號為韓張」（《張籍詩集》卷七），韓愈〈送孟東野序〉云：「從吾遊者，李翱、張籍，其尤也。」（《韓昌黎全集》卷十九・序一）與宋・劉克莊《後村詩話・前集》卷一云：「李翱、張籍、皇甫湜皆韓門弟子，翱妻又會女也，故退之皆名呼之，如云『李翱觀江濤』，又云『籍、湜輩』。」韓愈以名呼之，可能以韓門弟子待張籍所致，此則與其年齒之長無關。

　　第四：許永璋在《江蘇歷代文學家》中，定于西元七六七年，此說未加以考證，陳玉剛《中國古代詩詞曲史》亦主此說。[註11]

〔註10〕宋・劉克莊撰、王秀梅點校《後村詩話・前集》卷一：「退之性喜玩侮，……慮仝、張籍之齒長矣。」（北京，中華書局，1983 年 12 月一版一刷，頁 9。）

〔註11〕李紹成等編、許永璋撰《江蘇歷代文學家・張籍》，江蘇古籍出版社，1992 年 6 月一版一刷，頁 722。
　　　　陳玉剛《中國古代詩詞曲史》，南昌，百花洲文藝出版社，1995 年 2 月，頁 279。

第五：聞一多〈唐詩大系〉、馮沅君等撰《中國詩史》、李冬生注《張籍集注》、李慶等撰《中國詩史漫筆》皆定于大曆三年（西元 768 年），〔註 12〕但並未加以考證。中國社會科學院文學研究所編《中國文學史》亦主此說，但加一問號存疑。〔註 13〕

第六：季鎮淮〈張籍二題〉一文中，就〈與馮宿論文書〉、〈此日足可惜贈張籍〉與〈張中丞傳後敘〉等相關資料，定于大曆五年（西元 770 年），〔註 14〕其考證如下：

> 《韓昌黎全集》卷十七〈與馮宿論文書〉云：「……有張籍者，年長于翱……。」李翱生于大曆七年（772）（李思溥《李翱年譜》），則張籍生于大曆七年以前。……從文章語氣看，韓愈在李張二生中年最長，即長于張籍。又同書卷二〈此日足可惜贈張籍〉云：「……少知誠難得，純粹古已亡。……」觀此詩「少知誠難得」，顯係稱贊張籍，韓愈自居長者，則亦可見年長于張籍。韓愈生于大曆三年（768），李翱生于大曆七年，則張籍生于大曆三年至七年之間，……。同書卷十三〈張中丞傳後敘〉云：「籍大曆中于和州烏江縣見嵩，嵩時年六十餘矣。」又云：「籍時年小，粗問巡遠事，不能細也。」大曆中，張籍年小，但已能問張巡許遠事，則至小亦當在七八歲或八九歲間，大曆中之「中」，不能簡單地理解為大曆（766～779）正中間的一年即大曆七年（772）或八年（773），而當理解為大曆時期中的任一年。據此，定張籍生于大曆五年，……。

〔註 12〕聞一多〈唐詩大系〉，《聞一多全集·唐詩編中》，武漢，湖北人民出版社，1993 年 12 月一版一刷，頁 209。
馮沅君、陸侃如撰《中國詩史》，藍田出版社，頁 507。
李冬生注《張籍集注》，合肥，黃山書社，1989 年 12 月一版一刷，頁 3。
李慶、武蓉撰《中國詩史漫筆》，北京，中國文聯出版公司，1988 年 6 月一版一刷，頁 218。
〔註 13〕中國社會科學院文學研究所編《中國文學史》，北京，人民文學出版社，1991 年，頁 516。
〔註 14〕季鎮淮〈張籍二題〉，《文學遺產》，1996 年第一期，頁 49。

由於韓愈生於大曆三年（西元 768 年）已是定說，又前文已考證出張
籍年長於韓愈，可知季氏此說不可信。

　　第七：潘竟翰〈張籍繫年考證〉定于大曆七年（西元 772 年），
〔註15〕紀作亮《張籍研究》〔註16〕亦從此說。潘氏認為：「不論以公
元七六五年或七六八年為張籍生年，都略嫌早。」他說：

　　《韓詩集釋》卷一〈此日足可惜〉詩下引王元啓《讀韓記
　　疑》云：「籍嘗自言大曆中問張巡事于嵩。公（韓愈）生大
　　曆三年，至十四年裁止十二歲，而籍已能向六十歲人問事，
　　計其年齒，亦當在七、八歲，則公長于籍多不過四、五歲，
　　居然以『少知誠難得』相目，蓋籍年未壯，公復以前輩自
　　居，故其言如此。」……方世舉注張籍、張徹等〈會合聯
　　句〉就說：「二張固韓門弟子。」趙翼《甌北詩話》也說：
　　「張籍、李翶、皇甫湜……等，昌黎皆以後輩待之。」韓
　　愈本人在〈送孟東野序〉中亦稱：「從吾游者，李翶、張籍
　　其尤也。」（《昌黎先生集》卷十九）從這些材料看，張籍
　　年齡確乎較韓愈為小。韓愈大曆三年（768）生（見洪興祖
　　《韓子年譜》），則籍之生年至少當在七六八年之後。

潘氏又據張籍〈病中寄白學士拾遺〉（《張籍詩集》卷七）一詩，定張
籍當生于七七二年而月份晚于白居易，但在前文吳汝煜之說，已辨此
說為非了。

　　第八：卞孝萱〈張籍簡譜〉定于「大曆初」，〔註17〕其說法是：

　　……清王元啓認為張籍比韓愈年輕，顯屬錯誤。近人有的
　　說他生于永泰元年（765 年），有的說他生于大曆三年（768
　　年），也都不夠精確。……
　　本譜在現有資料的基礎上，暫定張籍生于大曆初，而不死

〔註15〕同註 9。
〔註16〕紀作亮《張籍研究》，合肥，黃山書社，1986 年 7 月一版一刷，頁
　　　　16。
〔註17〕卞孝萱〈張籍簡譜〉，《安徽史學通訊》，1959 年第四、五期合刊，頁
　　　　75～76。

板地訂在那一年。這樣做，絕不是馬虎，而是嚴肅的態度。
華忱之〈略談張籍及其樂府詩〉一文，則定于代宗永泰元年至大曆二年間（西元 765～767 年）。〔註18〕楊長慧〈張籍及其樂府詩〉一文，則云：「我們不宜肯定張籍生於大曆元年，他可能稍早，也可能稍遲，但不會距離大曆元年太遠。」並辯及前述羅譜之說：

> 〈與元九書〉中的「張籍五十，未離一太祝」，是羅氏推定張籍生年的唯一根據。這樣的推定多少是有點危險性的。因爲古時文人筆下的數字，常常是個接近的數目，並非像數學家寫一是一，寫二是二。一方面由於他們對數字不夠重視，另一方面也是受詩文句法的影響。〔註19〕

細按以上數說，姑以張籍生于代宗大曆元年（西元 766 年）之說爲近是，因爲此說似較接近事實，考證也最詳。

關於張籍的卒年，亦無明文可考。《舊唐書‧張籍傳》云：「轉水部郎中，卒」，〔註20〕《唐詩紀事》、《全唐詩話》云：「終主客郎中」，〔註21〕以上所載均誤。張籍曾爲主客郎中，而非水部郎中。張籍〈同蔣韋二少監贈李郎中〉〔註22〕詩云：

> 舊年同是此曹郎，各罷魚符自楚鄉。重著青衫承詔命，齊趨紫殿異班行。（《張籍詩集》卷四）

〔註18〕 華忱之〈略談張籍及其樂府詩〉，《文學遺產》增刊第七輯，頁 96。

〔註19〕 楊長慧〈張籍及其樂府詩〉（上），《大陸雜誌》第二十八卷第十期，頁 19。

〔註20〕 後晉‧劉昫等撰《舊唐書》卷一百六十，列傳第一百一十〈張籍傳〉，北京，中華書局，1991 年 12 月一版四刷，頁 4204。

〔註21〕 宋‧計有功撰、王仲鏞校箋《唐詩紀事校箋》卷三十四，成都，巴蜀書社，1992 年 3 月一版二刷，頁 934。
宋‧尤袤撰《全唐詩話》，收於清‧何文煥輯《歷代詩話》，北京，中華書局，1992 年 5 月一版三刷，頁 111。

〔註22〕 張籍〈同蔣韋二少監贈李郎中〉一詩，《全唐詩》卷三八五題作〈同將作韋二少監贈水部李郎中〉，郭文鎬〈張籍生平二三事考辨〉繫此詩于大和二年（《唐代文學研究》第一輯，太原，山西人民出版社，1988 年 3 月一版一刷，頁 300）。又本論文所引張籍之詩，皆以《張籍詩集》（北京，中華書局，1965 年 8 月一版三刷）之版本爲準。

既與水部郎中「異班」，則其未爲水部郎中可知。又張籍〈贈主客劉郎中〉詩云：

> 憶昔君登南省日，老夫猶是褐衣身。誰知二十餘年後，來作客曹相替人。（《張籍詩集》卷六）

又據劉禹錫〈再遊玄都觀絕句並引〉云：

> 復爲主客郎中。重遊玄都，……時大和二年三月。（《劉禹錫集》卷第二十四）

可見劉禹錫的代張籍爲主客郎中，在大和二年（西元 828 年）三月。然張籍在主客郎中任滿以後，隨即調任國子司業。白居易有〈雨中招張司業宿〉詩，《白居易集》卷第二十六將此詩次于〈大和戊申歲、大有年，詔賜百寮出城觀稼，謹書盛事，以俟采詩〉詩之後。「大和戊申歲」即大和二年，故知張籍于大和二年所任之新官必爲國子司業。賈島有〈哭張籍〉（《長江集》卷八）詩，置于〈宿姚合宅寄張司業籍〉（同上）詩之後，是亦張籍終于國子司業之證。又從釋無可〈哭張籍司業〉〔註 23〕（《全唐詩》卷八百十四）一詩，可知《新唐書・韓愈傳》附傳、《唐才子傳》均謂張籍「仕終國子司業」，與明・劉成德〈唐司業張籍詩集序〉云「卒授國子司業」，〔註 24〕是正確的。

張籍在大和三年（西元 829 年）尚有詩作：〈送令狐尚書赴東都留守〉、〈送白賓客分司東都〉、〈賦花〉、〈宴興化池亭送白二十二東歸聯句〉、〈西池送白二十二東歸兼寄令狐相公聯句〉（見《劉禹錫集》卷第三十二）、〈春池汎舟聯句〉、〈酬浙東元尚書見寄綾素〉、〈和令狐尚書平泉東莊近居李僕射有寄〉，〔註 25〕後兩首爲可考最晚的絕筆

〔註 23〕《全唐詩》所收釋無可〈哭張籍司業〉，雖在《全唐詩》中重出爲張喬〈哭陳陶〉（卷六百三十九），因無從考證，故本論文仍採信此詩。

〔註 24〕宋・歐陽修、宋祁撰《新唐書》卷一百七十六，列傳第一百一〈韓愈傳〉附傳，北京，中華書局，1991 年 12 月一版四刷，頁 5267。
元・辛文房撰、傅璇琮主編《唐才子傳校箋》第二冊，北京，中華書局，1989 年 3 月一版一刷，頁 570。
明・劉成德〈唐司業張籍詩集序〉，收入《張籍詩集》附錄二，頁 112。

〔註 25〕上述張籍詩作繫年，見羅聯添〈張籍年譜〉，《唐代詩文六家年譜》，

詩，此後在其本人及詩友集中均斷蹤跡。從上可知，至少大和三年張籍還在世。〔註26〕

李嘉言〈賈島年譜〉大和四年（西元 830 年）云：

白居易上年分司東都（見汪譜），籍有〈送白賓客分司東都〉詩，是上年籍猶在世。其卒時疑在上年與本年之間。〔註27〕

吳汝煜在《唐才子傳校箋・張籍》中，也據〈送白賓客分司東都〉（《張籍詩集》卷四）一詩之尾聯：「老人也擬休官去，便是君家池上人。」云：

張籍……已萌辭官之念，又〈寄王六侍御〉（同上）詩云：「漸覺近來筋力少，難堪今日在風塵。誰能借問功名事，祗自扶持老病身。……洞庭已置新居處，歸去安期（一作期君）與作鄰。」……然據無可〈哭張籍司業〉（《全唐詩》卷八一四）詩：「先生抱衰疾，不起茂陵間。夕臨諸孤少，荒居弔客還。遺文禪東岳，留語葬鄉山」等語，知籍終因衰疾而卒于長安荒郊，未能實現其歸老洞庭之夙願。其卒年，可能即在大和三、四年間。〔註28〕

羅聯添〈張籍年譜〉也定張籍卒於大和四年，其根據是：

劉禹錫有〈和令孤相公言懷寄河中楊少尹〉一詩云：「……吳宮已歎芙蓉死（原注：張司業詩云：吳宮四面秋江水，天清露白芙蓉死。），邊月空悲蘆管秋……」（《劉夢得文集》外集卷三）……據此知劉詩撰作當在太和三年十二月以後，太和四年十二月以前。……「吳宮」二句見《張司業詩集》卷一〈吳宮怨〉，此蓋取以稱張籍之卒。太和四年劉

臺北，學海出版社，1986 年 7 月初版，頁 226～228。

〔註26〕張籍於大和三年還在世，可見金啓華《新編中國文學簡史》云張籍卒于大和二年（西元 828 年）之說爲非。（鄭州，中州古籍出版社，1989 年 1 月，頁 220。）

〔註27〕李嘉言〈賈島年譜〉，《長江集新校》，上海古籍出版社，1983 年 11 月一版一刷，頁 163。

〔註28〕元・辛文房撰、吳汝煜校箋、傅璇琮主編〈唐才子傳校箋・張籍〉，《唐才子傳校箋》第二冊，北京，中華書局，1989 年 3 月一版一刷，頁 570～571。

詩既稱張籍、李益已卒。則張、李卒年之下限應爲太和四年。〔註29〕

但在郭文鎬〈張籍生平二三事考辨〉一文中，卻考辨出「大和四年秋張籍尚健在」，其云：

> ……故貫島〈宿姚合宅寄張司業籍〉作于大和四年九月半與無可等人宿于姚合宅之集會中，……會中姚合向諸文士談及張籍，貫島亦因有此詩，是知大和四年秋末張籍尚健在。〔註30〕

又潘竟翰〈張籍繫年考證〉更有「大和五年籍猶健在」之說：

> 陳廷桂《歷陽典錄》卷十三附收了張籍四首逸詩。其中有〈再傷龐尹〉一首，亦重見于劉禹錫集。《劉禹錫年譜》繫此詩于大和五年下。查《舊唐書・憲宗紀》，有大和五年八月，「京兆尹龐嚴卒」記載。若此詩果爲張籍之作，則大和五年籍猶健在。只是二詩重出，未知誰屬，權錄此備考。〔註31〕

綜上所考，張籍約生于唐代宗大曆元年（西元 766 年），卒于唐文宗大和四年（西元 830 年）秋以後，一生經歷了代宗、德宗、順宗、憲宗、穆宗、敬宗、文宗七朝，享年六十五歲。我們並可從釋無可〈哭張籍司業〉云：「留語葬鄉山」（《全唐詩》卷八一四）與貫島〈哭張籍〉云：「舊遊孤櫂遠，故域九江分。」（《長江集新校》卷八）知張籍歸葬於「鄉山」、「故域」，即和州。〔註32〕

〔註29〕羅聯添〈張籍年譜〉，《唐代詩文六家年譜》，臺北，學海出版社，1986年 7 月初版，頁 229。

〔註30〕郭文鎬〈張籍生平二三事考辨〉，《唐代文學研究》第一輯，太原，山西人民出版社，1988 年 3 月一版一刷，頁 307～308。郭氏並謂：「《貫島年譜》繫此詩于大和二年，謂『當在本年前後』，乃從旁推測，不足據。」

〔註31〕同註 9，頁 76。經筆者之查考，清・陳廷桂纂輯《歷陽典錄》附收張籍四首逸詩〈哭王僕射相公銘〉、〈傷韋賓客縝〉、〈再經故元九相公宅池上作〉、〈再傷龐尹〉，應在卷二十四，而非卷十三（收入《中國方志叢書》，臺北，成文出版社，1974 年，頁 1121）。

〔註32〕《前漢書》卷二八上〈地理志〉第八上，「九江郡」條云：「縣十五：壽春邑。浚遒……歷陽……」（《四部備要》，北京，中華書局 1989

第二節　里籍考

　　關於張籍的籍貫，歷來有蘇州吳郡（今江蘇省蘇州市）與和州烏江（今安徽省和縣烏江鎮）二說。〔註33〕今人之相關論著，如卞孝萱〈張籍簡譜〉、潘竟翰〈張籍繫年考證〉、羅聯添〈張籍年譜〉，〔註34〕均以爲蘇州吳郡爲張籍之郡望，和州烏江才是張籍的籍貫。〔註35〕然

年3月一版一刷，頁537上。）歷陽爲和州舊稱。又唐・李吉甫撰，賀次君點校《元和郡縣圖志》闕卷逸文卷二：「和州……秦爲歷陽縣，屬九江郡，漢爲淮南國。」（北京，中華書局，1995年1月一版二刷，頁1076～1077。）

〔註33〕除此二說外，尚有《舊唐書・韓愈傳》卷一百六十稱張籍爲「東郡人」（北京，中華書局，1991年12月一版四刷，頁4203）（秦漢東郡治今河北濮陽，晉魏東郡治今河南滑縣），但此說少爲人所引用，只一見於劉大杰《中國文學發達史》（臺北，中華書局，1976年8月臺八版，頁460。）。

〔註34〕卞孝萱〈張籍簡譜〉，《安徽史學通訊》，1959年第四、五期，頁74～75。
　　　　潘竟翰〈張籍繫年考證〉，《安徽師大學報》，1981年第二期，頁67～68。
　　　　羅聯添〈張籍年譜〉，《唐代詩文六家年譜》，臺北，學海出版社，1986年7月初版，頁157～158。

〔註35〕主張和州烏江爲張籍之籍貫，其根據是：一、《新唐書・韓愈傳》附傳云：「張籍者，字文昌，和州烏江人。」此大致本之於五代・張洎〈張司業集序〉：「司業諱籍，字文昌，和州烏江人也。」此說對後世影響甚巨，宋・尤袤《全唐詩話》卷之二、宋・計有功《唐詩紀事》卷三四、宋・佚名《宣和書譜》卷九、宋・晁公武《郡齋讀書志》卷十七、元・辛文房《唐才子傳》卷五、明・陶宗儀《書史會要》卷五、清・徐松《登科記考》卷十四等書，皆從此說。；二、韓愈〈張中丞傳後敘〉云：「籍大曆中於和州烏江縣見嵩，……，籍時尚小……。」；三、張籍〈寄朱闞二山人〉云：「歷陽舊客今應少，轉憶鄰家二老人。」（和州在唐代屬歷陽郡）；四、韓愈〈與孟東野書〉云：「張籍在和州居喪。」；五、南宋詞人張孝祥乃張籍的七世孫，陸世良〈宣城張氏信譜傳〉云：「公諱孝祥，……本貫和州烏江縣，唐司業張籍七世孫。」（《于湖居士文集》附錄）又清・陳廷桂《歷陽典錄》卷七引張孝祥〈讀書堂〉詩之序云：「在烏江，即唐文昌公讀書處」詩中更具體指出「市南水竹一敧宮」，便是「吾家文昌讀書處」；「桃花塢，州大西門外唐張司業別墅。」六、據《大清一統志》記載，和州有尊賢祠、三賢祠，都是祭祀張籍和其他賢人的，

據張國光〈唐樂府詩人張籍生平考證——兼論張籍詩的分期〉與吳汝煜〈唐才子傳校箋・張籍〉〔註36〕二文之考證，則以蘇州吳郡爲張籍的籍貫，筆者以爲此說爲近是。以下即參酌眾說，試爲考述：

一、籍貫「蘇州吳郡」

　　吳汝煜〈唐才子傳校箋・張籍〉舉出以下三證，肯定張籍爲吳郡人。第一個理由是，韓愈〈張中丞傳後敍〉中稱張籍爲「吳郡張籍」。又〈唐故中散大夫少府監胡良公墓神道碑〉云：「與公婿廣文博士吳郡張籍。」再看張籍〈薊北旅思〉詩亦云：

> 日日望鄉國，空歌白苧詞。長因送人處，憶得別家時。(《張籍詩集》卷二)

按「白苧詞」係指〈白紵舞歌詩〉。《宋書・樂志》卷十九云：

> 又有〈白紵舞〉，按舞詞有巾袍之言；紵本吳地所出，宜是吳舞也。〔註37〕

又《南齊書・樂志》卷十一曰：

> 〈白紵歌〉，周處《風土記》云：「吳黃龍中童謠云：『行白者君，追汝句驪馬』。後孫權征公孫淵，浮海乘舶，舶，白也。今歌和聲猶云『行白紵』焉。」〔註38〕

可知〈白苧詞〉即吳地本鄉之歌，歌之以寄託鄉國之思，此乃張籍爲吳人之旁證。再如張籍〈送陸暢〉詩云：

> 共踏長安街裏塵，吳州獨作未歸身。昔年舊宅今誰住，君

　　　　但此書卻昧於取捨，於安徽和州、江蘇蘇州人物條下並錄之，與《全唐詩・張籍小傳》取捨相同。

〔註36〕參見吳汝煜〈唐才子傳校箋・張籍〉，收入傅璇琮主編《唐才子傳校箋》第二冊，北京，中華書局，1989年3月一版一刷，頁552～556。另參張國光〈唐樂府詩人張籍生平考證——兼論張籍詩的分期〉，《全國唐詩討論會論文選》，陝西人民出版社，1984年，頁232～234。

〔註37〕梁・沈約撰、楊家駱主編《新校本宋書附索引》卷十九・志第九・樂一，臺北，鼎文書局，1975年6月初版，頁552。

〔註38〕梁・蕭子顯撰《南齊書》卷十一・志第三・樂，臺北，鼎文書局，1975年3月初版，頁194～195。

過西塘與問人。(《張籍詩集》卷六)

詩中明言其早年生長於吳州，且在吳州擁有「舊宅」，此即張籍爲吳
人之二證。張籍離開吳郡後曾漫游四方，但在吳郡的「舊宅」仍住有
親屬，故王建〈送張籍歸江東〉詩云：

回車遠歸省，舊宅江南廂。歸鄉非得意，但貴情義彰。(《全
唐詩》卷二百九十七)

和州位於江北，此詩既稱「江東」、「江南」，當指吳郡。據《元和郡縣
圖志》卷第二十五〈江南道〉一，吳郡即蘇州〔註39〕（今江蘇省蘇州
市），北宋・王安石在〈題張司業詩〉稱張籍爲「蘇州司業」，〔註40〕
此乃張籍爲吳人之三證。又宋・番陽湯中〈張司業集跋〉（清・席啓寓
《唐詩百名家全集》第二函）亦曾考訂張籍爲吳郡人，云：

考之《昌黎集・張中丞傳後序》……則信其爲吳人矣。但
〈與孟東野書〉，又有「張籍在和州居喪，家甚貧」之語。
當是司業生於吳而嘗居於和，故唐史誤以爲和人也。司業
詩中〈寄蘇州白使君〉云：「登第早年同座主，題詩今日
是州民。」蓋用晉人簡帖中二字……至其〈寄和州使君劉
夢得〉，則云：「送客頻過沙口店，看花多上水心亭。」不
過紀其嘗所宴遊之地，而無復敬恭桑梓之意矣。〔註41〕

湯說所言爲是，〔註42〕余嘉錫《四庫提要辨正》卷二○，所言則更爲
明確：

是則籍爲吳郡人，小時嘗寓烏江，昌黎所敍，原自分明。……
不知籍言大曆中，於和州烏江縣見于嵩，正可見其非烏江

〔註39〕唐・李吉甫撰、賀次君點校《元和郡縣圖志》卷第二十五〈江南道〉
一，北京，中華書局，1995 年 1 月一版二刷，頁 600。

〔註40〕宋・王安石〈題張司業詩〉，《臨川文集》卷三十一，《文淵閣四庫
全書》，臺北，臺灣商務印書館，1986 年，第一一○五冊，頁 224。

〔註41〕轉引自吳汝煜〈唐才子傳校箋・張籍〉，同註4，頁 553～554。

〔註42〕高步瀛《唐宋文舉要・張籍小傳》曾力辨湯說云：「籍是否生吳，亦
無確證，且與郡守詩，豈必皆以州人自名哉？」乃從《新唐書・韓
愈傳》附傳定張籍爲和州烏江人。（臺北，漢京文化事業有限公司，
1984 年 5 月初版，頁 576。）

人耳。〔註43〕

後元・陸友仁《吳中舊事》，明・王鏊《姑蘇志》卷三一《第宅》門、卷五四《人物》門，亦均同此說。六朝江南豪族有吳郡四姓，即張、朱、陸、顧，劉義慶《世說新語・賞譽》第八云：「吳四姓舊目云：『張文，朱武，陸忠，顧厚。』」同條注引《吳錄士林》曰：「吳郡有顧、陸、朱、張爲四姓；三國之間，四姓盛焉。」〔註44〕又《新唐書》卷七二下，表第十二下〈宰相世系〉二下云：

> 吳郡張氏本出嵩第四子睦，字選公，後漢蜀郡太守，始居吳郡。裔孫顯，齊廬江太守，生紹。〔註45〕

白居易〈唐故通議大夫、和州刺史吳郡張公神道碑銘并序〉云：

> 張之爲著姓尚矣。自漢太傅良、侍中肱、晉司空華、丞相嘉以降，勳賢軒冕，歷代不乏。肱避地渡江，始居于吳，故其子孫稱吳郡人。（《白居易集箋校》卷第四十一・碑碣）

潘竟翰〈張籍繫年考證〉據此，並以岑仲勉〈唐集質疑〉云：「唐世習稱郡望，弗重里居」、「然必舉其望而不舉其居者，固以別宗支，尤以顯門閥也。」〔註46〕以唐人多重郡望，不重里居，稱人或自稱，皆稱郡望，認爲：

> 可見所謂「吳郡張籍」係指郡望。……張籍可能正是「肱避地渡江始居于吳」的這一支，至其父葷始徙居和州，故在仍有舊宅。〔註47〕

又以「韓愈贈序習慣於郡望姓名連稱」，認爲吳郡乃張籍之郡望者，

〔註43〕余嘉錫〈張司業集八卷〉，《四庫提要辨證》，臺北，藝文印書館，1989年1月六版，頁1269。

〔註44〕南朝宋・劉義慶撰、楊勇校箋《世說新語校箋・賞譽》第八，臺北，正文書局，1988年1月出版，頁369。

〔註45〕宋・歐陽修、宋祁撰《新唐書》卷七二下，表第十二下〈宰相世系〉二下，北京，中華書局，1991年12月一版四刷，頁2708。

〔註46〕岑仲勉〈唐集質疑〉，《唐人行第錄》（外三種），臺北，九思出版社，1978年2月臺一版，頁437、438。

〔註47〕潘竟翰〈張籍繫年考證〉，《安徽師大學報》，1981年第二期，頁68。

云吳郡是其祖籍，和州爲其籍貫（里居）。〔註 48〕然吳汝煜〈唐才子傳校箋・張籍〉則有修正之看法：

> 考張紹、張胘後世譜系，均無張籍之名。可見張籍祖上不顯。吳郡固可爲張籍之郡望，但其里居亦確在于此，故吳郡既爲籍之郡望，亦爲籍之本貫。〔註49〕

吳氏除了肯定張籍之籍貫爲吳郡外，還考證他移家和州烏江之事。

二、移居「和州烏江」

張籍小時曾一度寓居烏江，韓愈〈張中丞傳後敍〉云：

> 籍大曆中於和州烏江縣見嵩，……籍時尚小，粗問巡、遠事，不能細也。

據此知張籍小時初寓和州烏江時事。此後返回吳郡，直到成人。其〈薊北春懷〉詩云：

> 渺渺水雲外，別來音信稀。因逢過江使，卻寄在家衣。（《張籍詩集》卷二）

可知張籍離家漫遊於薊城時，其家人尚在吳郡（和州烏江縣在長江北岸，不必過江）。此後不知何時，張籍便移家於和州烏江縣。貞元十二年（西元 796 年）孟郊登進士第，自長安東歸，道經和州晤張籍，與張籍同遊於桃花塢上。臨行，張籍賦詩贈別云：

> 才名振京國，歸省東南行。停車楚城下，顧我不念程。（〈贈孟郊〉，《張籍詩集》卷七）

詩中所謂「楚城」即指和州。〔註50〕宋・賀鑄《慶湖遺老詩集》卷三〈歷陽十詠〉其九〈桃花塢〉詩也稱：「種樹臨溪流，開亭望城郭。

〔註48〕金卿東《張籍、王建社會詩研究》，國立臺灣大學中研所碩士論文，1990 年，頁 39。「韓愈贈序習慣於郡望姓名連稱」，見羅聯添《韓愈研究》，臺北，學生書局，1988 年 7 月增訂三版，頁 294。

〔註49〕同註 36，頁 554。

〔註50〕宋・樂史《太平寰宇記》卷一百二十四〈淮南道二・和州沿革〉云：「和州，……春秋時楚地。……戰國時猶爲楚地。」故張籍以楚城代和州。（收入《文淵閣四庫全書》第四七〇冊，臺北，臺灣商務印書館，1986 年，頁 226。）

當年孟張輩，載酒來行樂。」題下自注：「縣西二里麻溪上，按縣譜，張司業之別墅也。籍與孟郊載酒屢遊焉。茂林修竹，尤占近郭之勝。」〔註51〕又清‧陳廷桂《歷陽典錄》卷七〈古蹟‧桃花塢〉條云：

> 桃花塢，州大西門外，唐張司業別墅，司業嘗與孟東野載酒游此，今蕩為寒煙矣。〔註52〕

清‧蕭穆《敬孚類稿》卷一五〈桃花塢記〉亦云：

> 和州城大西門外，土山綿亙。……乘興訪唐詩人張司業別墅，所稱桃花塢者也。出大西門……沿溪西行二里有大橋……曰桃花橋……逾橋十數武，有地數畝，草樹叢生，岡阜翼然，枕於溪橋之上，即桃花塢之遺址也。……迴憶張司業嘗與孟東野輩載酒往還，談笑風流，今已閱千年，其風邈不可追。〔註53〕

據以上可知，貞元十二年之前，張籍已移家於和州烏江縣。韓愈〈與孟東野書〉云：「張籍在和州居喪，家甚貧。」余嘉錫《四庫提要辨證》卷二〇云：「蓋以家貧，未能返里也。」〔註54〕羅聯添〈張籍年譜〉、華忱之〈孟郊年譜〉與卞孝萱〈張籍簡譜〉，皆繫此事於貞元十六年（西元800年）。從此以後，張籍的子孫便世居於和州烏江縣。《宋史‧張安國傳》云：

> 孝祥字安國，歷陽烏江人，籍之七代孫。〔註55〕

又張孝祥〈代摠得居士回張推官〉書亦云：

〔註51〕宋‧賀鑄《慶湖遺老詩集》卷三〈歷陽十詠〉其九〈桃花塢〉詩，收入王雲五主編《四庫全書珍本》八集，第一五六冊，臺北，臺灣商務印書館，1978年，頁16。

〔註52〕清‧陳廷桂纂輯《歷陽典錄》卷七，收入《中國方志叢書》，臺北，成文出版社，1974年，頁358。

〔註53〕清‧蕭穆《敬孚類稿》卷十五〈雜記‧桃花塢記〉，收入沈雲龍主編《近代中國史料叢刊》第四十三輯，第四二六冊，臺北，文海出版社，1969年，頁712～713。

〔註54〕余嘉錫〈張司業集八卷〉，《四庫提要辨證》卷二〇，臺北，藝文印書館，1989年1月六版，頁1269。

〔註55〕《宋史‧張安國傳》，收入宋‧張孝祥撰《于湖居士文集》附錄，《四部叢刊初編》，上海書店，第一七五冊。

某家世歷陽之東鄙，自先祖始易農爲儒，或云唐末遠祖自若湖徙家，蓋文昌之後。文昌諱籍，見於《唐書》，烏江人也。〔註56〕

張籍在貞元十二年（約三十一歲）之前，確已移居於和州。其在和州的故宅，一說在百福寺。如宋・賀鑄《慶湖遺老詩集》卷三〈歷陽十詠〉其八〈百福寺〉詩云：

文昌西郭居，修竹閑壞堵。……塵紛晦遺像，粉繪才可睹。
拜奠媿無言，長哦君樂府。〔註57〕

此詩題下自注云：

與縣廨鄰。按縣譜，即唐詩人張司業籍之故居也。籍繪像今存。〔註58〕

據此則故居實在城中。另一說在報恩寺。如宋・吳龍翰《古梅遺稿》卷三有〈過和州報恩寺唐（張）籍故居也〉詩；〔註59〕此外《明一統志》亦稱張籍宅在報恩光孝禪寺；〔註60〕清・陳廷桂《歷陽典錄》卷七〈古蹟・張籍宅〉條疑報恩寺即百福寺所改，兩寺名異實同。〔註61〕又張籍在和州烏江東一里有讀書堂，宋・張孝祥有〈讀書堂〉詩之序云：

在烏江，即唐文昌公讀書處，自五代至今，皆世守之，渡江後爲史氏之所有。〔註62〕

〔註56〕同前註，卷第三十七。

〔註57〕同註 51。

〔註58〕同註 51。

〔註59〕宋・吳龍翰《古梅遺稿》卷三，收入王雲五主編《四庫全書珍本》三集，第二五四冊，臺北，臺灣商務印書館，1978 年，頁 6。

〔註60〕明・李賢等撰《明一統志》卷十七〈和州・古蹟・張籍宅〉，收入《文淵閣四庫全書》第四七二冊，臺北，臺灣商務印書館，1986 年，頁 394。

〔註61〕清・陳廷桂纂輯《歷陽典錄》卷七〈古蹟・張籍宅〉條云：「賀鑄〈百福寺〉詩注謂唐張司業故居，當別一處，而吳龍翰籍故居詩及《明一統志》，皆謂在報恩光孝禪寺。考宋・趙昇《朝野類要》云：高宗中興，令諸州軍各建報恩光孝寺觀，追崇佑陵香火。或百福寺入南渡後改爲報恩，《一統志》遂沿其舊名而載之耳。」（同註 20，頁 385～386。）

〔註62〕轉引自清・陳廷桂纂輯《歷陽典錄》卷七〈古蹟・文昌讀書堂〉。（同

綜合以上的資料，我們可以推定張籍實爲蘇州吳郡人，然而他雖非和
州烏江人，但卻寓居於和州頗久，故和州不乏其遺跡，因此我們或可
說和州是他的第二故鄉。

第三節　家族考

　　張籍的家世，史載不詳，無可考，只知其出身貧寒，故有「略無
相知人，黯如霧中行」（《張籍詩集》卷七〈祭退之〉詩）之歎。其先
世之名字官爵，《舊唐書·張籍傳》與《新唐書》〈韓愈傳〉附傳、〈宰
相世系表〉、〈方鎮表〉及唐·林寶《元和姓纂》俱不載。然張籍既爲
蘇州吳郡人，我們可從《新唐書》卷七二下，表第十二下〈宰相世系〉
二下云：

　　　　吳郡張氏本出嵩第四子睦，……後漢蜀郡太守，始居吳郡。
　　　　〔註63〕
知其必屬吳郡張氏之一支。

　　張籍的家屬，現僅知有妻胡氏、子黯與弟蕭遠。張籍的妻子胡氏，
貝州宗城縣（今河北省威縣）人，乃少府監胡珀〔註64〕之女，大約於
貞元末與張籍結婚，當時張籍三十歲左右。〔註65〕

　　張籍之得子甚晚，已近老年，车融〈重贈張籍〉詩云：

　　　　凡緣未了嗟無子，薄命能孤不怨天。（《全唐詩》卷四百六十七）
又張籍〈晚秋閑居〉詩云：

註20，頁388。）
〔註63〕宋·歐陽修、宋祁撰《新唐書》卷七二下，表第十二下〈宰相世系〉
　　　　二下，北京，中華書局，1991年12月一版四刷，頁2708。
〔註64〕胡珀，諡良公。韓愈〈唐故中散大夫少府監胡良公墓神道碑〉云：「少
　　　　府監胡公者，諱珀，……與公婿廣文博士吳郡張籍……。胡姓本出
　　　　安定，後徙清河，於今爲宗城，屬貝州。」又歐集修《集古錄跋尾》
　　　　卷八跋此碑石本云：「良公者，名珀，韓之門人張籍妻父也。」張籍
　　　　曾撰有行狀，今佚。
〔註65〕馬家楠撰〈張籍（評傳）〉，《中國歷代著名文學家評傳》第二卷，濟
　　　　南，山東教育出版社，1985年2月一版三刷，頁405。

家貧長畏客，身老轉憐兒。（《張籍詩集》卷二）

其〈酬韓祭酒雨中見寄〉詩亦云：

無匁憐馬瘦，少食信兒嬌。（《張籍詩集》卷二）

韓愈爲國子祭酒在元和十五年（西元 820 年），[註66] 此時張籍已經五十五歲，而其子尚嬌不諳事，其幼稚可知。又從釋無可〈哭張籍司業〉詩云：

夕臨諸孤少，荒居弔客還。（《全唐詩》卷八百十四）

可知張籍之子不只一人，然今可考者，亦僅張黯一人而已。《姑蘇志》卷五四云：「張籍子黯」（《直隸和州志》卷十八云：「籍子闇」[註67] 闇當是黯之誤）。另據清・徐松《登科記考》卷二十二會昌六年引《永樂大典》引《蘇州府志》云：

張黯，會昌六年登第。[註68]

李商隱《樊南乙集序》云：

七月，尚書河東公守蜀東川，奏爲記室。十月，得吳郡張黯見代，改判上軍。

張爾田《玉谿生年譜會箋》卷四繫在宣宗大中五年，[註69] 張黯又嘗任左司員外郎，清・勞格、趙鉞撰《唐尚書省郎官石柱題名考》卷二〈左司員外郎〉[註70] 即著錄有張黯之名。

張籍有弟一人，名蕭遠（張籍有〈送蕭遠弟〉詩），曾遊蜀寫詩數卷，並到過長安，在張籍處住宿，張籍〈張（或作「弟」）蕭遠雪夜同宿〉詩云：

〔註66〕此據宋・洪興祖《韓子年譜》，收入宋・呂大防等撰，徐敏霞校輯《韓愈年譜》，北京，中華書局，1991 年 5 月一版一刷，頁 69。

〔註67〕清・高照、朱大紳等撰《直隸和州志》卷十八，收入《中國方志叢書》，臺北，成文出版社，1974 年，頁 1349。

〔註68〕清・徐松撰、趙守儼點校《登科記考》卷二十二，北京，中華書局，1993 年 9 月一版二刷，頁 807。

〔註69〕見清・張爾田編纂《玉谿生年譜會箋》卷四，臺北，中華書局，1984年 12 月臺三版，頁 171～173。

〔註70〕清・勞格、趙鉞撰，徐敏霞、王桂珍點校《唐尚書省郎官石柱題名考》卷二，北京，中華書局，1992 年 4 月一版一刷。

數卷新遊蜀地詩，長安僻巷得相隨。草堂雪夜攜琴宿，說
似青城館裏時。(《張籍詩集》卷六)〔註71〕

新、舊《唐書》無蕭遠傳可考。《全唐詩》小傳云：

張蕭遠，元和進士登第，籍之弟也，詩三首。(《全唐詩》卷
四百九十一)

又《和州志補遺》云：

張蕭遠，籍弟。元和年進士。〔註72〕

宋・計有功《唐詩記事》卷四十一引《廣摭言》云：

蕭遠，元和進士登第，與舒元輿聲價俱美。〔註73〕

據清・徐松《登科記考》卷十八所載，張蕭遠進士登第在元和八年，
〔註74〕與舒元輿齊名。唐・張為《詩人主客圖》：

瑰奇美麗主：武元衡……升堂四人：……張蕭遠……。〔註75〕

《全唐詩》今存張蕭遠詩三首，然在張國光〈唐樂府詩人張籍生平考
證──兼論張籍詩的分期〉則云：

日本上毛河世寧纂輯《全唐詩逸》，從《千載佳句》中輯有
蕭遠七首詩的佳句七聯。〔註76〕

此一資料若可信，則蕭遠詩至少為七首。

　　另外，《張籍詩集》中雖然有〈奉和舍人叔直省時思琴〉、〈獻從兄〉、
〈送從弟刪東歸〉、〈送從弟濛赴饒州〉、〈送從弟戴玄往蘇州〉、〈送從
弟徹東歸〉及其與韓愈、孟郊、張徹的〈會合聯句〉詩，但以上所稱

〔註71〕由〈送蕭遠弟〉與〈張（或作「弟」）蕭遠雪夜同宿〉二詩可知，張
　　　　籍在長安病眼時，蕭遠嘗作蜀地之遊。

〔註72〕轉引自羅聯添〈張籍年譜〉，《唐代詩文六家年譜》，臺北，學海出版
　　　　社，1986 年 7 月初版，頁 159。

〔註73〕宋・計有功撰、王仲鏞校箋《唐詩紀事校箋》卷四十一，成都，巴
　　　　蜀書社，1992 年 3 月一版二刷，頁 1128。

〔註74〕同註 68，卷十八，頁 656。

〔註75〕唐・張為《詩人主客圖》，收入丁福保輯《歷代詩話續編》，臺北，
　　　　木鐸出版社，1988 年 7 月，頁 98～101。

〔註76〕張國光〈唐樂府詩人張籍生平考證──兼論張籍詩的分期〉，《全國
　　　　唐詩討論會論文選》，陝西人民出版社，1984 年，頁 235。

之叔、從兄與從弟刪、濛、戴玄、徹等人，並不一定是其近親。〔註77〕

張籍的後裔，今可考者爲：宋・張邵、張祁與張孝祥。張邵字才彥，官至江州提舉，宋史三七三有傳。張邵之弟祁，字晉彥，工詩文，有集傳世，生平事略見《和州志》。張祁之子孝祥，字安國，官至安撫史，著《于湖居士文集》四十卷，宋史三八九有傳。陸世良〈宣城張氏信譜傳〉云：

> 公諱孝祥，……本貫和州烏江縣，唐司業張籍七世孫。（《于湖居士文集》附錄）

又清・王善橿《石壁山房集・遊桃花塢記》云：「文昌七世孫安國。」〔註78〕可知張孝祥既爲張籍之七世孫，則張邵、張祁當爲籍之六世孫。

第四節　宦歷考

在中唐詩人中，張籍是名重一時的。韓愈曾稱讚他是：「龍文百斛鼎，筆力可獨扛。」（〈病中贈張十八〉）；白居易對張籍的樂府詩推崇備至：「尤工樂府詩，舉代少其倫。」（〈讀張籍古樂府〉）；賈島也說他：「人有不朽語，得之煙山春。」（〈延康吟〉）；姚合則認爲：「古風無手敵，新語是人知。」（〈贈張籍太祝〉）張籍在〈祭退之〉詩中也曾自詡說：「公文爲時帥，我亦有微聲。而後之學者，或號爲韓張。」唐以後的詩評家，如徐獻忠《唐詩品》亦云：「水部淒惋最勝，雖多出瘦語，而俊拔獨擅，貞元以後，一人而已。」張洎〈項斯詩集序〉則說：「吳中張水部爲律格詩……，天下莫能窺其奧。」及至當代，陸侃如、馮沅君《中國詩史》也指出：

> 張籍的位置視元稹是無庸多讓的。……其詩的成就則並不在元之下。〔註79〕

〔註77〕同前註。

〔註78〕轉引自清・陳廷桂纂輯《歷陽典錄》卷七，收入《中國方志叢書》，臺北，成文出版社，1974年，頁358～359。

〔註79〕馮沅君、陸侃如撰《中國詩史》，藍田出版社，頁509。

他繼承杜甫社會寫實傳統，又對白居易產生巨大的影響，他雖然沒有杜甫和白居易的烜赫聞名，但卻是杜甫和白居易之間的重要橋樑。對於如此重要的詩人，其生平事蹟在史籍中，卻僅有簡略的著錄，在此就目前所得到的資料，將其一生經歷分為五個時期，總述張籍的生平宦歷與詩文創作。

一、「鵲山漳水每追隨」──艱苦學習時期

　　張籍自幼家世清寒，刻苦讀書。在他中進士之前，曾有十年的求學生涯。張籍於德宗建中、興元間嘗客居洛陽，並結識詩人王建。張籍與王建在洛陽相識後，約在德宗興元、貞元之際一起來到鵲山、漳水（即河北道邢州），開始了十年同窗的求學生活。張籍〈遠別離〉詩云：「念君少年棄親戚，千里萬里獨為客」（《張籍詩集》卷一），此即其早年生活的真實寫照。又〈酬秘書王丞見寄〉云：「相看頭白來城闕，卻憶漳谿舊往還」（《張籍詩集》卷四）；〈登城寄王建〉云：「十年為道侶，幾處共柴扉」（《張籍詩集》卷二）；王建〈送張籍歸江東〉詩亦云：「昔歲同講道，青襟在師旁」（《全唐詩》卷二百九十七）。他們共同學習，切磋學問，遊山玩水，吟詠詩章，彼此建立了深厚的友誼。張籍後來在〈逢王建有贈〉一詩中即曾回憶這段難忘的學習生活，詩云：

> 年狀皆齊初有髭，鵲山漳水每追隨。使君座下朝聽易，處士庭中夜會詩。新作句成相借問，閒求義盡共尋思。經今三十餘年事，卻說還同昨日時。（《張籍詩集》卷四）

此詩約作於元和八年，「經今三十餘年事」，由元和八年上推三十年為興元元年，則張、王同窗共硯的日子，約自是年始。當時兩人約十九、二十歲，與「初有髭」亦合。《元和郡縣圖志》卷十五〈邢州·內丘縣〉云：

> 南至州五十八里。……鵲山，在縣西三十六里。昔扁鵲同號太子遊此山采藥，因名。〔註80〕

〔註80〕唐·李吉甫撰、賀次君點校《元和郡縣圖志》，北京，中華書局，1995年1月一版二刷，頁425～429。

又〈邢州‧平鄉縣〉云：

> 西至州九十里。……濁漳水，今俗名柳河，在縣西南十里。
> 〔註81〕

可知詩中所說的鵲山、漳水都在邢州。張籍、王建詩中還有提到邢州、襄國（邢州曾名）的，所以他們兩人「每追隨」之地，即在邢州附近的山水之間。在邢州十年離鄉背景，寒窗苦讀，為張籍的後來從政與寫作，絮下堅實的基礎。

二、「馬蹄盡四方」——漫遊時期

張、王在邢州一帶求學約為唐‧德宗興元元年（西元784年，張籍約十九歲）至貞元九年（西元793年，張籍約二十八歲），在貞元九年求學生活結束之後，張籍辭別王建就西赴長安尋求仕進的機會。張籍〈襄國別友〉詩云：「獨遊無定計，不欲道來期」（《張籍詩集》卷二），王建〈送張籍歸江東〉詩云：「失意未還家，馬蹄盡四方」（《全唐詩》卷二百九十七），從「失意」二字看，應是張籍懷詩文往長安干謁，但由於無人薦引而失意，此後便開始其遊歷生活。從現存的記遊詩來看，他的足跡遍及南北，北至晉、冀、魯、豫、陝；南達蘇、浙、贛、湘、鄂，直到嶺外諸地。

張籍這次的遊歷是由長安經河東至薊北，然後經漳水舊地南歸。張籍〈寄別者〉詩為取道河東北上途中所作，詩云：

> 寒天正飛雪，行人心切切。同為萬里客，中路忽離別。別
> 君汾水東，望君汾水西。積雪無平岡，空山無人蹊。羸馬
> 時倚轅，行行未遑食。……（《張籍詩集》卷七）

邢州在汾水之東，張籍此時在汾水之西，時當嚴冬。詩中「君」可能為王建等學友故人。張籍至薊北，有〈薊北旅思〉詩云：「失意還獨語」（《張籍詩集》卷二），可知此次北遊可能即指「失意未還家，馬蹄盡四方」之一次；又其〈薊北春懷〉詩云：「今朝薊城北，又見塞

〔註81〕同前註。

鴻飛」(《張籍詩集》卷二)，知此次北遊經歷了一個多天。約於貞元十一年春南歸，並過訪邢州王建漳谿山居。再別王建之時，建因作〈送張籍歸江東〉詩送之，詩云：

> ……行行成此歸，離我適咸陽。失意未還家，馬蹄盡四方。訪余詠新文，不倦道路長。僮僕懷昔念，亦如還故鄉。相親惜晝夜，寢息不異床。猶將在遠道，忽忽起思量。……回車遠歸省，舊宅江南廂。歸鄉非得意，但貴情義彰。五月天氣熱，波濤毒於湯。……(《全唐詩》卷二百九十七)

可知時值五月，詩中描寫了張籍這次北遊南歸的情況。張籍將歸江南有〈南歸〉詩之作，詩云：

> 促促念道路，四支不常寧。行車未及家，天外非盡程。骨肉望我歡，鄉里望我榮。豈知東與西，憔悴竟無成。天寒苦夜長，窮者不念明。懼離其寢寐，百憂傷性靈。世道多險薄，相勸異忠誠。遠遊無知音，不如商賈行。達人有常志，愚夫勞無營。(《張籍詩集》卷七)

詩中表達了無限的鄉情與懷才不遇之悲。張籍南歸後，便回到闊別多年的故鄉和州。但歸家不久，又再次出外漫遊。此次漫遊先到揚州，再至江浙一帶，之後南行至嶺南等地。

首先在揚州會見舊友，敘談甚歡。不久友人南去，張籍作〈揚州送客〉為之送行，詩云：

> 南行直入鷗鵠群，萬歲橋邊一送君。聞道望鄉聽不得，梅花暗落嶺頭雲。(《張籍詩集》卷六)

接著漫遊前往蘇州，至虎丘時，曾作一首膾炙人口的〈虎丘寺〉詩，詩云：

> 望日登樓海氣昏，劍池無底浸雲根。老僧只怕山移去，日暮先教鎖寺門。(《張籍詩集》卷六)

在江南遊歷時，領略了優美的江南春色，便寫下了〈江南春〉一詩，詩云：

> 江南楊柳春，日暖地無塵。渡口過新雨，夜來生白蘋。晴

沙鳴乳燕，芳樹醉遊人。向晚青山下，誰家祭水神。(《張籍
詩集》卷二)

張籍有〈霅谿西亭晚望〉與〈宿天竺寺寄盧隱寺僧〉等詩，霅谿在湖
州，天竺寺在杭州，可知張籍大概是從江蘇而入浙江，然後由浙江而
入江西。行至江西鄱陽湖時曾有人向他詢問藥名，因此有〈答鄱陽客
藥名詩〉之作，詩云：

江皋歲暮相逢地，黃葉霜前半夏枝。子夜吟詩向松桂，心
中萬事喜君知。(《張籍詩集》卷六)

再由江西前往嶺南，在那遙遠的嶺外之地遇見了多年未見的故人，心
中感到萬分愉悅，寫下了〈嶺外逢故人〉一詩，親切地吐露出遊子的
心情，以寄託自己的情思，詩云：

過嶺萬餘里，旅遊經此稀。相逢去家遠，共說幾時歸。海
上見花發，瘴中唯鳥飛。炎州望鄉伴，自識北人衣。(《張籍
詩集》卷二)

另外，張籍尚有〈蠻州〉與〈蠻中〉等詩，記載了南國的風土民情。
由於長期的旅遊生涯，使詩人飽嘗憔悴行役的生活苦況，如〈岳州晚
景〉一詩云：「長沙卑濕地，九月未成衣」(《張籍詩集》卷八)；又〈行
路難〉詩云：「弊裘羸馬苦難行，僮僕飢寒少筋力」(《張籍詩集》卷
一)，正是他當時生活的最好寫照。因此，詩人將自己的抑鬱之情融
鑄而成為如〈雜怨〉、〈羈旅行〉、〈送遠曲〉、〈車遙遙〉、〈遠別離〉、〈寄
衣曲〉等詩。此次的漫遊使張籍的足跡廣闊，閱歷日富，開擴了他的
眼界，啟迪了他的胸襟，使他的詩歌創作奠定了堅實的生活基礎，遂
能對社會題材作生動而樸實的反映。

白居易在張籍四十九歲時曾寫詩稱他：「業文三十春」(〈讀張籍
古樂府〉，《白居易集》卷一)，可知張籍在弱冠之齡就從事詩歌的創
作了。張籍在〈祭退之〉一詩中亦自謂：

籍在江湖間，獨以道自將。學詩為眾體，久乃溢笈囊。(《張
籍詩集》卷七)

可知詩人在與韓愈、孟郊相識之前，所作的詩其體裁已臻多樣化，數

量也頗爲可觀。足見張籍的筆下之所以能夠產生光彩奪目的優秀詩篇，在很大程度上得力於此一時期生活的磨煉和體驗，使他成爲社會寫實詩人中的一員。

三、「苦節居貧賤」──及第前後的十年

　　張籍約於貞元十二年（西元 796 年）秋季，結束其漫遊生活，回到和州家居（此年之前已移居和州）。孟郊本年登進士第，自長安東歸，在和州相晤，兩人同遊於桃花塢。孟郊離和州之時，張籍作〈贈孟郊〉詩贈之，詩云：

　　　　苦節居貧賤，所知賴友生。（《張籍詩集》卷七）

貞元十三年（西元 797 年）孟郊自南方至汴州依御史大夫宣武行軍司馬陸長源，並會晤時任宣武軍節度使董晉的觀察推官的韓愈，當時向韓愈推薦張籍。張籍於本年十月一日北至汴州從韓愈學文，與李翱同爲韓門弟子，館于城西。又李翱薦孟郊於徐州張建封之時，曾言及張籍，當在本年或稍後。

　　貞元十四年（西元 798 年）於城西館讀書，有〈上韓昌黎書〉、〈上韓昌黎第二書〉予韓愈，韓愈則有〈答張籍書〉與〈重答張籍書〉答之，以上四書約作於本年。〔註82〕十一月，在汴州舉進士，韓愈爲考官，作〈試反舌無聲詩〉，籍中等，故其〈祭退之〉詩云：

　　　　公領試士司，首薦到上京。一來遂登科，不見苦貢場。（《張籍詩集》卷七）

於次年（貞元十五年）春二月，張籍作〈行不由徑〉詩，在長安中進士，封孟紳榜出於高郢門下。〔註83〕《新唐書·高郢傳》：

〔註82〕以上四書之繫年據屈守元、常思春主編《韓愈全集校注》，成都，四川大學出版社，1996 年 7 月一版一刷，頁 1328、1335。

〔註83〕清·徐松《登科記考》云：「《文苑英華》有〈行不由徑詩〉，當是此年試題。……《唐詩紀事》：『孟紳，貞元十五年高郢下進士第一人，終于太常卿。』《唐才子傳》：『張籍……貞元十五年封孟紳榜及第，授祕書郎。』《侯鯖錄》引《唐登科記》：『張籍以貞元十五年高郢下登科。』」（北京，中華書局，1993 年 9 月，一版二刷，頁 524。）

> 高郢字公楚……進禮部侍郎。時四方士務朋比，更相譽薦，
> 以動有司，徇名亡實，郢疾之，乃謝絕請謁，顓行藝。司
> 貢部凡三歲，甄幽獨，抑浮華，流競之俗爲衰。〔註84〕

可知張籍之所以「一來遂登科」，與其幸逢高郢主試不無關係。當然
首先有賴於汴州的貢舉，亦即韓愈的援引。登第後即從長安返家省
親，在本年夏道經徐州之時，探訪韓愈，約盤桓一月辭去，韓愈不勝
依依惜別之情，故作〈此日足可惜贈張籍〉一詩以贈行，詩云：

> 日念子來遊，子豈知我情？別離未爲久，辛苦多所經。對
> 食每不飽，共言無倦聽。連延三十日，晨坐達五更。（《韓愈
> 全集校注》詩・貞元十五年）

張籍由徐州返回和州，不久即丁父憂或母憂，時爲貞元十六年（西元
800 年）。故韓愈在〈與孟東野書〉云：

> 張籍在和州居喪，家甚貧，恐足下不知，故具此白。冀足
> 下一來相視也。（《韓愈全集校注》文・貞元十六年）

貞元十八年秋冬已除服。由於韓愈在當時不爲王叔文集團所容，因此
與韓愈有密切關係的張籍也就難以仕進了。〔註85〕張籍在〈贈主客劉
郎中〉一詩云：

> 憶昔君登南省日，老夫猶是褐衣身。（《張籍詩集》卷六）

劉禹錫之擢屯田員外郎是在順宗即位時，由此可見直到貞元二十一年
（西元 805 年）四月，〔註86〕張籍仍然是一個布衣之士。

　　總計在這十年之間，張籍除了於貞元十四年秋冬，十五年春是在
汴州、長安渡過的，而貞元末也可能是住在長安以外，其餘時間，他
都是困守在和州，「苦節居貧賤」，就是他的生活概括。據他後來的回
憶：

〔註84〕 宋・歐陽修、宋祁撰《新唐書》卷一百六十五，列傳第九十〈高郢
　　　　傳〉，北京，中華書局，1991 年 12 月，一版四刷，頁 5070～5073。
〔註85〕 此說參見張國光〈唐樂府詩人張籍生平考證——兼論張籍詩的分期〉，
　　　　《全國唐詩討論會論文選》，陝西人民出版社，1984 年，頁 251～252。
〔註86〕 見羅聯添〈張籍年譜〉，《唐代詩文六家年譜》，臺北，學海出版社，
　　　　1986 年 7 月初版，頁 182。

> 每憶舊山居，新教上墨圖。(〈和左司元郎中秋居〉,《張籍詩集》
> 卷二)
>
> 累石爲山伴野夫，……每見青山憶舊居。(〈憶故州〉,《張籍詩
> 集》卷六)

由於張籍「家甚貧」且又居在荒郊，和農民有密切的聯繫，有時還和
他們一起勞動，其〈贈同谿客〉一詩云：

> 共伐臨谿樹，同爲過水橋。(《張籍詩集》卷二)

如此從感情上也就與農民更加接近，因此才能寫出像「苗疏稅多不得
食」等爲農民申訴的詩句，又如〈野老歌〉、〈山頭鹿〉、〈樵客吟〉、〈牧
童詞〉等詩皆是。

張籍在此一時期已馳名遐邇，其〈祭退之〉一詩云：

> 北遊偶逢公，盛語相稱明。名因天下聞，傳者入歌聲。(《張
> 籍詩集》卷七)

又其〈董公詩〉結尾云：「公與其百年，受祿將無窮」(《張籍詩集》卷
七)，可知此詩當作於張籍至汴州董晉未卒之時。白居易對此詩極爲稱
道，而此時白氏才二十六歲，其〈新樂府〉五十首的完成，在此後十
年之事。因此張籍不僅年長於白居易，而在詩壇成名上也早於白氏。

張籍的散文於當時也頗有聲譽，他在〈祭退之〉一詩中自述：

> 公文爲時帥，我亦有微聲。而後之學者，或號爲韓張。(《張
> 籍詩集》卷七)

可惜其文章今已失傳，現僅存〈上韓昌黎書〉與〈上韓昌黎第二書〉
二文。《四庫全書簡明目錄》卷十五云：

> 其（張籍）筆力不在皇甫湜下，故韓愈以湜籍並稱焉。

張國光〈唐樂府詩人張籍生平考證——兼論張籍詩的分期〉一文中指出：

> 但稱其筆力，而不及其思想內容，尚不免徒重視語言形式。
> 即以筆力而論，洪邁已稱其「甚勁而道」(《容齋四筆》卷
> 三)，何嘗在韓愈兩次復書之下？〔註87〕

〔註87〕張國光〈唐樂府詩人張籍生平考證——兼論張籍詩的分期〉,《全國
唐詩討論會論文選》，陝西人民出版社，1984年，頁254。

在張、韓往返四書中，雖有論爭，然因張籍識見不凡，韓愈仍大力舉薦，在〈舉薦張籍狀〉中稱之：

> 學有師法，文多古風，……聲華行實，光映儒林。（《韓愈全集校注》文・長慶元年）

張籍登進士第後，未應吏部科試，未曾入官，他雖受韓愈的大力舉薦，但卻未被重用，仍居戎幕中，直到憲宗即位後才獲一太祝之職，在京師釋褐入官。

四、「十年不改舊官銜」——十年太祝生活時期

憲宗元和元年（西元 806 年），張籍始任官職，而太祝只是太常寺的一個小官，正九品上。唐朝官品有正有從，自四品以下又分上下，共三十等。太祝是三十等中的第二十六等，專掌出納神主；祭祀則跪讀祝文；卿省牲則循牲告充，牽以授太官。〔註88〕其俸錢只有一萬六千，而三公俸錢則為二百萬，〔註89〕可謂十分菲薄，因此張籍只能賃居長安朱雀街西街第三街延康坊西南隅西明寺後，〔註90〕寓所甚為僻陋，韓愈〈題張十八所居〉詩云：

> 君居泥溝上，溝濁萍青青。（《韓愈全集校注》詩・元和十一年）

白居易〈寄張十八〉詩云：

> 同病者張生，貧僻住延康。（《白居易集箋校》卷第六・閒適二）

張籍在〈酬韓庶子〉中亦云：

> 西街幽僻處，正與懶相宜。……家貧無易事，身病是閒時。
> （《張籍詩集》卷二）

張籍居處之僻陋，生活之貧困是可以想見的。除了貧窮以外，多病也

〔註88〕同註84，卷四十八，志第三十八，〈百官〉三，頁 1241～1242。

〔註89〕同註84，卷五十五，志第四十五，〈食貨〉五，頁 1402、1404。

〔註90〕清・徐松撰・李健超增訂《增訂唐兩京城坊考》卷四云：「延康坊……。西南隅，西明寺。」又云：「水部郎中張籍宅。」（西安，三秦出版社，1996 年 2 月一版一刷，頁 190～191）孟郊〈寄張籍〉云：「西明寺後窮瞎張太祝。」（《孟郊詩集校注》卷七）西明寺既在延康坊，則知張籍居延康坊正其為太祝時。

同時威脅著他，大約在四十三歲的時候，患了嚴重的眼疾，幾乎失明。
張籍既得眼疾，因氣候亢旱，又未能及時治療，以致很快嚴重起來。
故孟郊〈寄張籍〉詩云：

> 東京有眼富，不如西京無眼貧。……西明寺後窮瞎張太祝，
> 縱爾有眼誰爾珍？（《孟郊詩集校注》卷七）

在張籍的詩中，直接提到貧的約有二十處，提到病的約有三十處。
〔註91〕其〈贈任道人〉詩云：

> 長安多病無生計，藥鋪醫人亂索錢。（《張籍詩集》卷六）

又〈書懷寄元郎中〉詩云：

> 經過獨愛遊山客，計校唯求買藥錢。（《張籍詩集》卷四）

像他這樣一個卑微的太祝，加上貧病，益使他的生活更加困窘了。故
姚合〈贈張籍太祝〉詩云：

> 貧須君子救，病合國家醫。野客開山借，鄰僧與米炊。甘
> 貧辭聘幣，依選受官資。多見愁連曉，稀聞債盡時。聖朝
> 文物盛，太祝獨低眉。（《全唐詩》卷四百九十七）

又白居易〈讀張籍古樂府〉詩云：

> 如何欲五十，官小身賤貧。病眼街西住，無人行到門。（《白
> 居易集箋校》卷第一・諷諭一）

他又在〈重到城七絕句・張十八〉一詩中說：

> 諫垣幾見遷遺補，憲府頻聞轉殿監。獨有詠詩張太祝，十
> 年不改舊官銜。（《白居易集箋校》卷第十五・律詩）

張籍就在這種貧窘的情況下生活了十年，雖經長期的貧病，卻僅守「君
子固窮」，婉言謝絕藩鎮李師道幕府的羅致。洪邁《容齋三筆》卷第
六張籍條云：

> 張籍在他鎮幕府，鄆帥李師古又以書幣辟之，籍卻而不納，
> 而作〈節婦吟〉一章寄之。〔註92〕

〔註91〕參見卞孝萱〈張籍簡譜〉，《安徽史學通訊》，1959年第四、五期，頁94。
〔註92〕見南宋・洪邁《容齋隨筆・三筆》卷第六，上海，上海古籍出版社，
1995年3月一版三刷，頁481。詩中李師古之名恐誤，《唐百家詩本》、
《全唐詩》皆題作〈節婦吟寄東平李司空師道〉。

張籍〈節婦吟〉詩云：

> 君知妾有夫，贈妾雙明珠。感君纏綿意，繫在紅羅襦。妾
> 家高樓連苑起，良人執戟明光裏。知君用心如日月，事夫
> 誓擬同生死。還君明珠雙淚垂，何不相逢未嫁時。（《張籍詩
> 集》卷一）

中唐以來，各地軍閥喜羅致文人，用以削弱朝廷，增強其威望和實力。
全詩用《楚辭》香草美人之義，以漢樂府敘事之體，化用〈陌上桑〉、
〈羽林郎〉之語句，婉轉含蓄地表明自己的心志，將「節義肝腸，以
情款語出之」（《唐詩歸》卷三十），使驕橫跋扈的李司空不致惱羞成
怒，故清‧賀貽孫《詩筏》云：

> 文昌之婉戀，良有以也。〔註93〕

十年太祝生活，是張籍詩歌創作的重要時期，也是張籍社會寫實
詩歌創作的高潮。從白居易、姚合贈張籍之詩中，〔註94〕我們可以知
道，張籍創作中最有價值的部分是樂府與歌行，它們多屬五十歲以
前，在貧病交迫的環境中寫出的。賈島在〈投張太祝〉中亦稱之：

> 風骨高更老，向春初陽葩。（《長江集新校》卷二）

可見張籍此一時期，已屹然成為中唐詩人的重鎮，且在樂府創作上居
於較高的地位。

五、「賴得在閑曹」──晚歲十五年時期

張籍在晚歲的十五年（西元 816～830 年）中，曾歷官六次，即
憲宗元和十一年（西元 816 年），年約五十一歲，任國子監廣文館助
教，從七品上，掌領國子學生業進士者；〔註95〕元和十五年（西元

〔註93〕清‧賀貽孫《詩筏》，收入郭紹虞編選、富壽蓀校點《清詩話續編》，
　　　　臺北，木鐸出版社，1983 年 12 月初版，頁 188。
〔註94〕即白居易〈讀張籍古樂府〉與姚合〈贈張籍太祝〉二詩。
〔註95〕宋‧王溥《唐會要》卷六十六云：「廣文館，……領國子監進士業者，
　　　　博士助教各一人，品秩同太學。」（臺北，世界書局，1989 年 4 月版，
　　　　頁 1163。）同註84，卷四十八，志第三十八，〈百官〉三云：「太學，
　　　　博士六人，正六品上；助教六人，從七品上。」（頁 1266。）

820 年），年約五十五歲，改授秘書省秘書郎，從六品上，掌四部圖籍，分判課寫功程；〔註96〕穆宗長慶元年（西元 821 年），年約五十六歲，韓愈薦張籍爲國子監廣文館博士，正六品上，掌領國子學生業進士者；〔註97〕長慶二年（西元 822 年）春，年約五十七歲，除水部員外郎，從六品上，掌天下川瀆陂池之政令，以導達溝洫，堰決河渠；〔註98〕長慶四年（西元 824 年）夏，年約五十九歲，罷水部員外郎，休官二月，受詔拜主客郎中，從五品上，掌二王後及諸蕃朝聘之事；〔註99〕文宗大和元年（西元 827 年）春，爲主客郎中分司東都；大和二年三月，年約六十三歲，劉禹錫代張籍爲主客郎中分司東都，張籍轉國子司業，從四品下，掌儒學訓導之政，總國子、太學、廣文、四門、律、書、算凡七學。〔註100〕

　　雖然以上張籍所擔任的官職都只是「冷官」、「閑曹」，但他自知：

　　　　年長身多病，獨宜作冷官。（〈早春閒遊〉，《張籍詩集》卷二）

　　　　多申請假牒，祇送賀官書。（〈早春病中〉，同前）

　　　　眼昏書字大，耳重語聲高。……都無作官意，賴得在閑曹。

　　（〈詠懷〉，同前）

由於年長多病，也就無意仕進，安於閑曹。張籍在此一時期多與人唱和，他的詩集中與人唱和的作品多作於此時。韓愈、白居易、王建、元稹、劉禹錫、賈島、姚合、元宗簡、楊巨源、施肩吾、朱慶餘、裴度、令狐楚、李遜、李愬等人都曾與他贈答。在他任秘書郎時裴度守河東，曾寄馬予張籍，籍作〈謝裴司空寄馬〉詩以謝，裴度亦有〈酬張秘書因寄馬贈詩〉酬之，在他們二人酬贈之後，唱和者甚多，如元

〔註96〕同註 84，卷四十七，志第三十七，〈百官〉二云：「秘書郎三人，從六品上。掌四部圖籍。……凡課寫功程，皆分判。」（頁 1215。）

〔註97〕同註 95。

〔註98〕後晉・劉昫等撰《舊唐書》卷四十三，志第二十三，〈職官〉二，北京，中華書局，1991 年 12 月一版四刷，頁 1841。

〔註99〕同前註，頁 1832。

〔註100〕同註 84，卷四十八，志第三十八，〈百官〉三，頁 1265。

積、李絳、韓愈、白居易、劉禹錫等人皆有和詩；又任水部員外郎時，作〈朝日敕賜櫻桃〉詩，也得到不少詩人的吟和。任國子監廣文館博士時，賈島有〈題張博士新居〉（《長江集新校》卷五）詩贈之，可見張籍移居，是在改官國子監廣文館博士時。其自長安寺中移居靖安坊，有〈移居靜安坊答元八郎中（《唐詩百名家》題作〈移居靖安坊答元八郎中見寄〉）〉詩：

> 長安寺裏多時住，雖守卑官不厭貧。作活每常嫌費力，移
> 居祗是貴容身。初開井淺偏宜樹，漸覺街閒省踏塵。更喜
> 往還相去近，門前減卻送書人。（《張籍詩集》卷四）

晚年的張籍在當時詩壇上的名望很高，並且樂於獎掖後進，如朱慶餘中進士前，曾學詩於張籍，復因張籍而成名。朱氏曾以〈近試上張籍水部〉（一作〈閨意獻張水部〉）一詩獻於張籍，張籍亦以〈酬朱慶餘〉一詩酬之，千百年來一直被傳爲詩壇的佳話。

第五節　交遊考

　　張籍賦性狷直，與朋友交，一秉至誠，既不投其所好，亦不排斥異己。即使對知遇最深的韓愈，也曾責其「喜博塞及爲駁雜之說，論議好勝人，其排釋老不能著書若孟軻、揚雄以垂世者」。〔註101〕對學異門庭的白居易，更以肝膽相照。當白氏「爲近臣」時，他便「稀到門」；當白氏「官職冷」時，他卻「來往頻」。故白氏在〈酬張十八訪宿見贈〉詩中稱之云：

> 況君秉高義，富貴視如雲。五侯三相家，眼冷不見君。問
> 其所與游，獨言韓舍人。其次即及我，我愧非其倫。（《白居
> 易集箋校》卷第六）

詩中所言至誠感人，亦可見韓愈、白居易與其交情匪淺。其詩深受時

〔註101〕宋・歐陽修、宋祁撰《新唐書》卷一百七十六，列傳第一百一
　　　　〈韓愈傳〉附傳，北京，中華書局，1991 年 12 月一版四刷，頁
　　　　5266。

輩的推服，韓愈、白居易、元稹、劉禹錫等中唐大家皆讚不絕口。張籍的詩友，依據他與時人酬贈之作統計約有一百四十多人。本節擬就與張籍有重要關係或影響者，如于鵠、王建、韓愈、白居易、元稹、裴度、劉禹錫、賈島等人加以論述，以見其往來唱酬之一斑。

一、于　鵠

　　于鵠，兩《唐書》無傳，生卒年里不詳，大曆、貞元間詩人也，〔註102〕大曆、建中年間久居長安，應舉未第，退隱漢陽山中。興元元年至貞元十四年間，累佐山南東道、荊南節度幕，卒於元和九年前。其生平事蹟見《唐詩紀事》卷二十九、《唐才子傳校箋》卷四。

　　在張籍的詩集中，有二首詩是給于鵠的，其一〈傷（《全唐詩》作哭）于鵠〉詩云：

> 我初有章句，相合者唯君。今來弔嗣子，對隴燒斯文。耕者廢其耜，蠶者絕其薪。……奠回徒再拜，昔意安能陳。(《張籍詩集》卷七)

另一首〈別于鵠〉詩云：

> 離燈及晨輝，行人起復思。出門兩相顧，青山路逶迤。(《張籍詩集》卷七)

可見于鵠實為張籍之知己，亦是他最早的詩友，而張籍對于詩亦極為推許也。可惜于鵠之詩作散佚甚多，現存于鵠詩已無酬贈張籍之作。又張籍〈贈王建〉詩亦云：

> 于君去後交遊少，東野亡來篋笥貧。(《張籍詩集》卷六)〔註103〕

〔註102〕見宋・計有功撰、王仲鏞校箋《唐詩紀事校箋》卷二十九「于鵠」條，成都，巴蜀書社，1992年3月一版二刷，頁807；宋・尤袤撰《全唐詩話》卷之二「于鵠」條，收於清・何文煥輯《歷代詩話》，北京，中華書局，1992年5月一版三刷，頁96，所云皆同。

〔註103〕于君，于鵠也。四部叢刊本《張司業詩集》與1959年北京中華書局上海編輯所編輯《張籍詩集》，于君皆作白君；《全唐詩》、唐詩百名家本、四庫全書本皆作白君，均誤。古逸叢書影刻宋本不誤。(參鄭騫〈永嘉室札記〉(上)「張籍贈王建詩條」，《書

于、張二人集中均有〈不食姑〉詩，兩相照應，應當是同時之作：

養龜同不食，留藥任生塵。（〈不食姑〉，《張籍詩集》卷二）

不食非關藥，天生是女仙。（〈贈不食姑〉，《全唐詩》卷三百十）

二、王　建

　　王建，字仲初，行六，關輔（今陝西）人，郡望潁川（今河南許昌）。少慕李益為詩，長有詩名，尤擅樂府、宮詞，與張籍並稱，世稱「張、王」，其《宮詞》百首，膾炙人口。其生平事蹟見《新唐詩·藝文志四》、《郡齋讀書志》卷四上、《唐詩紀事》卷四十四、《唐才子傳校箋》卷四。在張、王唱和中，張籍約有十七首詩是給王建的，王建約有七首給張籍。

　　張籍約在唐德宗興元元年（西元 784），年約十九歲時，結識王建，並與王建同往鵲山漳水一帶求學，約歷十年之久，由其交往詩中，不難得知：

相看頭白來城闕，卻憶漳谿舊往還。（〈酬秘書王丞見寄〉，《張籍詩集》卷四）

十年為道侶，幾處共柴扉。（〈登城寄王建〉，《張籍詩集》卷二）

昔歲同講道，青襟在師旁。（王建〈送張籍歸江東〉，《全唐詩》卷二百九十七）。

張籍後來在〈逢王建有贈〉一詩中即回憶這段難忘的學習生活，詩云：

年狀皆齊初有髭，鵲山漳水每追隨。使君座下朝聽易，處士庭中夜會詩。新作句成相借問，閑求義盡共尋思。經今三十餘年事，卻說還同昨日時。（《張籍詩集》卷四）

由此可知張、王二人之過從十分密切。在鵲山、漳水求學生活結束後，張、王有兩次別離。王建〈送張籍歸江東〉說得很清楚：

……昔歲同講道，青襟在師傍。出處兩相因，如彼衣與裳。行行成此歸，離我適咸陽。失意未還家，馬蹄盡四方。訪余詠新文，不倦道路長。僮僕懷昔念，亦如還故鄉。相親

惜晝夜，寢息不異床。猶將在遠道，忽忽起思量。……回

車遠歸省，舊宅江南廟。歸鄉非得意，但貴情義彰。五月

天氣熱，波濤毒於湯。……（《全唐詩》卷二百九十七）

第一次別離是在「同講道」結束之後，第二次別離約於張籍在貞元十

一年春南歸，過訪邢州王建漳谿山居，再別王建之時，建因作此詩送

之。

　　張、王再別後，經過了漫長的十八年，兩人才又再相見，張籍〈喜

王六同宿〉詩云：

十八年來恨別離，唯同一宿詠新詩。……（《張籍詩集》卷六）

但張、王二人在闊別中交情並未中斷，二人仍有詩作往來：

漸覺近來筋力少，難堪今日在風塵。誰能借問功名事，祇

自扶持老病身。積得藥資將助道，肯嫌家計不如人。洞庭

已置新居宅，歸去期君與作鄰。（〈寄王六侍御〉，《張籍詩集》

卷四）

本性慵遠行，綿綿病自生。見君綢繆思，慰我寂寞情。風

幌夜不掩，秋燈照雨明。彼愁此又憶，一夕兩盈盈。（王建

〈酬張十八病中寄詩〉，《全唐詩》卷二百九十七）

別後知君在楚城，揚州寺裏覓君名。西江水闊吳山遠，卻

打船頭向北行。（王建〈揚州尋張籍不見〉，《全唐詩》卷三百一）

張、王歷經十八年的闊別後，於元和七、八年之際相逢於長安，張籍

〈逢故人〉、〈喜王六同宿〉、〈逢王建有贈〉皆作於初逢之時，〈逢故

人〉〔註104〕詩云：

山東一十餘年別，今日相逢在上都。說盡向來無限事，相

看盡是白髭鬚。（《張籍詩集》卷六）

詩中所云二人在上都相逢，應當是在王建寄食長安乞薦書的半年內，

當時張籍仍官太常寺太祝；元和八年秋，王建亦得授昭應尉。〔註105〕

〔註104〕李一飛〈張籍王建交游考述〉，《文學遺產》，1993年第二期，頁

58，考證〈逢故人〉一詩，爲張籍贈王建之詩。

〔註105〕同前註，頁59。

　　元和八年至十五年內，張籍一直在朝爲官，歷任太常寺太祝、國子監廣文館助教、秘書省秘書郎；王建則在京畿縣爲吏。兩人相距雖不甚遠，聚會的機會卻不多，見於詩者更是屈指可數。王建〈歸昭應留別城中〉詩云：

　　　　喜得近京城，官卑意亦榮。並床歡未定，離室思還生。計拙偷閒住，經過買日行。如無自來分，一驛是遙程。（《全唐詩》卷二百九十九）

此寫出朋友之間相距雖只一驛之程，卻不能經常歡聚的遺憾心情。張籍〈寄昭應王中丞〉詩亦云：

　　　　借得西街宅，開門渭水頭。長貧唯要健，漸老不禁愁。獨憑藤書案，空懸竹酒鉤。春風石甕寺，作意共君遊。（《張籍詩集》卷二）

石甕寺，在驪山華清宮東之半山下，寺有紅樓，樓中有玄宗題詩、王維山水畫。昭應城即在驪山北，門對華清宮。張籍期望能與王建同遊此地，但在王建〈題石甕寺〉、〈奉同曾郎中題石甕寺得嵌字〉、〈秋夜對雨寄石甕寺二秀才〉等詩中，均未提及張籍，可知二人未曾同遊。元和十年，孟郊去世後，張籍有詩贈王建，詩云：

　　　　賴有白頭王建在，眼前猶見詠詩人。（〈贈王建〉，《張籍詩集》卷六）

而感到安慰，王建此時仍在昭應丞任上。張籍任國子監廣文館助教時，王建有〈留別張廣文〉詩贈之，詩云：

　　　　謝恩新入鳳皇城，亂定相逢合眼明。千萬求方好將息，杏花寒食的同行。（《全唐詩》卷三百一）

亂定，指元和十二年十二月平定淮西。張籍眼疾初癒於元和十一年。〔註106〕此詩作於「亂定」後、張籍「眼明」之時，王建又約張籍寒

〔註106〕　韓愈〈游城南十六首·贈張十八助教〉詩云：「喜君眸子重清朗，攜手城南歷舊遊。忽見孟生題竹處，相看淚落不能收。」（《韓愈全集校注·詩·元和十一年》），作於元和十一年，可知張籍眼疾初癒於此時。

食同遊長安城南杏園，可知此詩作於元和十三年初春。又穆宗長慶元年，韓愈薦張籍爲國子監廣文館博士，王建亦有〈寄廣文張博士〉詩贈之，詩云：

> 春明門外作卑官，病友經年不得看。莫道長安近于日，昇
> 天卻易到城難。(《全唐詩》卷三百一)

此詩作於長慶元年，又張籍在本年始爲國子監廣文館博士，而此時，王建仍在「春明門外作卑官」。春明門，爲長安城東面三門之中門，〔註107〕昭應縣在長安東，距離京都只一驛之程，故云「近于日」，可知王建爲昭應丞直至本年，其入朝爲太府丞是本年以後之事。

　　長慶、寶曆至大和初，張籍歷任國子監廣文館博士、水部員外郎、主客郎中、國子司業；王建歷任太府丞、秘書郎、太常丞、秘書丞，出爲陝州司馬。張、王同爲朝官，交往唱和十分頻繁，但王建酬贈張籍詩，如今卻一首無存，獨存張籍贈酬王建詩多首，如〈贈王秘書〉二首、〈登城寄王建（王建《全唐詩》作王秘書建）〉、〈書懷寄王秘書〉等四首，其詩云：

> 自領閑司了無事，得來君處喜相留。(〈贈王秘書〉，《張籍詩集》
> 卷四)
> 獨從書閣歸時晚，春水渠邊看柳條。(〈贈王秘書〉，同前)
> 聞君鶴領住，西望日依依。(〈登城寄王建〉，《張籍詩集》卷二)
> 賴君同在京城住，每到花前免獨遊。(〈書懷寄王秘書〉，《張籍
> 詩集》卷四)

從以上的詩句，不難看出張、王二人相聚於京師的喜悅之情與短暫分別的思念之情。

　　長慶二年春，張籍除水部員外郎，秋，奉命出使離京，首途至藍田，有〈使至藍谿驛寄太常王丞〉詩，返京後有〈贈太常王建藤杖筍鞋〉詩，可證王建已於歲秋前由秘書郎遷太常寺丞。

〔註107〕見清·徐松撰、李健超增訂《增訂唐兩京城坊考》卷二，西安，
　　　　三秦出版社，1996 年 2 月一版一刷，頁 48。

　　張籍又有〈酬秘書王丞見寄〉、〈賀秘書王丞南郊攝將軍〉詩，雍陶亦有〈酬秘書王丞見寄〉(《全唐詩》卷五一八)，可知王建亦曾官秘書丞。張籍〈酬秘書王丞見寄〉詩云：

> 相看頭白來城闕，卻憶漳谿舊往還。今體詩中偏出格，常
> 參官裏每同班。街西借宅多臨水，馬上逢人亦說山。芸閣
> 水曹雖最冷，與君長喜得身閑。(《張籍詩集》卷四)

從這首詩可看出：(一)張、王二人珍視往年的同窗生活，如今又在朝同官，交情則更加深厚。(二)從詩題可知，此一時期王建有詩酬贈張籍，只是未留下來而已。〔註108〕

　　大和二年秋，張籍任國子司業，王建出為陝州司馬，赴任之時，張籍、白居易、劉禹錫、賈島皆有詩贈之。張籍〈贈別王侍御赴任陝州司馬(《全唐詩》注文題作贈王司馬赴陝州)〉〔註109〕詩云：

> 京城在處閑人少，唯共君行並馬蹄。更和詩篇名最出，時
> 傾盃酒興常齊。同趨闕下聽鐘漏，獨向軍前聞鼓鼙。今日
> 春明門外別，更無因得到街西。(《張籍詩集》卷四)

王建出為陝州司馬，使張、王在久別重逢之後，又面臨訣別，此即「唯共君行並馬蹄」的愜意生活將要結束，以致張籍又感嘆云：「今日春明門外別，更無因得到街西」。街西，指張籍當時寓居的靖安坊。王建赴陝州司馬任後，與張籍交遊日稀，也未見二人再有唱酬詩。從張、王唱和詩中，可以看出王建詩名出眾，更多地是由於張籍的推許，如曾譽王建「賦來詩句無閑語」(〈贈王秘書〉，《張籍詩集》卷四)、「詩似冰壺見底清」(〈贈王侍御〉，同前)，與此詩的「更和詩篇名最出」等皆是。

〔註108〕同註104，頁62。

〔註109〕王建當由秘書丞授陝州司馬，但張籍此詩則云為「侍御」，然據《全唐詩》此詩題注：「贈王司馬赴陝州」，無「侍御」二字，為是。秘書丞，從五品上；陝州為大都督府，司馬從四品下(見《舊唐書‧職官志》)。

三、韓　愈

　　韓愈，字退之，行十八，唐河南河陽（今河南孟縣）人。生於唐代宗大曆三年（西元 768 年），卒於唐穆宗長慶四年（西元 824 年）。世稱「韓吏部」或「韓文公」，又郡望昌黎，故世稱「韓昌黎」。其詩多用賦體，善爲鋪陳，又喜吸收古文章法、句式、且好發議論，故有「以文爲詩」之稱。其生平事蹟見李翱〈贈禮部尙書韓公行狀〉、《舊唐書》卷一六〇、《新唐書》卷一七六本傳、《唐詩紀事》卷三十四、《唐才子傳校箋》卷五等。

　　《舊唐書・韓愈傳》卷一百六十云：

　　　　愈性弘通，與人交，榮悴不易。少時與洛陽人孟郊、東郡
　　　　人張籍友善。二人名位未振，愈不避寒暑，稱薦於公卿間，
　　　　而籍終成科第，榮於祿仕。〔註110〕

又《唐才子傳》卷五云：

　　　　初至長安，謁韓愈。一會如平生歡，才名相許，論心結契。
　　　　〔註111〕

在張籍生平交遊中，韓愈是關係他出處顯晦和文學成就的重要人物，既是至交又是其門人，不僅揄揚獎掖，使之顯名當時，而且多次推薦，始終在仕途上大力給以提攜和汲引，晚年與之齊名，時稱「韓、張」。白居易就曾說：「問其所與游，獨言韓舍人」（〈酬張十八訪宿見贈〉），可見韓愈在張籍心目中的地位。韓愈贈予張籍的詩就有十八首之多，加上〈答張籍書〉與〈重答張籍書〉二文；張籍贈予韓愈的詩也有八首，及〈上韓昌黎書〉、〈上韓昌黎第二書〉二文。張、韓二人的相識，是經由孟郊的推薦。據華忱之〈孟郊年譜〉，孟郊於貞元十二年（西元 796 年）登進士第，自長安東歸，在和州會晤張籍，同遊於桃花塢。

〔註110〕　後晉・劉昫等撰《舊唐書》卷一百六十，列傳第一百一十〈韓
　　　　　愈傳〉，北京，中華書局，1991 年 12 月一版四刷，頁 4203。
〔註111〕　元・辛文房撰、傅璇琮主編《唐才子傳校箋・張籍》，北京，中
　　　　　華書局，第二冊，1989 年 3 月一版一刷，頁 561。張籍與韓愈
　　　　　初次會面應在汴州，而非長安，云爲長安，誤也。

貞元十三年（西元 797 年），孟郊自南方至汴州（今河南省開封市）
依陸長源（當時陸氏爲御史大夫、宣武軍行軍司馬），會晤韓愈，並
推薦張籍。此事可從韓愈〈此日足可惜贈張籍〉一詩中得知：

> 念昔未知子，孟君自南方；自矜有所得，言子有文章。我
> 名屬相府，欲往不得行。思之不可見，百端在中腸。(《韓愈
> 全集校注‧詩‧貞元十五年》)

經由孟郊的推薦，韓愈幾次曾想與張籍會面，但卻都苦無機會，終於
在貞元十三年十月一日，〔註112〕張、韓二人始得初次會面，〈此日足
可惜贈張籍〉一詩亦載有此事：

> 惟時月魄死，冬日朝在房。驅馳公事退，聞子適及城。命
> 車載之至，引坐於中堂。開懷聽其說，往往副所望。……
> 留之不遣去，館置城西旁；歲時未云幾，浩浩觀湖江。(《韓
> 愈全集校注‧詩‧貞元十五年》)

「惟時月魄死，冬日朝在房」，點明了張籍北至汴州在孟冬之月朔日，
即十月一日，從韓愈學文，與李翱同爲韓門弟子，館于城西。

憲宗元和元年（西元 806 年），與韓愈、孟郊、張徹諸人聚首長安，
同賦〈會合聯句〉詩，共三十四韻。詩以張籍起領，韓愈賡和，孟郊居
三，張徹殿後。此四人聯句所構成的宏篇，洪邁〈容齋四筆〉稱之曰：

> 雄奇激越，如大川洪河，不見涯涘，非瑣瑣潢汙行潦之水
> 所可同語也。〔註113〕

又宋‧胡仔纂集《苕溪漁隱叢話‧前集》卷第十八云：

> 山谷云：「會合聯句，孟郊張徹與焉，四君子皆佳士，故意
> 氣相入，雜然成文。世之文章之士少聯句，嘗病筆力不能

〔註112〕張、韓二人初次會面的時間，在羅聯添〈張籍年譜〉(《唐代詩
文六家年譜》，臺北，學海出版社，1986 年 7 月初版，頁 168。)
與吳汝煜〈中唐詩人瑣考〉一文中「張籍始見韓愈時間」條，(《文
學遺產增刊》十八輯，1989 年 3 月，頁 92～93。) 皆指在貞元
十三年十月一日，並有詳細的考證。

〔註113〕南宋‧洪邁《容齋隨筆‧四筆》，上海，上海古籍出版社，1995
年 3 月一版三刷，頁 663。

相追，或成四公子墓耳。」〔註114〕

本年冬，識韓愈之子韓昶，並爲其授詩，韓愈有〈贈張籍〉一詩贈之。韓昶〈自爲墓志銘〉曰：

> 至六七歲，未解把筆，書字即是。性好文字，出言成文，不同他人所爲，張籍奇之，爲授詩。〔註115〕

元和六年（西元 811 年），張籍在長安爲太常寺太祝，病目窮困，韓愈代作〈代張籍與李浙東書〉一文，交由李翺攜致浙東觀察使李遜，冀其擢用。但直至元和九年（西元 814 年）爲止，李遜已入爲給事中，張籍目疾轉劇，仍在長安爲太祝，可知始終未爲李遜所用。本年八月，孟郊卒。十月，葬於洛陽東。張籍建言諡曰：「貞曜先生」，韓愈從其議，爲之作〈貞曜先生墓誌銘〉，其文曰：

> 唐元和九年，歲在甲午，八月己亥，貞曜先生孟氏卒。無子，其配鄭氏以告，愈走位哭，且召張籍會哭。明日，使以錢如東都供葬事。……十月庚申……葬之洛陽東其先人墓左。……將葬，張籍曰：「……如曰貞曜先生，則姓名字行有載，不待講說而明。」（《韓愈全集校注·文·元和九年》）

元和十一年（西元 816 年），張籍改爲國子監廣文館助教，居延康里，眼疾初癒，隨韓愈遊城南。城南莊，韓愈所居之處，其地在長安城南黃大陂岸曲。〔註116〕其〈患眼〉一詩即記載此事：

> 三年患眼今年校，免與風光便隔生。昨日韓家後園裏，看花猶似未分明。（《張籍詩集》卷六）

夏末，韓愈〈題張十八所居〉詩。五月癸未（十八日），韓愈自中書

〔註114〕　宋·胡仔纂集《苕溪漁隱叢話·前集》卷第十八，北京，人民文學出版社，1993 年 11 月二版四刷，頁 119。

〔註115〕　清·董誥等編《全唐文》，上海，上海古籍出版社，1993 年 11 月一版二刷，頁 3397。

〔註116〕　《唐音統籤》載孟郊〈遊城南韓氏莊〉題下胡注：「退之莊也，其地在長安城南。」宋敏求長安志中：「曰韓莊者，在韋曲之東，退之與孟郊賦詩，又并其子讀書之所也。」程大昌雍錄：「韋曲在明德門外，……蓋皇子陂之西，所謂城南韋莊。」

舍人降爲右庶子，〔註 117〕張籍有〈酬韓庶子〉一詩酬之。六月，命進士賀拔恕鈔科斗文《孝經》及漢衛宏《官書》，以遺韓愈。韓愈〈科斗書後記〉云：

> 貞元中，……識開封令服之者，……授余以其家科斗《孝經》、漢衛宏《官書》，兩部合一卷，愈寶蓄之而不暇學。後來京師……識歸公……因進其所有書屬歸氏。元和來……因從歸公乞觀二部書，得之，留月餘。張籍令進士賀拔恕寫以留愈，……而歸其書歸氏。十一年六月四日右庶子韓愈記。(《韓愈全集校注・文・元和十一年》)

本年韓愈另有〈游城南十六首・贈張十八助教〉、〈調張籍〉、〈奉酬盧給事雲夫四兄曲江荷花行見寄並呈上錢七兄閣老張十八助教〉、〈晚寄張十八助教周郎博士〉等詩贈之。

穆宗長慶元年（西元 821 年），韓愈力薦張籍爲國子監廣文館博士。其〈舉薦張籍狀〉云：

> 登仕郎守秘書省校書郎張籍……臣當司見闕國子監博士一員，生徒藉其訓導。伏乞天恩，特授此官，以彰聖朝崇儒尚德之道。(《韓愈全集校注・文・長慶元年》)〔註 118〕

考《舊唐書》卷一六〇韓愈本傳，韓愈自袁州召還爲國子祭酒，在元和十五年（西元 820 年）。據《韓愈全集校注・詩・長慶元年》，〈雨中寄張博士籍侯主簿喜〉詩方世舉注：「公初爲祭酒，在元和十五年

〔註 117〕 同註 112，羅聯添〈張籍年譜〉，頁 200。

〔註 118〕 韓愈〈舉薦張籍狀〉稱張籍爲「登仕郎守秘書省校書郎」，疑「校書」爲「秘書」之訛。張籍於元和十五年已爲從六品上之秘書省秘書郎，其間並無顯過，不當驟降爲正九品上之秘書省校書郎。白居易〈張籍可水部員外郎制〉云：「頃籍自校秘文而訓國胄。」(《白居易集》卷第四十九)「校秘文」亦非爲校書郎之證。蓋秘書郎屬官有校書郎十人，正字四人，「掌校讎典籍，刊正文章」。秘書郎分判課寫功程，實主其事，故亦可謂「校秘文」。宋・歐陽修、宋祁撰《新唐書》卷一百七十六，列傳第一百一〈韓愈傳〉附傳云：「久次，遷秘書郎。愈薦爲國子博士。」(北京，中華書局，1991 年 12 月一版四刷，頁 5266。) 其說是也。

冬，而此詩所云雷雨菌麥，則似夏景，蓋長慶元年作也。」則張籍爲博士當在長慶元年夏季之前。張籍〈祭退之〉詩云：「特狀爲博士，始獲升朝行。」（《張籍詩集》卷七）即指此事。韓愈作〈雨中寄張博士籍侯主簿喜〉詩贈予張籍，籍亦有〈酬韓祭酒雨中見寄〉（《張籍詩集》卷二）詩酬之。

　　長慶二年（西元 822 年）二月，韓愈奉命宣慰鎭州。張籍與韓愈同遊楊於陵別墅，韓愈有〈早春與張十八博士籍遊楊尙書林亭寄第三閣老兼呈白馮二閣老〉詩。本年春，張籍除水部員外郎，與韓愈同遊曲江，韓愈有〈同水部張員外曲江春遊寄白二十二舍人〉詩。四月，張籍作〈朝日敕賜櫻桃〉詩，韓愈有〈和水部張員外宣政衙賜百官櫻桃詩〉和之。九月，韓愈還轉吏部侍郎，張籍有〈酬裴僕射朝回寄韓吏部〉詩贈之。

　　長慶三年，韓愈有〈早春呈水部張十八員外二首〉詩，其一詩云：
> 天街小雨潤如酥，草色遙看近卻無。最是一年春好處，絕
> 勝花柳滿皇都。（《韓愈全集校注・詩・長慶三年》）

詩人運用詩的語言描繪出極難描摹的色彩──一種淡素的、似有卻無的色彩，將這首詠早春詩，寫得清新自然，簡直是口語化的表達。全篇中的絕妙佳句「草色遙看近卻無」成了千古名句，一向爲人稱道。蘇軾讀了這首詩，愛不釋手，在這首詩的啓發下，寫了四句吟詠初多的詩：
> 荷盡已無擎雨蓋，菊殘猶有傲霜枝。一年好景君須記，最
> 是橙黃橘綠時。（〈贈劉景文〉）

二詩意思頗同而詞殊，皆以淺語遙情曲盡時令的特徵，歷來膾炙人口。

　　長慶四年夏，張籍罷水部員外郎，官休閑居，韓愈請告養病城南莊。張籍與之遊泛南溪，有〈池上聯句〉詩，可惜今已佚，此事在〈祭退之〉有記載：
> 去夏公請告，養疾城南莊，籍時官休罷，兩月同游翔。黃
> 子陂岸曲，地曠氣色清，……共愛池上佳，聯句舒遲情，
> 偶有賈秀才，來茲亦間并。移船入南溪，東西縱篙根。……
> 籍受新官詔，拜恩當入城。（《張籍詩集》卷七）

可知張籍休官兩月的時間，皆與韓愈同遊城南莊，其間賈島亦常來訪。張籍又有〈城南〉詩云：「未聽主人賞，徒愛清華秋。」主人，指韓愈。清華秋，指本年秋。知〈城南〉詩，作於本年秋。張籍休官二月後，受詔拜主客郎中，作〈同韓侍御南谿夜賞〉詩：

> 喜作閒人得出城，南谿兩月逐君行。忽聞新命須歸去，一夜船中語到明。（《張籍詩集》卷六）

知爲入城拜命前夕所賦之作。八月十六夜，與王建往訪韓愈，坐語於階楹，韓愈出二侍女，合彈琵琶箏，此事亦載於〈祭退之〉詩：

> 中秋十六夜，魄圓天差晴。公既相邀留，坐語於階楹，乃出二侍女，合彈琵琶箏。（《張籍詩集》卷七）

韓愈〈翫月喜張十八員外以王六秘書至〉詩云：「前夕雖十五，月長未滿規。」（《韓愈全集校注‧詩‧長慶四年》）則十六夜作此詩明矣，此正與張籍詩所言時日合。本年韓愈另有〈與張十八同效阮步兵一日復一夕〉詩，方世舉注云：「此自病中滿百日假時所作。張籍所作，其集中不載。」（同前）。十二月丙子（二日），韓愈卒於靖安里，臨終時張籍在側，並受託爲其料理後事，〈祭退之〉詩云：

> 公有曠達識，生死爲一綱，及當臨終晨，意色亦不荒。贈我珍重言，傲然委衾裳。公比欲爲書，遺約有修章，令我署其末，以爲後事程。……書札與詩文，重疊我笥盈，頃息萬事盡，腸情多摧傷。（《張籍詩集》卷七）

張籍〈祭退之〉詩，作於唐敬宗寶曆元年（西元 825 年）三月，韓愈下葬河南河陽之時，這首詩是《張司業集》中最長的一首，計長達一百六十六句，八百三十字，記敘了他與韓愈之交往始末。在詩的末段說，韓愈病重之時，對來訪的客人皆謝絕，唯獨張籍，可以直入臥室，並將「遺約」要張籍署名，以身後之事相託。可見張籍乃韓門中之佼佼者，最受韓愈賞重，其知韓愈亦最深。

　　張籍對待朋友熱誠而又眞率，他曾經接連兩次寫信給韓愈（即《上韓昌黎書》與《上韓昌黎第二書》），指出「楊朱、墨翟恢詭異說，干惑人聽」、「夫老釋惑乎生人久矣」，強烈要求韓愈「辨楊、墨、老、

釋之說」，並立即爲此著書，可見張籍早年排釋老的主張是很堅決的。
〔註119〕同時，又尖銳嚴肅地直接批評了韓愈的三方面缺點——「比
見執事多尙駁雜無實之說，使人陳之於前以爲歡，此有以累於令德；
又，商論之際，或不容人之短，如任私尙勝者，亦有所累也；先王存
六藝，自有常矣。有德者不爲，猶以爲損，況爲博塞之戲與之競財乎？
君子固不爲也，今執事爲之，以廢棄時日，竊實不識其然」（《上韓昌
黎書》），要求韓愈立即改正。他對韓愈尙且如此激切陳詞，直言指責，
略無避諱，毫不顧忌，其性格之「狷直」或「樸直」，於此可見一斑。
韓愈對張籍也毫無嗔怪，二人仍然親密無間。

四、白居易

　　白居易（西元722～846年），字樂天，晚年自號香山居士、醉吟
先生，世稱「白傅」或「白文公」。行二十二，祖籍太原（今屬山西），
後遷居下邽（今屬陝西渭南），遂爲下邽人。出生於鄭州新鄭縣（今
屬河南）。以亢直敢言和寫作新樂府詩諷刺時政，爲權豪所恨。以詩
著稱，早年與元稹齊名，稱「元白」；晚年與劉禹錫齊名，稱「劉白」。
其生平事蹟見李商隱〈白公墓碑銘并序〉、《舊唐書》卷一〇六與《新
唐書》卷一一九本傳、《唐詩紀事》卷三十八、三十九、四十九、《唐
才子傳校箋》卷六等。

　　在詩歌或人品上，白居易曾給予張籍很高的評價，白集中與張籍
的詩作最多，約有十五首，自其爲太祝、爲博士、爲水部員外郎，各
階段之作品，皆見集中，其交往之久可知；而張籍的酬答也有十四首
之多。現存張、白兩人詩集中之唱和詩，仍以白居易在京城時爲多。

〔註119〕雖然張籍在中年以後，寫了一些遊寺觀、贈僧道的詩，如〈書
　　　　懷〉詩云：「別從仙客求方法，時到僧家問苦空。」（《張籍詩集》
　　　　卷四）；〈贈任道人〉詩云：「欲得定知身上事，憑君爲算小行年。」
　　　　（《張籍詩集》卷六）；〈同韋員外開元觀尋時道士〉詩云：「昨
　　　　來官罷無生計，欲就師求斷谷方。」（同前）都帶有詼諧的口吻，
　　　　但還不能斷定他已改變初衷，崇信釋老。

　　論年齡，白居易要比張籍小六、七歲，兩人大約相識於唐憲宗元和元年（西元 806 年），現存張、白唱和詩中，最早當推元和三年張籍的〈寄白學士〉，詩云：

　　　自掌天書見客稀，縱因休沐鎖雙扉。幾迴扶病欲相訪，知
　　　向禁中歸未歸。（《張籍詩集》卷六）

詩中清楚地表明了白居易的地位，以及張籍曾多次想要造訪的心情。白氏對此深感同情，並立即向張籍提出熱情的邀約：

　　　憐君馬瘦衣裘薄，許到江東訪鄙夫。今日正閑天又暖，可
　　　能扶病暫來無。（〈答張籍因以代書〉，《白居易集箋校》卷第十四）

白居易並未因張籍的「馬瘦衣裘薄」不予理會，反而十分謙遜、好客，流露出真摯的友情。從這兩首往來的小詩中，可以看出張、白二人的感情十分深厚。此詩作於元和四年，白居易三十八歲，在長安任左拾遺、翰林學士，新樂府始作於是年，官品雖不高，地位卻十分清要，而張籍仍是太常寺太祝，一直屈居下僚，鬱鬱寡歡，病體纏身。江東，指長安曲江之東。當時白氏居新昌里，在曲江東北，故曰江東。張籍此時居長安西部延康里，由白氏〈酬張十八訪宿見贈〉詩云：「遠從延康里，來訪曲江濱。」（《白居易集箋校》卷第六）可證。

　　張籍又有〈病中寄白學士拾遺〉（作於元和四年）詩稱：「自寓城闕下，識君弟事焉。」（《張籍詩集》卷七），白居易以弟自稱，並有〈酬張太祝晚秋臥病見寄〉（作於元和五年，《白居易集箋校》卷第九）詩酬之，對張籍的詩才表示高度的讚揚，並認為兩人不能時常相見也表示非常遺憾，其詩云：

　　　高才淹禮寺，短羽翔禁林。……君病不來訪，我忙難往尋。
　　　差池終日別，寥落經年心。……（《白居易集箋校》卷第九）

　　元和十年，張籍將創作的樂府詩投贈白居易，白氏因作〈讀張籍古樂府〉詩，讚揚古樂府的成就和社會作用，並表示希望這些詩能「百代不湮淪」、「時得聞至尊」，而不至於「委棄如泥塵」、「滅沒人不聞」。其後白氏又作〈重到城七絕句·張十八〉（《白居易集箋校》卷第十五）

詩贈之；本年白居易爲太子左贊善大夫，官位雖比左拾遺要高，但實際地位卻不如左拾遺了。他又上疏請捕刺武元衡之賊，被忌之者攻擊，其心情已大不如前，並自知即將被貶，是以作〈寄張十八〉詩贈張籍，其詩云：

> 飢止一簞食，渴止一壺漿。出入止一馬，寢興止一床。此外無長物，於我有若亡。胡然不知足，名利心遑遑？念茲彌懶放，積習遂爲常。經旬不出門，竟日不下堂。……憐中每相憶，此意未能忘。（《白居易集箋校》卷第六）

因爲秋天以來未曾相見，所以使其產生與他「同病者」的張籍能來同宿的念頭，這使得他們之間，有更多的共同語言，不論是交流思想，還是探討詩作，都要深入得多。

從元和十五年（西元 820 年）至大和三年（西元 829 年），這十年間，張、白二人詩作往來幾乎未曾中斷，可以說張、白的交往一直到張籍去世前不久。元和十五年夏，白居易自忠州召還，除尚書司門員外郎，而張籍時爲秘書省秘書郎，此時張籍的境遇仍然不佳。本年九月，裴度守河東，寄馬贈張籍，籍作〈謝裴司空寄馬〉詩以謝，詩中云：

> 乍離華廄移蹄澀，初到貧家舉眼驚。每被閑人來借問，多尋古寺獨騎行。（《張籍詩集》卷四）

可知張籍雖然改了官職，但依然窮愁潦倒。裴度也有〈酬張秘書因寄馬贈詩〉酬之，張、裴酬贈之後，和者甚多，如元稹有〈酬張秘書因寄馬贈詩〉、李絳有〈和裴相國答張秘書贈馬詩〉、韓愈有〈賀張十八秘書得裴司空馬〉詩、劉禹錫有〈裴相公大學士見示答張秘書謝馬詩并群公屬和因命追作〉、張賈有〈和裴司空答張秘書贈馬詩〉等詩和之（以上諸詩非同時所作）。白居易也有〈和張十八秘書謝裴相公寄馬〉詩和之，末兩句云：

> 丞相寄來應有意，遣君騎去上雲衢。（《白居易集箋校》卷第十九）

認爲這是裴度對張籍賞識的好兆頭，深深地爲窮朋友感到高興。

長慶元年（西元 821 年）春，白居易在長安購新昌里宅，時爲尚

書主客郎中、知制誥，張籍爲國子監廣文館博士。十月，白居易除中書舍人，有〈新昌新居書事四十韻因寄元郎中張博士〉詩，給元宗簡與張籍，詩中明白地指出，他和張籍之間的友誼，是有著共同的思想基礎的，也是用詩歌聯繫起來的。本年，張籍也有兩首詩給白居易，即〈早朝寄白舍人嚴郎中〉（《張籍詩集》卷四）、〈寄白二十二舍人〉（同前）。後一首詩，對於白居易的多次升遷，流露出一種喜悅之情，並指出白居易過去因受挫折產生過求仙訪道的想法，但朝廷還是重用人才的，不會讓白居易「去樂樵魚」的。

　　長慶二年（西元 822 年）春，張籍除水部員外郎，白居易時爲中書舍人，有〈張籍可水部員外郎制〉，稱揚張籍的詩歌創作，並有〈喜張十八博士除水部員外郎〉詩賀之，張籍亦有〈新除水曹郎答白舍人見賀〉詩答之。本年，張、白二人都曾去曲江春遊，白居易去得較早，回來之後寫〈曲江獨行招張十八〉詩與張籍，詩云：

> 曲江新歲後，冰與水相和。南岸猶殘雪，東風未有波。偶遊身獨自，相憶意如何？莫待春深去，花時鞍馬多。(《白居易集箋校》卷第十九)

張籍讀了白居易的詩以後，便欣然前往，並寫詩酬之，詩云：

> 曲江冰欲盡，風日已恬和。柳色看猶淺，泉聲覺漸多。紫蒲生濕岸，青鴨戲新波。仙掖高情客，相招共一過。(〈酬白二十二舍人早春曲江見招〉，《張籍詩集》卷二))

從這首詩描寫的節令看，比白詩要略晚一些。這兩首詩共同的特點，都是寫春色，但由於時間上有先後之別，作者各自掌握了景色特徵上的差異，細緻地刻劃出春天來臨過程中的二個不同場面。此後，他們便經常到曲江遊賞，寫詩唱和，如白居易有〈酬韓侍郎張博士雨後遊曲江見寄〉，韓愈有〈同水部張員外曲江春遊寄白二十二舍人〉等詩，可惜張籍的雨後遊曲江的詩已見不到了。七月，白居易除杭州刺史，取道襄、漢赴任，八月初，路過藍溪與張籍相逢，有〈逢張十八員外籍〉詩記事，可惜張籍與白居易的和詩散佚。長慶三年（西元 823 年），

白居易到了杭州之後，見到江南秀麗的景色時，希望張籍也能領略到如此美景，所以請人畫了一張圖畫，並且自己題詩，寄給張籍，其詩末云：

> 好著丹青圖寫取，題詩寄與水曹郎。（〈江樓晚眺景物鮮奇吟玩
> 成篇寄水部張員外〉，《白居易集箋校》卷第二十）

張籍因此也寫了〈答白杭州郡樓登望畫圖見寄〉一詩，對畫和詩大加讚賞，其詩云：

> 畫得江城登望處，寄來今日到長安。乍驚物色從詩出，更
> 想工人下手難。將展書堂偏覺好，每來朝客盡求看。見君
> 向此閑吟意，肯恨當時作外官。（《張籍詩集》卷四）

詩中流露出為江南麗景所打動的欣羨之情。本年夏，張籍曾有新詩二十五首寄與白居易，只是究為本集中那些篇目，如今已無法查考了。而白居易在看過這二十五首新詩後，十分高興，在郡樓月下，吟玩通夕，並在這二十五首詩之後，題了〈張十八員外以新詩二十五首見寄郡樓月下吟玩通夕因題卷後封寄微之〉一詩，一併寄與當時任越州刺史、浙東觀察使的元稹，元稹也曾和詩一首。從元稹的詩題〈酬樂天吟張員外詩見寄因思上京每與樂天於居敬兄升平里詠張新詩〉上看，知白、元等人是經常一起吟詠張籍的新詩的。直到長慶四年（西元824 年），張籍仍然對於遠在江南的白、元非常思念，於是寫了一首〈酬杭州白使君兼寄浙東元大夫〉（同前）詩寄去，詩中表達出白、元二人同時出守越地，而自己留在長安的這種人間聚散之難以預料，十分感慨，對於相別已三年，只能靠寫詩寄酬以慰友情表示遺憾。

敬宗寶曆元年（西元 825 年）三月，白居易出為蘇州刺史，一直到寶曆二年九月才離開蘇州。在此一期間張籍曾到蘇州見過白居易，臨別時白居易送他，張籍作〈蘇州江岸留別樂天〉（同前）詩。寶曆二年春，張籍有〈寄蘇州白二十二使君〉（同前）詩與白居易。

文宗大和二年（西元 828 年），張籍轉國子司業。春至夏，與白居易、裴度、劉禹錫、姚合等遊宴杏園、曲水，張籍有〈首夏猶清和

聯句〉(《張籍詩集》卷八)、〈薔薇花聯句〉(同前)、〈西池落泉聯句〉
(同前)等詩之作,並有以下的唱和詩:白作〈杏花園下贈劉郎中〉、
張作〈同白侍郎杏園贈劉郎中〉;裴作〈白二十二侍郎有雙鶴留在洛
下予西園多野水長松可以栖息遂以詩請之〉、張作〈和裴司空以詩請
刑部白侍郎雙鶴〉、白作〈酬裴相公乞予雙鶴〉、〈送鶴與裴相公臨別
贈詩〉;張作〈寒食夜寄姚侍御〉、姚作〈酬張司業見寄〉。

　　文宗大和三年(西元 829 年),白居易稱病東歸,授太子賓客分
司,張籍有〈送白賓客分司東都〉(同前)詩送之。又與劉禹錫、裴
度等宴白居易於興化池亭置酒送別,張籍作〈賦花〉(《張籍詩集》卷
八)、〈宴興化池亭送白二十二東歸〉(同前)、〈西池送白二十二東歸
兼寄令狐相公聯句〉(收入《劉禹錫集》卷第三十二)等詩。張籍在
〈宴興化池亭送白二十二東歸〉詩末云:

　　　雖有消搖志,其如磊落才。會當重入用,此去肯悠哉。(《張
　　籍詩集》卷八)

說明了他認爲白居易還是會出來當官的。的確,白居易在大和五年,
又復出任河南尹。

五、元　稹

　　元稹(西元 779～831 年),字微之,別字威明,行九,洛陽(今
屬河南)人。早年孤貧,由其母鄭氏親自授書,〔註 120〕「九歲能
屬文,十五明經及第」(〈河南元公墓誌銘〉,《白居易集箋校》卷第
七十)。「二十八歲應制舉才識兼茂、明於體用科登第者十八,稹爲
第一。元和元年四月也。制下,除右拾遺」(《舊唐書·元稹傳》卷
一六六)。其詩與白居易齊名,並稱「元白」。風格相近,合稱「元
白體」。宮中樂色,常誦其詩,呼爲「元才子」。其詩歌創作中,樂
府詩占重要地位,也最爲警策。素推崇杜甫之創作,繼承其「即事

〔註120〕元稹〈同州刺史謝上表〉云:「臣八歲喪父,家貧無業,母兄乞丐
　　　　以供資養……慈母哀臣,親爲教授。」(《元稹集》卷第三十三)。

名篇」之精神，與李紳、白居易等一起創作新樂府。其後，又與劉猛、李餘一起創作「雖用古題，全無古義」、「頗同古義，全創新詞」之古題樂府。其〈樂府古題序〉一文所論，對推動新樂府運動，不無促進作用。其生平事蹟見白居易〈元稹墓志銘〉、《舊唐書》卷一六六與《新唐書》卷一七四本傳、《唐詩紀事》卷三十七、《唐才子傳校箋》卷六等。

元和元年（西元 806 年），張籍爲太常寺太祝，元稹識張籍約在此時。他在〈見人詠韓舍人新律詩因有戲贈〉一詩中云：「殷勤閑太祝，好去老通川。」（《元稹集》卷第十二）可知此詩之作當在本年至元和十年之間，張籍任太祝之時。

元和十年（西元 815 年），據白居易〈與元九書〉（《白居易集箋校》卷第四十五）可知，元稹擬編選張籍之古樂府，李紳之新歌行，盧拱、楊巨源之律詩，竇鞏、元宗簡之絕句，以及其與白居易之作品，編爲《元白往還詩集》而未成功。

元和十五年（西元 820 年）九月，裴度寄馬贈張籍，裴、張二人有酬和之作，元稹亦有〈和張秘書因寄馬贈詩〉（《元稹集》卷第二十六）一詩和之。

穆宗長慶三年（西元 823 年）夏，張籍寄新詩二十五首給白居易，白氏有〈張十八員外以新詩二十五首見寄郡樓月下吟玩通夕因題卷後封寄微之〉（《白居易集箋校》卷第二十三）詩。本年秋，白居易轉寄給元稹，元稹因作〈酬樂天吟張員外詩見寄因思上京每與樂天於居敬兄升平里詠張新詩〉（《元稹集》卷第二十二）。長慶四年，張籍酬和去年元稹、白居易之詩，作〈酬杭州白使君兼寄浙東元大夫〉（《張籍詩集》卷四）一詩。

文宗大和三年（西元 829 年），元稹在浙東觀察使任。本年春，元稹寄越州繒紗給張籍，籍有〈酬浙東元尚書見寄綾素〉（《張籍詩集》卷八）詩。

六、裴　度

裴度（西元 765～839 年），字中立，河東聞喜（今山西聞喜）人，貞元五年進士擢第。《新唐書》卷六十二〈宰相表〉中：「元和十年六月乙丑，御史中丞裴度爲中書侍郎、同中書門下平章事。」〔註121〕位極人臣，與當時文士有平交之誼，封晉國公，世稱裴晉公。其生平事蹟見《舊唐書》卷一七〇、《新唐書》卷一七三本傳、《唐詩紀事》卷三十三等。

《張籍詩集》中，贈予裴度的詩約有十首，從這裡可以看出張籍對裴度的看重，但裴度酬張籍的詩卻只有一首。元和十五年（西元820 年）九月，裴度守河東知張籍貧苦，自太原寄馬贈之，張籍有〈謝裴司空寄馬〉一詩謝之，裴度有〈酬張秘書因寄馬贈詩〉一首酬之，韓愈、白居易、元稹、李絳等人亦均有和作，一時傳爲文壇嘉話。

七、劉禹錫

劉禹錫，字夢得，行二十八，生於唐代宗大曆七年（西元 772年），卒於武宗會昌二年（西元 842 年）秋，洛陽（今屬河南）人。幼年從詩僧皎然、靈徹學詩。貞元九年擢進士第，又登博學宏詞科。世稱「劉賓客」，晚年有「詩豪」之稱，與白居易齊名，並稱「劉白」。其樂府及七言近體尤與張籍相近，所共交之友，如韓愈、白居易、王建、元稹、裴度、令狐楚、韋處厚、姚合、楊巨源等。其生平事蹟見其臨終前所撰〈子劉子自傳〉、《舊唐書》卷一六〇、《新唐書》卷一六八本傳，及今人卞孝萱所撰《劉禹錫年譜》、《劉禹錫叢考》。

從張籍〈贈主客劉郎中〉一詩中之「憶昔君登南省日」與「客曹相替」，可知張、劉二人相識於貞元二十一年，時劉禹錫爲屯田員外郎，且於大和二年劉禹錫接替張籍爲主客郎中。〔註122〕張籍〈寄和

〔註121〕宋・歐陽修、宋祁撰《新唐書》卷六十二〈宰相表〉，北京，中華書局，1991 年 12 月一版四刷，頁 1712。
〔註122〕見卞孝萱《劉禹錫叢考》，四川，巴蜀書社，1988 年 7 月一版一

州劉使君〉一詩云：

> 別離已久猶為郡，閑向春風倒酒缾。（《張籍詩集》卷四）

這是張籍與劉禹錫最早之唱和，時在敬宗寶曆元年（西元 825）春，張籍在長安為主客郎中，劉禹錫為和州刺史。本年秋，劉禹錫有〈張郎中籍遠寄長句開緘之日已及新秋因舉目前仰酬高韻〉詩酬之云：

> 京邑舊遊勞夢想，歷陽秋色正澄鮮。（《劉禹錫箋證》外集卷六）

亦足證張、劉二人於貞元末年在長安相識。〔註123〕

大和二年，劉禹錫為主客郎中，張籍為國子司業。張籍有〈贈主客劉郎中〉、〈同白侍郎杏園贈劉郎中〉等詩。春至夏，劉禹錫與張籍、白居易、裴度、姚合等遊宴杏園、曲水，有〈首夏猶清和聯句〉、〈薔薇花聯句〉、〈西池落泉聯句〉等詩之作。

大和三年，白居易稱病東歸，授太子賓客分司，張籍與劉禹錫、裴度等宴白居易於興化池亭，有〈賦花〉、〈宴興化池亭送白二十二東歸〉、〈西池送白二十二東歸兼寄令狐相公聯句〉。其後張、劉二人又與裴度、崔群、賈餗泛舟於曲江池，同作〈春池汎舟聯句〉詩。

張籍卒後，劉禹錫有〈和令狐相公言懷寄河中楊少尹〉一詩記之：「……吳宮已歎芙蓉死（原注：張司業詩云：吳宮四面秋江水，天清露白芙蓉死。），邊月空悲蘆管秋……」（《劉禹錫箋證》外集卷三）。

八、賈　島

賈島（西元 779～843 年），字浪仙，一作閬仙，自稱碣石山人、苦吟客。早歲為僧，法名無本。范陽（今北京附近）人，終生未第。作詩以苦吟著名，自云：「二句三年得，一吟雙淚流。」（〈題詩後〉，《長江集新校》附集）其詩多酬贈之作，善寫荒涼冷落之景，表現愁苦幽獨之情，題材狹小，詩境奇僻，故蘇軾有「郊寒島瘦」（〈祭柳子玉文〉）之譏。與姚合齊名，並稱「姚賈」。其生平事蹟見蘇絳〈唐故

刷，頁 165。
〔註123〕同前註。

司倉參軍賈公墓志銘〉(《全唐文》卷七六三)、《唐摭言》卷一一、何光遠《鑒戒錄》卷八、《新唐書》卷一七六〈韓愈傳〉附〈賈島傳〉、《唐詩紀事》卷四〇、《唐才子傳校箋》卷五等。

憲宗元和五年(西元 810 年)冬,賈島至長安,雪中懷詩謁張籍。賈島〈攜新文詣張籍韓愈途中成〉詩云:

> 袖有新成詩,欲見張韓老。青竹未生翼,一步萬里道。仰望青冥天,雲雪壓我腦。失卻終南山,惆悵滿懷抱。……(《長江集新校》卷二)

鄭珍《巢經巢文集》卷五〈跋韓愈送無本師歸范陽〉曰:「雪失終南,知見張在元和五年冬。」(註124) 可知張、賈二人,最早相識可能在本年。

元和七年春,張籍獲賈島自范陽來詩〈投張太祝〉。本年秋,賈島自范陽赴長安,寓居延壽里與張籍為鄰,有〈延康吟〉一首,詩云:

> 寄居延壽里,為與延康鄰。不愛延康里,愛此里中人。人非十年故,人非九族親。人有不朽語,得之煙山春。(《長江集新校》卷二)

賈島自前年入京謁張籍,至今不過三年,故云「人非十年故」。又張籍以詩名,故云「人有不朽語」。

穆宗長慶元年(西元 821 年)秋,張籍自長安寺中移居靖安坊,賈島有〈題張博士新居〉詩。

賈島〈酬張籍王建〉詩云:「水曹芸閣枉來篇」水曹即謂水部員外郎張籍,可知此詩之作當在長慶二年或三年。

長慶四年初秋,數與韓愈及張籍泛遊南溪,此在張籍〈祭退之〉詩中即有提到:「偶有賈秀才,來茲亦間并。移船入南溪,東西縱篙根。」(《張籍詩集》卷七)賈島亦有〈和韓吏部泛南溪〉詩。本年,賈島居長安樂遊園東之昇道坊,主客郎中張籍過其居,有詩唱和。賈

〔註124〕轉引自唐‧賈島撰、李嘉言新校《長江集新校》附錄一〈賈島年譜〉,上海,上海古籍出版社,1983 年 11 月一版一刷,頁 140。

島〈張郎中過原東居〉詩云：「對坐天將暮，同來客亦閑。」（《長江集新校》卷五），張籍〈過賈島野居〉詩云：「好是經過處，惟愁暮獨還。」（《張籍詩集》卷二）又〈與賈島閒遊〉一詩所云：「水北原南草色新」（《張籍詩集》卷六），南原即謂賈島昇道坊齋舍之南，〔註125〕是知作於賈島居昇道坊之時。

　　張籍〈贈賈島〉詩云：「籬落荒涼僮僕飢，樂遊原上住多時。蹇驢放飽騎將出，秋卷裝成寄與誰。」（《張籍詩集》卷四）賈島在長安昇道坊裝治詩卷，當在敬宗寶曆二年（西元 826 年）前後〔註126〕，詩中所云蓋即指此事。

　　文宗大和二年，賈島宿姚合宅，有〈宿姚合宅寄張司業籍〉一詩寄張籍。〔註127〕

　　另外，張籍有〈逢賈島〉一詩，其詩云：

　　　僧房逢著款冬花，出寺行吟日已斜。十二街中春雪遍，馬
　　　蹄今去入誰家。（《張籍詩集》卷六）

此詩作年今已不可考，只知可能是作於初春時節。

　　張籍卒於大和四年，賈島有〈哭張籍〉詩哀悼。

九、其他往來詩友

　　除了以上所述八位詩友之外，張籍可謂遍交當時諸詩流，他的其他往來詩友，尚有一百三十多人。其中包括道士、僧人、隱士，與在朝為官者，但酬贈作品不多。道士如：任道人、徐道士、李道士、羅道士、時道士等；僧人如：方睦、廣宣、靈一、安法師、日南僧、晊師、顯法師、暉師、清徹、無可等；隱士如：許處士、王龜、盧處士、朱山人、闞山人、殷山人、李山人、胡山人、梅處士、顧八處士、鄭隱者等；為官者如：王起、王公亮、元宗簡、孔戡、令狐楚、李絳、

〔註125〕同前註，頁 152～154。
〔註126〕同註124，頁 160。
〔註127〕同註124，頁 161。

姚合等。

　　從以上可知，張籍雖然極力反對求仙、學仙，但在其交遊之中，卻不乏道士，這是值得令人探討的問題。

　　以下爲「張籍與時人酬贈交往詩篇目表」，此一表格參照自吳汝煜主編《唐五代人交往詩索引》、羅聯添撰《唐代詩文六家年譜·張籍年譜》與陶敏編撰《全唐詩人名考證》及吳汝煜、胡可先撰《全唐詩人名考》等資料編撰而來，或可用來了解張籍交往唱和的情形。

張籍與時人酬贈交往詩篇目表

往來詩友	時人酬贈篇目	張籍寄贈篇目
方　睦		題方睦上人月臺觀
廣　宣		贈僧道（一作贈道士宜師，《全唐詩》注文題作贈廣宣師。）
辛少府		送辛少府任樂（安上據《全唐詩》增樂字）安縣（《全唐詩》注文作安縣）
新羅使		送新羅使
郭明府		和長安郭明府與友人縣中會飲
施肩吾		送施肩吾東歸 贈施肩吾
許處士		送許處士
二十二翁司戶		奉和陝州十四翁中丞寄雷州二十二翁司戶之作
王　建	送張籍歸江東 酬張十八病中寄詩 寄分司張郎中 洛中張籍新居 揚州尋張籍不見 留別張廣文 寄廣文張博士	登城寄王建（王建《全唐詩》作王秘書建） 寄昭應王中丞 使至藍谿驛寄太常王丞 贈太常王建藤杖笞鞋 贈王秘書 酬秘書王丞見寄（《全唐詩》注文作酬王秘書閑居見寄） 書懷寄王秘書 贈王秘書 逢王建有贈 賀秘書王丞南郊攝將軍

	見人詠韓舍人新律詩因有戲贈	贈別王侍御赴任陝州司馬（《全唐詩》注文題作贈王司馬赴陝州） 寄王六侍御 喜王六同宿 逢故人 贈王建 贈王侍御 寄王奉御（奉御《全唐詩》作侍御）
王司馬		贈王司馬
王　龜		經王處士原居
王山人		遇王山人（《全唐詩》卷四九四作施肩吾詩）
王使君		送梧州王使君
王　起		喜王起侍郎放牒
王公亮		贈商州王使君
王　擬		留別江陵王少府（府《全唐詩》注文作尹）
靈　一		寄靈一上人初歸雲門寺
元　結		送元結（結《全唐詩》注文、《唐詩百名家》、《四庫全書》均作紹）
元　稹	見人詠韓舍人新律詩因有戲贈 酬樂天吟張員外詩見寄因思上京每與樂天於居敬兄升平里詠張新詩 酬張秘書因寄馬贈詩	酬杭州白使君兼寄浙東元大夫 酬浙東元尚書見寄綾素
元宗簡		雨中寄元宗簡 寄元員外 書懷寄元郎中 移居靜安坊答元八郎中（《唐詩百名家》題作移居靖安坊答元八郎中見寄） 哭元九少府（府《全唐詩》注文作尹） 送元宗簡 答元八遺紗帽 送元八 病中酬元宗簡 和左司元郎中秋居十首

于 鵠		傷（《全唐詩》作哭）于鵠 別于鵠
賈 島	投張太祝 攜新文詣張籍韓愈途中成 延康吟 張郎中過原東居 題張博士新居 宿姚合宅寄張司業籍 酬張籍王建 哭張籍	過賈島野居 贈賈島 與賈島閒遊 逢賈島
項 斯	留別張水部籍	贈項斯（《全唐詩》注文作王建詩，題云：贈賈島）
張 賈	和裴司空答張秘書贈馬詩	
張 徹		送從弟徹東歸
張 蒙		送從弟濛赴饒州
張戴玄		送從弟戴玄往蘇州
張蕭遠		送蕭遠弟 弟蕭遠雪夜同宿
張 某		獻從兄
張 彤		送從弟刪（刪《全唐詩》注文作彤）東歸
張弘靖		奉和舍人叔直省時思琴
裴 度	酬張秘書因寄馬贈詩	沙堤行呈裴相公（《全唐詩》注文作國，又云無呈裴相公四字） 和裴僕射移官言志（《全唐詩》注文題作和裴僕射寄韓侍郎） 酬（《全唐詩》作和）裴僕射朝回寄韓吏部 和裴司空即事通簡舊僚 和戶部令狐尚書喜裴司空見招看雪 和裴司空以詩請刑部白侍郎雙鶴 送裴相公赴鎮太原 謝裴司空寄馬（《全唐詩》注文題作蒙裴相公賜馬謹以詩謝） 和裴司空酬滿（滿《全唐詩》注文作蒲）城楊少尹 和裴僕射看櫻桃花

孔 戣		贈孔尙書
孫 沖		寄孫沖主簿
孫 革		酬孫洛陽（《全唐詩》注文陽下有革字） 寄孫洛陽格（《全唐詩》注文題作寄洛陽孫明府）
孟 郊	寄張籍 寄張籍 與韓愈李翺張籍話別	贈孟郊（《全唐詩》作贈別孟郊）
孟 寂		哭孟寂（一作哭孟郊）
征西將		征西將
盧元輔		和李僕射雨中寄盧嚴二給事
盧處士		和友人盧處士遊吳越
盧常侍		和盧常侍寄華山鄭隱者
任道人		贈任道人
任 懶		贈任懶
崔 杞		晚春過崔駙馬東園 和崔駙馬聞蟬 崔駙馬養鶴
车 融	重贈張籍	
朱慶餘	上張水部 近試上張籍水部（一作閨意獻張水部） 賀張水部員外拜命	送朱慶餘及第歸越 酬朱慶餘
朱山人		寄朱闞二山人
白居易	讀張籍古樂府 酬張十八訪宿見贈 寄張十八 酬張太祝晚秋臥病見寄 答張籍因以代書 和張十八秘書謝裴相公寄馬 重到城七絕句・張十八 曲江獨行招張十八 新昌新居書事四十韻因寄元郎中張博士	病中寄白學士拾遺 酬白二十二舍人早春曲江見招 和裴司空以詩請刑部白侍郎雙鶴 早朝寄白舍人嚴郎中 新除水曹郎答白舍人見賀 答白杭州郡樓登望畫圖見寄 酬杭州白使君兼寄浙東元大夫 寄蘇州白二十二使君 送白賓客分司東都 寄白二十二舍人 蘇州江岸留別樂天（一作白居易詩，題

	酬韓侍郎張博士雨後遊曲江見寄 喜張十八博士除水部員外郎 逢張十八員外籍 江樓晚眺景物鮮奇吟玩成篇寄水部張員外 張十八員外以新詩二十五首見寄郡樓月下吟玩通夕因題卷後封寄微之 雨中招張司業宿	云：武丘寺路宴留別諸妓） 寄白學士 同白侍郎杏園贈劉郎中 西池送白二十二東歸兼寄令狐相公聯句
吳鍊師		送吳（吳《全唐詩》注文作胡）鍊師歸王屋
侯判官		送侯判官赴廣州從軍（軍《全唐詩》注文作事）
殷山人		贈殷山人
鄱陽客		答鄱陽客藥名詩
從　舅		宿廣德寺寄從舅
徐先生		送徐（徐《全唐詩》注文作陰）先生歸蜀
徐道士		尋徐道士
徐　晦		寄徐晦
安西將		送安西將
安法師		送安法師
宋　景		寄宋景
源　寂		送汀州源使君
沈千運		沈千運舊居
清　徹		題清徹上人院
盧元輔		和李僕射雨中寄盧嚴二給事
盧　虔		和盧常侍寄華山鄭隱者
盧岳		奉和陝州十四翁中丞寄雷州二十二翁司戶之作
太白老人		太白（白《全唐詩》注文作山）老人
太和長 公　主		送和蕃公主
李　遜		送李評事遊越

李　誦		拜豐陵
李　涉		贈李司議
李師古		節婦吟寄東平李司空師道
李山人		題李山人幽居
李幼公		贈李杭州
李　絳	和裴相國答張秘書贈馬詩	春日李舍人宅見兩省諸公唱和因書情即事 和李僕射秋日病中作 和李僕射雨中寄盧嚴二給事 酬李僕射晚春見寄 和令狐尙書平泉東莊近居李僕射有寄十韻 和李僕射西園
唐敬宗 李　湛		莊陵挽歌詞三首
李　渤		寄李渤
李逢吉		使回留別襄陽李司空 送李司空赴鎭襄陽
李郎中		同蔣韋二少監贈李郎中（《全唐詩》題作 同將作韋二少監贈水部李郎中）
李道士		靈都觀李道士
李　氏		三原李氏園宴集
李　琮		送李騎曹靈州歸覲
李　錡		舟行寄李湖州
李　愬		送李僕射（《全唐詩》本作李僕射愬）赴 鎭鳳翔
李　餘		送李餘及第後歸蜀
李光顏		送僧遊五臺兼謁李司空（《全唐詩》注文 題作送顥法師往太原兼謁李司空）
韋評事		送韋（《全唐詩》注文作韓）評事歸華陰
韋處厚		和韋開州居（居《全唐詩》作盛）山十二 首 答開州韋使君寄車前子 同韋員外開元觀尋時道士
韋郎中		題韋郎中新亭
韋　長		同蔣韋二少監贈李郎中（《全唐詩》題作 同將作韋二少監贈水部李郎中）

蔣少監		同蔣韋二少監贈李郎中（《全唐詩》題作同將作韋二少監贈水部李郎中）
姚 恁		贈姚恁
姚 合	寄主客張郎中 贈張籍太祝 酬張籍司業見寄	贈（《全唐詩》注文作答）姚合少府 寒食夜寄姚侍御（御《全唐詩》作郎） 贈姚合
董 晉		董公詩
韓 約		寄虔州韓使君
韓 愈	病中贈張十八 此日足可惜贈張籍 喜侯喜至贈張籍張徹 贈張籍 調張籍 晚寄張十八助教周郎博士 題張十八所居 奉酬盧給事雲夫四兄曲江荷花行見寄并呈上錢七兄閣老張十八助教 翫月喜張十八員外以王六秘書至 與張十八同效阮步兵一日復一夕 詠雪贈張籍 贈張十八助教 賀張十八秘書得裴司空馬 雨中寄張博士籍侯主簿喜 早春與張十八博士籍遊楊尙書林亭寄第三閣老兼呈白馮二閣老 同水部張員外籍曲江春遊寄白二十二舍人 和水部張員外宣政衙賜百官櫻桃詩 早春呈水部張十八員外二首 附書： 答張籍書 重答張籍書	寄韓愈 祭退之 酬韓庶子 酬韓祭酒雨中見寄 和裴僕射移官言志（《全唐詩》注文題作和裴僕射寄韓侍郎） 和裴僕射朝回寄韓吏部 送韓侍御歸山 同韓侍御南溪夜賞 附書： 上韓昌黎書 上韓昌黎第二書

林　蘊		送邵州林使君
楊　憑		傷歌行
楊巨源		送楊少尹赴鳳翔 送楊少尹赴蒲城 和裴司空酬滿（滿《全唐詩》注文作蒲） 城楊少尹 題楊祕書新居
楊判官		送揚州判官（《全唐詩》注文題作贈茅山楊判官）
胡山人		胡山人歸王屋因有贈
胡　遇		哭胡十八遇 登樓寄胡家兄弟
胡郎中		同錦州胡郎中清明日對雨西亭宴
胡　某		登樓寄胡家兄弟
梅處士		贈梅處士 寄梅處士
趙將軍		贈趙將軍
趙正卿		寄陸渾趙明府
日南僧		山中贈日南僧
田弘正		田司空入朝
羅道士		羅（羅《全唐詩》注文作贈）道士
旺　師		送旺師
顥法師		送僧遊五臺兼謁李司空（《全唐詩》注文題作送顥法師往太原兼謁李司空）
時道士		同韋員外開元觀尋時道士
嚴　謨		送嚴大夫之桂州
嚴休復		和李僕射雨中寄盧嚴二給事 早朝寄白舍人嚴郎中 同嚴給事聞唐昌觀玉蕊（玉蕊《唐詩百名家》本作玉蕊院）近有仙過作二首（作二首《全唐詩》作因成絕句二首）
暉　師		題暉（《全唐詩》注文暉下有禪字）師影堂
防秋將		送防秋將

馬正卿		宿邯鄲館寄馬磁州（《全唐詩》注文題作宿邯鄲寄磁州友人）
區　弘		句・送區弘
劉　競		答劉競
劉禹錫	張郎中籍遠寄長句開緘之日已及新秋因舉目前仰酬高韻 和蘇郎中尋豐安里舊居寄主客張郎中 裴相公大學士見示答張秘書謝馬詩并群公屬和因命追作	寄和州劉使君 贈主客劉郎中 同白侍郎杏園贈劉郎中
劉得仁	上張水部	
劉長卿	送張十八歸桐廬	
劉明府		送枝江劉明府 答劉明府
劉兵曹		劉兵曹贈酒
丘　儒		哭丘長史 哭丘（丘《全唐詩》作邱）長史
陸司業		和陸司業習靜寄所知
陸　暢		送陸暢
闞山人		寄朱闞二山人
周元範		送浙西周判官（《全唐詩》注文題作送浙東周阮範判官）
周居士		招周居（居《全唐詩》注文作處）士
段　生		別段生
閻濟美		贈閻少保
高　閑		送閑師歸江南
金少卿		送金少卿副使歸新羅
令狐楚		和戶部令狐尚書喜裴司空見招看雪 和令狐尚書平泉東莊近居李僕射有寄十韻 送令狐尚書赴東都留守 西池送白二十二東歸兼寄令狐相公聯句 寄令狐賓客

令狐巨源		贈令狐（令狐《全唐詩》注文作令狐巨源）博士
鄭秀才		送鄭秀才歸寧
鄭　權		送鄭尙書出鎮南海 送鄭尙書赴廣州
鄭隱者		和盧常侍寄華山鄭隱者
顧八處士		書懷（《四庫全書》題作書懷寄顧八處士）
無　可	哭張籍司業	
白居易、令狐楚、韋式、劉禹錫、元稹、王起、李紳、魏扶、范堯佐		一字至七字詩‧賦花（此爲同賦一題之詩）
裴度、崔群、劉禹錫、賈餗		春池泛舟聯句（此爲聯句詩）
裴度、行式、白居易、劉禹錫		西池落泉聯句（此爲聯句詩）
裴度、行式、白居易、劉禹錫		首夏猶清和聯句（此爲聯句詩）
裴度、行式、白居易、劉禹錫		薔薇花聯句（此爲聯句詩）
裴度、劉禹錫、白居易		宴興化池亭送白二十二東歸（此爲聯句詩）
裴度、劉禹錫、行式		西池送白二十二東歸兼寄令狐相公聯句（此爲聯句詩）
韓愈、孟郊、張徹		會合聯句（此爲聯句詩）

第三章　張籍所處之時代背景

　　詩文創作，本不須附麗於文學以外的事物，自有其獨立的地位。然文學亦非徒飾麗藻，引經據典，僅於字句上推敲斟酌。一位偉大的創作者，必須能伸展敏銳之觸鬚，從時代社會中獲得素材，汲取營養。以人的喜、悲劇為骨幹；以歷史事件為血肉，將激越的心靈，化為動人的詩篇。

　　當歷史的跫音漸遠，所作為千古見證者，唯有真誠的心靈產物，亦即文學藝術創作，對整體社會之悲、喜作成的忠實記錄。文學固不以記錄歷史為目的，但是「史文相彰」更能突顯文學家對人類心靈世界激濁揚清的貢獻。

　　是以探討文學創作，不能脫離時代背景，所必須觀察者，一方面是詩人對政治社會的反映；另一方面則是文壇大環境，對文學創作的影響。

第一節　政治社會

　　張籍一生經歷唐朝代宗、德宗、順宗、憲宗、穆宗、敬宗、文宗七朝，正值唐朝國是江河日下，兵燹遍野，民不聊生，國綱廢弛的動亂時代。

　　唐玄宗天寶十四年（西元 755 年），安史之亂，經肅宗至代宗廣德元年（西元 763 年）乃靖，歷時八載。戰亂之中，祿山軍燒殺擄掠，

《舊唐書‧郭子儀傳》云：

> 夫以東周之地，久陷賊中，宮室焚燒，十不存一。百曹荒
> 廢，曾無尺椽，中間畿內，不滿千戶。〔註1〕

《新唐書‧安祿山傳》云：

> 祿山未至長安，士人皆逃入山谷……祿山至，怒，乃大索
> 三日，民間財貲盡掠盡。〔註2〕

《資治通鑑》云：

> 又令府縣推按，銖兩之物，無不窮治。連引搜捕，支蔓無
> 窮。〔註3〕

唐室為捻平安史之亂，引入回紇兵士，殊不知與虎謀皮，引狼入室，乃至於前門拒狼，後門進虎。

「兵者，不祥之器也。」運籌帷幄的主事者；覬覦權勢、逐鹿天下的爭權者，讓黔首黎民賣命，讓國家社會陸沉。戰亂令百姓流離失所，經濟敗壞，田園荒蕪，生產停頓。祿山軍為虐，回紇軍殺戮，吐蕃佔地掠奪，但是唐王室的政府軍，亦不自外於荼毒百姓。《資治通鑑》云：

> 朔方神策軍，亦以東京、鄭、汴、汝州。皆為賊境。所過
> 虜掠，三月乃已。比屋蕩盡，士民皆衣紙。〔註4〕

安史亂後，對唐朝政經社會，造成劇烈的衝擊與深遠的影響。後續之政經社會發展，不僅貫穿張籍一生，同時預告大唐國祚的衰亡。這些政經社會的交錯結構，即是張籍創作的時代背景。其內容可分述為：

一、政治敗壞

安史之亂後，唐朝由文治武功鼎盛的昇平之治，逐漸瓦解。宋‧

〔註1〕 後晉‧劉昫等撰《舊唐書》卷一百二十，列傳第七十〈郭子儀傳〉，北京，中華書局，1991 年 12 月一版四刷，頁 3457。

〔註2〕 宋‧歐陽修、宋祁撰《新唐書》卷二百二十五上，列傳第一百五十上〈安祿山傳〉，北京，中華書局，1991 年 12 月一版四刷，頁 6420。

〔註3〕 宋‧司馬光《資治通鑑》，上海，上海古籍出版社，1990 年 6 月，頁 1489。

〔註4〕 同前註。

范祖禹云：

> 臣祖禹言：唐歷世二十，歷年三百，德宗享國二十有六年，亦不爲不久，以其時君考之，秕政尤多。而大弊有三，一曰姑息藩鎮；二曰委任宦官；三曰聚斂貨財……是以藩鎮強而國勢弱，宦者專而國命危，貪政多而民心離。唐室之亡，卒以是三者，其所從來者漸矣。〔註5〕

以是觀之，則知安史之亂在內政方面造成以下之弊端：

（一）藩鎮強而國勢弱

安史亂後，回紇剽掠，吐蕃入關，促使唐王朝冀求儘速平定安史亂軍。其時僕固懷恩建議唐室招降納叛，《新唐書·僕固懷恩傳》云：

> 初，帝有詔但取朝義，其它一切赦之。故薛嵩、張忠志、李懷仙、田承嗣見懷恩皆叩頭，願效力行伍。懷恩自見功高，且賊平則勢輕，不能固寵，乃悉請裂河北分大鎮以授之。潛結其心以爲助，嵩等足據以爲患云。〔註6〕

這種「廉價的和平」，所形成的政治結構是，弱勢的唐朝政府，與蠻橫跋扈、予取予求的藩鎮地方政府之間的「假和平」。安史之亂雖然靖平，但是唐朝並未能實際收復國土，各叛軍搖身一變成爲「節度使」，瓜分唐王室政軍權力。清·趙翼《二十二史箚記校證》云：

> 及安、史既平，武夫戰將以功起行陣，爲侯王者，皆除節度使。大者連州十數，小者猶兼三四，所屬文武官，悉自置署，未嘗請命於朝。力大勢盛，遂成尾大不掉之勢。〔註7〕

唐室對勢成尾大的藩鎮，雖於德宗、憲宗力圖勵精求治，履有鎮制之作爲，然其勢無可擋，力有未逮。終唐之一朝，藩鎮之禍不能除也。地方與中央權力傾軋，加深窮苦百姓的災難，詩人張籍，除了以作品來記錄歷史的殘酷之外，也只能以〈節婦吟〉：

〔註5〕　宋·范祖禹《唐鑑》卷十六，新疆青少年出版社，1995年9月一刷，頁465。

〔註6〕　同註2，卷二百二十四上〈僕固懷恩傳〉，頁3668。

〔註7〕　清·趙翼《二十二史箚記校證》，臺北，王記書坊出版，1984年9月，頁430。

還君明珠雙淚垂，恨不相逢未嫁時。(《張籍詩集》卷一)

含蓄地表明詩人的心志。詩人一方面不滿藩鎮跋扈，另方面又不得不酬作委蛇，中央政權削弱，使儒家王天下之正統思想者，倍覺艱辛。

（二）宦者專而國命危

唐朝藩鎮與宦官並興於玄宗，玄宗晚年，寵信宦官高力士，《舊唐書‧宦官列傳》云：

> 每四方進奏文表，必先呈力士，然後進御，小事便決之。……
> 肅宗在春宮呼爲二兄，諸王公皆呼阿翁。〔註8〕

宦官於深宮內闈之中，邀得人君寵幸，進而左右國君之廢立，並且執掌大權：

> 至唐則宦官之權反在人主之上。立君、弒君、廢君，有如兒戲。實古來未有之變也。推原禍始，總由於使之掌禁兵、管樞密……〔註9〕

以宦者中官執禁軍之權，令君主投鼠忌器，益養其驕縱，《舊唐書‧宦官列傳》云：

> 代宗即位，輔國與程元振有定策功，愈恣橫，私奏曰「大家但內裏坐，外事聽老奴處置。」代宗怒其不遜，以方握禁軍，不欲遽責，乃尊爲尚父。〔註10〕

除了以禁軍養其驕縱外，宦官更透過「監軍」，〔註11〕左右樞密軍機。「監軍」與宦官相互爲用，宦官不諳軍事，乃勾結藩鎮，廣收賄賂。藩鎮攀附宦官，虛報戰功，折辱良將。表面上而言，唐皇室信任宦官，

〔註8〕同註2，卷一百三十四〈宦官列傳〉，頁4757。

〔註9〕同註7，卷二十〈唐代宦官之禍〉，頁424。

〔註10〕同註2，卷一百三十四〈宦官列傳〉，頁4761。

〔註11〕傅樂成〈唐代宦官與藩鎮的關係〉云：「監軍之設，始於何年，不可確知。唯玄宗天寶六載（西元七四七年），唐將高仙之芝伐小勃律，其軍中已有監軍。及至安史亂起，其制大行。此輩監軍，與居中用事之宦官遙通聲息，極爲皇帝所信賴。然此種制度，始終無效果可言。反予宦官勾結藩鎮之機會。」（《漢唐史論集》，臺北，聯經出版事業公司，1991年12月六版，頁192。）

並借之透過「監軍」以制衡藩鎮，然實際上而言，宦官依賴藩鎮以維持其權柄，藩鎮依賴宦官而鞏固其割據，面似相剋，實則相生。

宦官為了鞏固權位，甚且直接介入軍機謀略，魚朝恩構陷郭子儀、李光弼，國之將傾，竟「妒其（郭子儀）功高」，以私害公。至德宗初年，以禁軍另立「神策行營」，《資治通鑑》云：

> 十四年……八月初置左右神策統軍。時禁軍戍邊，稟賜優厚，諸將多請遙隸神策，稱行營。皆統於中尉，其軍遂至十五萬。〔註12〕

神策行營大為擴充，宦官以禁軍控制神策營，亦更以禁軍出任節度使，《資治通鑑》云：

> 自大曆以降，節度使多出禁軍。其禁軍大將資高者，皆以倍稱之息，貸錢於富室，以賂中尉，動踰億萬，然後得之。
>
> 〔註13〕

宦官屯兵宮闈，干預軍機，專橫天下。更與藩鎮內外勾結，宦官愈盛，而藩鎮亦愈強，更因其與聞內閣，黨助兇頑，摧折良將，唐室內外交相煎，亦「物必自腐，而後蟲生也。」

（三）貪政多而民心離

唐德宗鼓勵地方官，將國家稅收之外的財富，進獻皇帝私人。把進奉物稱為「羨餘」，《資治通鑑》云：

> 初，上以奉天窘乏，故還宮以來，尤專意聚斂。藩鎮多以進奉市恩，皆云稅外方圓。亦云用度羨餘。其實或割留常賦，或增斂百姓，或減刻利祿，或販鬻蔬果，往往私自入。所進纔什一二。〔註14〕

朝廷內外，一眾貪官污吏，君臣尊卑，率皆賣官鬻爵。此實削國庫以飽皇室與奸宦，張籍〈洛陽行〉云：

> 御門空鎖五十年，稅彼農夫修玉殿。（《張籍詩集》卷七）

〔註12〕同註3，卷二百三十五，頁1616。
〔註13〕同註3，卷二百四十三，頁1674。
〔註14〕同註3，卷二百三十五，頁1614。

皇室搜刮天下，民不聊生，百姓背負沈重的稅賦，原來只是要修築備而不用的皇宮。唐·穆質在〈對賢良方正能直言極諫策〉云：

> 古則爲官則人，今則爲財則官。〔註15〕

攫奪官位與鞏固權勢，均須靠進貢賄賂，更何況皇帝鼓勵進奉，各地方官吏更以進奉爲名，公然搜刮，陽似阿諛承上，陰以中飽私囊。李翱〈疏絕進獻〉云：

> 今受進獻，則節度使、團練使皆多方刻下爲蓄聚，其自爲私者三分，其所進獻者一分也。〔註16〕

進奉一則固寵，二則自富。自君主以降，率皆同流合污，朝政焉能不敗壞。陸贄云：

> 國家府庫，出納有常，延齡險滑售奸，詭譎求媚，遂於左藏之內，分建六庫之名，意在別貯贏餘，以奉人主私欲。曾不知王者之體，天下爲家，國不足則取之於人，人不足則資之於國，在國爲官物，在人爲私財，何謂贏餘，須別收貯？是必巧詐以變移官物，暴法以刻削私財。〔註17〕

國之需索，本立有稅目，另巧開府庫，橫徵暴斂，實假奉上之名，行「變移官物」之實。故知佞臣中官，挑起人主私欲，原爲自己聚斂；節度團練，刻削百姓私財，竟曰「私三獻一」。清·王夫之《讀通鑑論》云：

> 假公科斂者，正以不發覺而有所止耳。發覺矣，上因之而收其利，既無以大服其心，而爲思巧爲掩飾以自免。上亦謂民之可多取而必應也。〔註18〕

戰亂之後之平民布衣，怎堪苛刻剝削，既課以稅目，又巧立名目，另加搜刮，貪官更假君之求索，遂行貪欲，是「以己爲刀俎，以百姓爲

〔註15〕 清·董誥等編《全唐文》卷五百二十四，上海，上海古籍出版社，1993年11月二刷，頁2359。
〔註16〕 同前註，卷六百三十四，頁2836。
〔註17〕 同註1，卷一百三十五〈裴延齡傳〉，頁3723。
〔註18〕 清·王夫之《讀通鑑論》下冊，卷二十四〈德宗〉，北京，中華書局，1995年5月二刷，頁741。

魚肉」。張籍以〈猛虎行〉相諷云：

> 南山猛虎樹冥冥，猛虎白日繞林行。向晚一身當道食，山
> 中麋鹿盡無聲。（《張籍詩集》卷一）

張籍以「苛政猛於虎」隱喻貪官污吏，實為人民深沉之悲痛。

二、稅賦繁重

　　安史亂後，社會頹蔽，人口銳減，百姓凋瘵，地廣人稀。玄宗天寶元年（西元 742 年）：「戶部進帳，今年管戶八百五十二萬五千七百六十三，口四千八百九十萬九千八百。」[註19] 唐玄宗天寶十四年（西元 755 年）略增為：「管戶總八百九十一萬四千七百九，管口總五千二百九十一萬九千三百九。」，[註20] 安史之亂於代宗廣德元年（西元 763 年）平定，代宗廣德二年（西元 764 年）：「是歲，戶部計帳，管戶二百九十三萬三千一百二十五，口一千六百九十二萬三百八十六。」[註21] 姑不論實際人口在統計上是否精確，吾人可確知為唐王室有效統治之人口數，只及戰前之四分之一強。這對以人口為基準的賦稅制度，相當具破壞力。

　　雖然廣德二年之戶、口數，須再加上在唐室政治勢力外之河北諸鎮及河隴地區，但是戰亂及其後來的饑荒，令唐朝喪失盛唐時期國富民豐的國力。唐代於安史亂前，稅賦採「租庸調法」。以唐高祖武德年間為例，《唐會要》云：「武德二年二月十四日制，每丁租兩石，絹兩丈，棉三兩。自茲以外不得橫有調斂。七年三月二十九日始訂均田賦稅，凡天下男丁，給田一頃……」[註22] 知「租庸調法」之基礎為均田制，徵收對象以「丁」為主，執行上實賴精確之人口及土地帳籍，

〔註19〕同註1，卷九〈玄宗本紀・下〉，頁 216。

〔註20〕唐・杜佑《通典・食貨》卷七，長沙，湖南岳麓書社，1995 年 11 月一版一刷，頁 78～79。

〔註21〕同註1，卷十一〈代宗本紀〉，頁 277。

〔註22〕宋・王溥《唐會要》卷八十三〈稅賦上〉，臺北，世界書局，1989 年 4 月版，頁 1530。

始能順利徵收。且「租庸調法」行之既久，至令不課稅戶劇增，《資治通鑑》云：

> 民富者丁多，率爲官爲僧，以免課役。而貧者丁多無所伏匿。故上戶優而下戶勞。〔註23〕

以玄宗天寶十四年爲例，杜佑《通典》云：「管口總五千兩百九十一萬九千三百九，不課口四千四百七十萬九百八十八，課口八百二十萬八千三百二十一。」〔註24〕亦即近乎五分之一之人口納稅，維持歲入，支應歲出，窘迫可知也。

　　及至戰亂之後，人口資料散佚，地籍冊籍混亂，徵收失去了依據。且藩鎮割據，瓜分政權，唐王朝實際有效統治之人口土地，大幅縮減。德宗年間：「故科斂之名凡數百，廢者不削，重者不去，新舊仍積，不知其涯。百姓受命而供之，瀝膏血，鬻親愛，旬輸月送無休息。」〔註25〕雖然百姓如此艱辛完賦納稅，結果卻是：「課免於上，而稅增於下」；〔註26〕「王賦所入無幾」。〔註27〕

　　在德宗大曆十四年（西元779年），宰相楊炎上疏請作兩稅法：

> 國家初定令式，有租庸調之法，至開元中，元宗修道德，以寬仁爲治本，故不爲版籍之書，人戶寖溢，隄防不禁，丁口轉死，非舊名矣。田賦移換，非舊額矣。貧富升降，非舊第矣……炎遂請作兩稅法。〔註28〕

至德宗建中元年（西元780年），二月丙申，初定兩稅，〔註29〕其主要之內容爲：

　　（一）「居人之稅，秋夏兩徵之……其田畝之稅，率以大曆十四年墾田之數爲準而均徵之。夏稅無過六月，秋稅無過十一

〔註23〕同註3，卷二百二十六，頁1549。
〔註24〕同註20，卷七〈食貨〉，頁79。
〔註25〕同註1，卷一百一十八〈楊炎傳〉，頁3421。
〔註26〕同註1，卷一百一十八〈楊炎傳〉，頁3421。
〔註27〕同註1，卷一百一十八〈楊炎傳〉，頁3421。
〔註28〕同註22，頁1536。
〔註29〕同註2，卷七〈德宗本紀〉，頁185。

月。」：〔註 30〕以夏、秋兩季爲納稅日。納稅之基數，原
　　則上以大曆十四年爲基礎，以資產定稅額。

（二）「凡百役之費，一錢之斂，先度其數而賦於人，量出制
　　入。」：〔註 31〕即以支定收，先規劃出開支需求，再依
　　各州各戶徵收配額。

（三）「戶無主客，以見居爲簿；人無丁中，以貧富爲差。」：〔註
　　32〕不論主、客戶，一律編入州縣戶籍，並訂出等級，交納
　　稅賦。納稅對象以戶爲主。戶不分主客，現居登入戶簿即
　　須納稅。

（四）「請令黜陟觀察使及州縣長官，據舊徵稅數，及人口土客，
　　定等第錢數多少。」：〔註 33〕以金錢爲稅額標準，定等
　　級。

（五）「其租庸雜徭悉省」；〔註34〕「此外斂者，以枉法論」；〔註35〕
　　「兩稅外，輒取一錢者，以枉法論」：〔註36〕確立兩稅法爲唯
　　一政府稅收，其他稅入一概廢止。

　　兩稅法執行之後，確獲好評，如《舊唐書·楊炎傳》：「人不土斷
而地著，賦不加斂而增入，版籍不造而得其虛實，貪吏不戒而姦無所
取。」〔註 37〕又如杜佑《通典·食貨》云：「遂令賦有常規，人知定
制，貪冒之吏，莫得生奸，狡猾之民皆被其籍。誠適時之令典，拯弊
之良圖」。〔註 38〕若依國家財政之健全，以濟亂後稅徵之不易，兩稅
法實有其安定社會之意義。

〔註30〕同註1，卷一百一十八〈楊炎傳〉，頁 3421。
〔註31〕同註1，卷一百一十八〈楊炎傳〉，頁 3421。
〔註32〕同註1，卷一百一十八〈楊炎傳〉，頁 3421。
〔註33〕同註22，頁 1534。
〔註34〕同註1，卷一百一十八〈楊炎傳〉，頁 3421。
〔註35〕同註22，頁 1534。
〔註36〕同註3，卷二百二十六，頁 1549。
〔註37〕同註1，卷一百一十八〈楊炎傳〉，頁 3422。
〔註38〕同註20，頁 82。

　　然「徒法不足以自行」，善法亦須執法者公正嚴明，確實執行。且時遷事移，稅課標準，亦當隨機修正調整，因勢利導，不可死守初定兩稅之等級稅賦。若圖以法亂政，甚而執法者違法逆施，等而下之，其不亡國者幾希矣。

　　以兩稅法之實行而言，宋‧范祖禹評曰：

> 立法者，其始未曾不廉，而終於貪。出令者，其始未曾不戒，而終於廢。……朝廷自不守其法，而天下誰其守之？德宗之政，名廉實貪，故其令，始戒而終廢。……人君用意出於法外，天下之吏奉朝廷之意而不奉其法，逆意有罪，奉法無功，是以法雖存而常爲無用之文也。〔註39〕

故徒高掛法條，違法亂紀，徒造成地方官吏刻薄百姓，實未蒙其利先受其害也。兩稅法實施後之弊亂，以下試述之。

　　兩稅法之執行，以定貧富等級，依法納稅。然朝廷「不堪物力所堪，唯以舊額爲準。」〔註40〕兩稅法以資產定額，而資產經常異動，以大曆十四年爲課稅基準，並不公平，故累詔「三年一定兩稅」〔註41〕以濟其窮，然人民流竄以避稅，異農爲商，飄浪四方，張籍〈賈客樂〉即云：

> 年年逐利西復東，姓名不在縣籍中。農夫稅多長辛苦，棄業寧爲販寶翁。（《張籍詩集》卷一）

年年東西逐利，不落縣籍，實避稅如避難也。

　　兩稅法以金錢爲徵收之準，然金錢與實物之比值實不一也，陸贄云：「往者納絹一疋，當錢三千二三百文，今者納絹一疋，當錢一千五六百文，往輸其一，今過於二矣，雖官非增賦，而私已倍輸。」〔註42〕亦即物價下跌，以金錢爲稅計單位，如物之倍輸也。《資治通鑑》以憲宗元和三年（西元808年）爲例云：「建中初定兩稅，貨重

〔註39〕同註5，卷十二〈德宗一〉，頁328。
〔註40〕同註16，卷四百六十五，陸贄〈均節賦稅恤百姓六條〉，頁2103。
〔註41〕同註23，卷八十五，頁1558。
〔註42〕同註15，卷四百六十五，陸贄〈均節賦稅恤百姓六條〉，頁2103。

錢輕，是後，貨輕錢重，民所出已倍其初。」〔註43〕甚至如權德輿
〈上陳闕政〉云：「大曆中一縑值錢四千，今只八百，歲入加舊，則
出於民者五倍。」〔註44〕然如以實物繳稅，政府刻薄百姓，在實物
估價上壓抑物價，以掠奪民脂民膏，《資治通鑑》云：「其留州送使
者，所在又降省估就實估，以重斂於民。」〔註45〕張籍〈賈客樂〉
亦云：

> 金多眾中為上客，夜夜算緡眠獨遲。（《張籍詩集》卷一）

　　政府既立「兩稅外，輒取一錢者，以枉法論」已如前言，「朝廷
自不守其法，而天下誰其守之？」除兩稅之外，另立稅目，巧取豪奪，
如：「常平錢」、「加稅什二」、「青苗錢」、「鹽稅鐵冶」、「茶稅」、「酒
稅」、「間架稅」、「除陌錢」、「關稅」……不一而足，故知中晚唐之稅
苛賦屬，既繁且重，張籍〈山頭鹿〉詩云：

> 貧兒多租輸不足，夫死未葬兒在獄。（《張籍詩集》卷七）

又如〈野老歌〉詩云：

> 老翁家貧在山住，耕種山田三四畝。苗疏稅多不得食，輸
> 入官倉化為土。（《張籍詩集》卷一）

均是詩史，見證稅賦凌虐百姓之社會，值得為政者深思。清‧王夫之
《讀通鑑論》卷二十四即云：

> 蓋後世賦役虐民之貨，楊炎兩稅實為之作俑矣。……唯據
> 亂法以為法，則其亂不已，嗚呼！苟以圖一時之便利，則
> 其禍生民亦至此哉。〔註46〕

三、外敵寇邊

　　「外患」為中國歷史上長期存在之隱憂。雖云「無敵國外患者國
恆亡」，然揆諸史實，「國恆亡於敵國外患」。故異姓為朝為亡國者，

〔註43〕同註3，卷二百三十七，頁1631。
〔註44〕同註15，卷四百八十六，權德輿〈上陳闕政〉，頁2198。
〔註45〕同註3，卷二百三十七，頁1631。
〔註46〕同註18，頁711～712。

披髮左衽爲亡天下。自唐高祖李淵開創有唐一代，歷貞觀、開元文治昌明，武功頂盛之世。迨至玄宗天寶末年，安史亂起，中央政府爲捹平亂事，坐令藩鎮奪權割據，致使中央權力相對削弱，不僅不能抵抗外族入侵，亦無能保障人民免於災難。

中唐以降，人民長年飽受兵刀血光，生活顛沛流離，藩鎮、奸宦、外敵相互串聯勾結，使得政治權力之掠奪鞏固，及軍事佈局之攻擊防禦，牽連糾葛，以至內外相忌，上下相疑，外敵乃趁隙入侵，待機爲患。深受其害，仍是平民百姓，倍遭其殘，還爲唐土山川。外患其爲要者迨爲回紇、吐蕃，與南詔。

（一）回　紇

安史亂起，肅宗爲平定安史之亂，竟與虎謀皮，引狼入室，思緣外力以勘內亂。《舊唐書・肅宗本紀》即云：「納迴紇公主爲妃，迴紇封爲葉護，持四節，與迴紇葉護太子率兵四千，助國討賊。」〔註47〕並與回紇簽定條約曰：「克城之日，土地、士庶歸唐；金帛、子女皆歸回紇。」〔註48〕在收復東京後：「迴紇遂入府庫收財帛，於市井村坊剽掠三日而止，財物不可勝計。」〔註49〕此後回紇更是食髓知味，巧取豪奪，無日而已。《資治通鑑》云：

　　回紇入東京，肆行殺略，死者萬計，火累旬不滅。〔註50〕

張籍〈董逃行〉詩云：

　　洛陽城頭火瞳瞳，亂兵燒我天子宮。宮城南面有深山，盡將老幼藏其間。重巖爲屋橡爲食，丁男夜行候消息。聞道官兵猶掠人，舊里如今歸不得。董逃行，漢家幾時重太平。

　　（《張籍詩集》卷七）

亂兵者，是官兵耶？胡人耶？官兵尚且掠人，其奈胡人何？《資治通

〔註47〕同註1，卷十〈肅宗本紀〉，頁247。

〔註48〕同註3，卷二百二十〈唐紀〉三十六，頁1498中。

〔註49〕同註1，卷一百九十五〈迴紇列傳〉，頁5199。

〔註50〕同註3，卷二百二十二〈唐紀〉三十八，頁1919下。

鑑》又云：

> 回紇登里可汗歸國，其部眾所過抄掠，廩給小不如意，輒
> 殺人無所忌憚。〔註51〕

《舊唐書‧迴紇列傳》云：

> 初，迴紇至東京，以賊平，恣行殘忍，士女懼之……及是
> 朝賀，又縱橫大辱官吏……縱掠坊市及汝、鄭等州，比屋
> 蕩盡，人悉以紙為衣，或有衣經者。〔註52〕

《新唐書‧回紇列傳上》云：

> 初，回紇至東京，放兵攘剽，人皆遁保聖善、白馬二祠浮
> 屠避之，回紇怒，火浮屠，殺萬餘人。〔註53〕

以強兵殘百姓，原是戰亂人民之宿命，回紇志在掠奪，不在受封，引
外以平內亂，實以百姓之性命、財帛、土地為酬，以倍受凌辱、屈辱
之國格為傭，所成就者，仍是一人一姓之王朝。山川百姓何辜。清‧
王夫之《讀通鑑論》即云：

> 借兵於夷以平寇，賊闌入而掠我人民，乘閒而窺我社稷，
> 二者之害易知也。……故凡待援於人者，類為人所持以自
> 斃。〔註54〕

　　唐代宗永泰初年（西元765年），僕固懷恩誘回紇、吐蕃入寇，唐
朝執行「聯回抗吐」政策，回紇與唐將郭子儀盟曰：「今請追殺吐蕃，
收其羊馬，以報國恩……」。〔註55〕至唐文宗回紇衰亡，「聯回抗吐」
為唐朝對回政策之主流，雖唐德宗為雍王時，受辱於回紇，〔註56〕「聯
回抗吐」略有阻礙。但唐朝無力同時以吐蕃、回紇為敵，德宗亦不得

〔註51〕同註3，卷二百二十二〈唐紀〉三十八，頁1521上。
〔註52〕同註1，卷一百九十五〈迴紇列傳〉，頁5204。
〔註53〕同註2，卷一百四十二〈回紇列傳〉上，頁6119。
〔註54〕同註18，頁731～732。
〔註55〕同註1，卷一百九十五〈迴紇列傳〉，頁5205。
〔註56〕同註1，卷一百九十五〈迴紇列傳〉云：「元帥雍王領子昂等從而見
之，可汗責雍王不於帳前舞蹈，禮倨。……迴紇宰相及車鼻將軍庭
詰曰：唐天子與登里可汗約為兄弟，今可汗即雍王叔，叔姪有禮，
何得不舞蹈？」（頁5203）。

不「聯回抗吐」。

「聯回抗吐」主因有三：其一、朔方將士與回紇之私誼；〔註57〕其二、回紇只是剽掠，吐蕃則奪財掠土；其三、唐朝內地並不產馬，須要回紇供應，故唐採以縑易馬，與回紇交易。《舊唐書》云：「自乾元之後，屢遣使以馬和市繒帛，仍歲來市，以馬一匹易絹四十。動至數萬馬。……蕃得帛無厭，我得馬無用。」〔註58〕唐朝以縑易馬之政策，實回紇之變相剝削，《新唐書》云：「時回紇助收西京有功，代宗厚遇之，與中國婚姻，歲送馬十萬匹，酬以縑帛百十萬匹。而中國財力屈竭，歲負馬價。」〔註59〕白居易〈陰山道〉詩云：「五十疋縑易一匹，縑去馬來無了時。養無所用去非宜，每歲死傷十六七。」（《白居易集箋校》卷第四）。唐朝爲攏絡回紇，以縑易馬，回紇實爲「強賣」，甚而「誰知點虜起貪心，明年馬多來一倍。」（《白居易集箋校》卷第四）唐朝年年積欠馬價，國庫掏空，其日薄西山勢已成也。

動用刀兵，荼毒百姓。和蕃政策則國用不足，入不敷出則增賦稅，百姓亦間接受害。是戰則亂，和亦苦也。

（二）吐 蕃

吐蕃原爲西羌之地，唐太宗貞觀八年（西元 634 年），「其贊普棄宗弄贊始遣使朝貢」。〔註60〕唯至安史亂前，吐蕃雖屢寇邊疆，然率多襲掠而去，時唐王朝與吐蕃國勢皆強，其間或以和親，或以威懾，互有勝負，唯其擾邊，唐朝亦疲於應付。迨至安史亂起，時潼關失守，唐朝盡徵河隴、朔方之將馳援，以靖國難，「吐蕃乘我間隙，日蹙邊城，或爲虜掠殺傷，或轉死溝壑」，〔註61〕邊候空虛，趁隙暴掠。

〔註57〕同註 2，卷一百四十二〈回紇列傳〉上云：「懷恩詭我曰：唐天子南
　　　　走，公見廢。是以來。今天可汗在，公無恙，吾等願同擊吐蕃以報
　　　　厚恩。」（頁 6102）。
〔註58〕同註 1，卷一百九十五〈迴紇列傳〉，頁 5206。
〔註59〕同註 2，卷五十一〈食貨志〉一，頁 1348。
〔註60〕同註 1，卷一百九十六上〈吐蕃列傳〉，頁 5221。
〔註61〕同註 1，卷一百九十六上〈吐蕃列傳〉，頁 5236。

　　唐代宗廣德元年（西元 763 年），吐蕃「入大震關，陷蘭、廓、河、鄯、洮、岷、秦、成、渭等州，盡取河西隴右之地。……胡虜稍蠶食之，數年間，西北數十州，相繼淪沒，自鳳翔以西，邠州以北，皆為左衽矣。」〔註62〕此河西隴右之地，盡入吐蕃之手。

　　後吐蕃襲擊長安，在上者「倉猝不知所為」，〔註63〕代宗投奔陝州，「官吏藏竄，六軍逃散。……吐蕃剽掠府庫市里，焚閭舍，長安中蕭然一空。……於是六軍散者，所在剽掠，士民避亂，皆入山谷。」〔註64〕「衣冠皆南奔荊、襄，或逋樓山谷……或紿虜曰：郭令公軍且來，吐蕃大震……吐蕃留京十五日乃走。」〔註65〕張籍〈永嘉行〉詩云：

　　　　北人避胡皆在南，南人至今能晉語。（《張籍詩集》卷一）

或為胡人入侵，士大夫倉皇走避之寫照。

　　吐蕃退出長安，並不放棄河西隴右，屯兵與唐相抗，其不以虜掠為足，屯兵佔據，對唐政府之威脅，更甚於回紇。百姓遂入胡虜，其披髮左衽，是誰之過矣？

　　由於當時外族的入侵，致令國家淪亡，社會動盪不安，家庭破碎，人民顛沛流離。繁榮一時的首都長安與東都洛陽，備遭破壞，百姓亦罹兵災，河西隴右之地，遂淪異族。張籍於〈隴頭行〉中，描寫外族入侵的實況，詩云：

　　　　隴頭路斷人不行，胡騎已入涼州城。漢兵處處格鬥死，一
　　　　朝盡沒隴西地。（《張籍詩集》卷七）

　　吐蕃既據唐土，屢以「請和」相繩，實則為確保戰果，與唐朝劃地分治。唐德宗建中四年（西元 783 年），定「清水之盟」，復於京城確立「清水之盟」內容，吐蕃如此慎重，以確保戰果為要也。

　　唐德宗貞元二年（西元 786 年），吐蕃入寇「掠人畜，敗田稼，

〔註62〕同註3，卷二百二十三〈唐紀〉三十九，頁 1522 中。
〔註63〕同註3，卷二百二十三〈唐紀〉三十九，頁 1523 中。
〔註64〕同註3，卷二百二十三〈唐紀〉三十九，頁 1523 中。
〔註65〕同註2，卷二百一十六上〈吐蕃列傳〉，頁 6088。

內州皆閉避。」〔註66〕吐蕃以和、戰兩手策略，既據土地，又掠財帛。更甚者如唐德宗貞元四年（西元 788 年），「吐蕃三萬餘騎寇涇、邠、寧、慶、鄜等州，先是吐蕃常以秋冬入寇，及春多病歿而退，至是得唐人質及其妻子，遣其將將之。盛夏入寇，諸州皆城守無敢與戰者。吐蕃俘掠萬畜而去。」〔註67〕此以人質、唐人妻女同赴戰場，以遂行剽掠，隴右唐人之生活可知矣。

此後唐德宗貞元年間，吐蕃幾年年進犯，以虜掠爲主。唐德宗貞元九年（西元 793 年）唐築鹽州城，著有防禦之功，此後唐更以「聯回抗吐」，聯南詔以制吐，迭有斬獲。及至唐武宗會昌二年（西元 842年），吐蕃贊普死，吐蕃大亂，自後勢微，方難以爲患矣。

（三）南 詔

唐玄宗天寶九年（西元 750 年），雲南太守張虔陀求索無度，且私通南詔王妃，南詔王閣羅鳳「反，發兵攻虔陀，取姚州及小夷州凡三十二。」〔註68〕逾明年，南詔王遣使求和，請還唐所虜掠，劍南節度使鮮于仲通不許，並囚來使，南詔遂臣吐蕃。此天寶末年，安史亂前，唐用兵南詔，「前後死者幾二十萬」，〔註69〕損國之精銳也。

唐代宗大曆十四年（西元 779 年），南詔與吐蕃「合兵十萬，三道入寇」，〔註70〕至德宗貞元九年（西元 793 年）歸順，此後多與唐朝聯合牽制吐蕃。但又於文宗大和三年（西元 829 年），曾「大舉入寇……驅劫玉帛子女而去。」〔註71〕後遣使來朝，唐釋其罪，致是安

〔註66〕同註2，卷二百一十六上〈吐蕃列傳〉，頁 6094。
〔註67〕同註3，卷二百三十三〈唐紀〉四十九，頁 1601 下至 1602 上。
〔註68〕同註2，卷二百二十一〈南蠻列傳·南詔上〉，頁 6271。
〔註69〕同註3，卷二百三十三〈唐紀〉三十三，頁 1475 上。
〔註70〕同註3，卷二百二十六〈唐紀〉四十二，頁 1548 上。宋·歐陽修、宋祁撰《新唐書》卷二百二十一〈南蠻列傳·南詔上〉，作「悉眾二十萬入寇」（同註2，頁 6272）。
〔註71〕同註1，卷一百九十七〈南蠻列傳〉，頁 5284。

定近三十年。直至唐末宣宗大中年間復進犯，以迄唐亡。

　　綜觀張籍所處之政治社會背景，在上者不似人君，在下者夤緣弄權；內有中人巧弄朝政，外有異族劫掠竊土；朝中官宦賦稅頻催，江湖百姓顛沛流離。張籍身處於大時代之不幸，故作不平之聲，其歷百姓之苦，乃發寫實之慨。其〈董公詩〉即云：

　　　　輕刑寬其政，薄賦施租庸。（《張籍詩集》卷七）

此即白居易所云「下諷藩臣，上誨人主」。〔註72〕

　　細索沉重之史料，後世者往往沉浸於氣勢磅礴之戰爭，勾心鬥角之奪權，然稅賦煩雜的數字資料，確不易勾起後人詳究之趣。然究其實，稅賦眞是各時代之百姓，如影隨形，揮之不去的夢魘。戰爭與流亂，畢竟可以避難，苛稅卻如付骨之蛆，與百姓長相左右。百千年之後，在史料上化爲一堆數據，似乎鼓勵後人忘掉，在如此之苛政下，百姓苟延殘喘之呻吟。作爲一個詩人，張籍以感性之詩句，爲時代作見證，彌足珍貴矣。

　　戰亂之人民，已是悲劇，隴西長期爲吐蕃所擾，更情何以堪。唐雖非亡於異族，然因回紇而財政空虛，爲吐蕃、南詔而折損兵將，國力日耗，其與亡於異族何異？《新唐書》即贊云：

　　　　漢亡於董卓，而兵兆於冀州。唐亡於黃巢，而禍基於桂林。

　　〔註73〕

張籍或未親歷安史之亂，參與外族戰爭，然戰爭對社會之影響，蓋一再之破壞，而難以重建，迨終唐之亡也，不復見貞觀、開元盛世，甚至「白頭宮女話天寶」亦不可得。爲政者雖圖振作，奈國力消耗，姦宦比附，空有諍臣，難開新局。

〔註72〕見《張籍詩集》卷七〈董公詩〉之注文，另白居易〈讀張籍古樂府〉作「讀君董公詩，可誨貪暴臣」（《白居易集箋校》卷第一）。

〔註73〕同註2，卷二百二十二〈南蠻列傳・南詔下〉，頁6295。言唐懿宗咸通九年（西元八六八年）桂林戍卒龐勛之亂，此爲南詔屯兵也，後黃巢多用龐勛之卒，見同註3，卷二百五十一，〈唐紀〉六十七，頁1729下至1732上。

第二節　文壇環境

　　歷來討論唐詩者，概以「初、盛、中、晚」唐四期論述。此說始於南宋・嚴羽《滄浪詩話》，﹝註74﹞將唐詩分為五種詩體，即初唐、盛唐、大曆、元和、晚唐，其云：

> 以詩而論，則有建安體……唐初體（唐初猶襲陳隋之體。）、盛唐體（景雲以後，開元、天寶諸公之詩。）、大曆體（大曆十才子之詩。）、元和體（元、白諸公。）、晚唐體……﹝註75﹞

元・楊士宏編《唐音》，在其〈唐音原序〉中云：「襄城楊伯謙，好唐人詩，五言、七言、古詩、律詩、絕句，以盛唐、中唐、晚唐別之。」﹝註76﹞《四庫全書總目・唐音提要》云：「則詩以體分，而以初唐、盛唐為一類，中唐為一類，晚唐為一類。」﹝註77﹞觀乎其旨，概併嚴羽之大曆體與元和體，以「中唐」定之。又明・高棅《唐詩品彙》更申而述之云：「有唐三百年，詩眾體備矣……略而言之，則有初唐、盛唐、中唐、晚唐之不同。」﹝註78﹞

　　然以詩體分之，弊病叢生，〈御製全唐詩序〉云：「夫性情所寄，千載同符，安有運會之可區別，而論次第唐人之詩者，輒執初、盛、中、晚，岐分疆陌。而抑揚軒輊之過甚，此皆後人強為之名。」，﹝註79﹞文學氣理相通，強分詩體，易乖謬誤，即以嚴羽《滄浪詩話》而言，亦難免滯礙，如《滄浪詩話・詩評》云：「盛唐人詩，亦有一二濫觴晚唐者，

﹝註74﹞ 清・紀昀等編纂〈唐詩品彙提要〉：「初、盛、中、晚，蓋宋・嚴羽已有是說。」（《四庫全書總目》卷一百八十九，臺北，藝文印書館，1989 年 1 月六版，頁 3929）。

﹝註75﹞ 南宋・嚴羽撰、郭紹虞校釋《滄浪詩話校釋・詩體》，臺北，里仁書局，1987 年 4 月版，頁 52～53。

﹝註76﹞ 元・楊士宏《唐音・原序》，收入王雲五主編《四庫全書珍本十二集・集部八》，臺北，臺灣商務印書館。

﹝註77﹞ 同註 1，《四庫全書總目・唐音提要》卷一百八十八，頁 3921。

﹝註78﹞ 明・高棅《唐詩品彙・總敘》，上海，上海古籍出版社，1988 年 7 月二版一刷，頁 8。

﹝註79﹞ 清・曹寅奉敕編撰《全唐詩》，〈御製全唐詩序〉，北京，中華書局，1992 年 10 月一版五刷，頁 5。

晚唐人詩，亦有一二可入盛唐者。」〔註80〕故盛唐、晚唐，糾纏不清，反生迷亂。詩體泥於體派之分，本易自陷，清・錢謙益云：「燕公、曲江，亦初亦盛，孟浩然，亦盛亦初，錢起、皇甫冉，亦中亦盛，夫詩不可以若是論也。」〔註81〕

　　以詩體區分，已屬不易，其後更有冠之以年代，以時間區分詩體派者，其拙更甚。清・虞兆漋《天香樓偶得・唐詩》以說者標誌初、盛、中、晚唐之年代細分者，〔註82〕虞氏深深不以為然，評曰：「然愚謂詩格雖隨氣運變遷，其間轉移之處，亦非可以年歲限截。況有一人而經歷數朝，今雖分別年歲，而不能分一人之詩，以隸於某年之下。甚之以訛傳訛，或一詩而分載兩人，或異時而互為牽引，則四唐之強分疆界，無亦刻舟求劍之說耶！」〔註83〕考詩人之年歲或長青或早逝，覽詩人之詩作或盛唐或中唐。以「體」而分則罔，以「時」而分則殆。然歷來論評唐詩者，實難以棄「初、盛、中、晚」唐之說而不論，何也？蓋此「四唐」之說，方便後學者概分唐詩之堂奧，易於行文論述，了然全局。

　　故一人一時之作，有盛唐體，有中唐體；有田園詩，有社會寫實詩；甚至一人創作活動橫跨「盛唐、大曆、元和」。學者於分體別派中，務求該詩人整體創作之宏觀，不須拘泥於各別作品之局限。求其代表性，不議論其個體性，方能在「初、盛、中、晚」之論述中，抽絲撥

〔註80〕同註2，《滄浪詩話校釋・詩評》，頁143。

〔註81〕轉引自鄭賓于《中國文學流變史》，鄭州，中州古籍出版社，1991年9月一版一刷，頁240。

〔註82〕清・虞兆，《天香樓偶得》，收入《四庫全書存目叢書・子部》九八冊：「唐詩分初、盛、中、晚說者謂：初唐自高祖武德元年，戊寅歲，至明皇先天八年，壬子歲，凡九十五年；盛唐自明皇開元元年，癸丑歲，至代宗永泰元年，乙巳歲，凡五十三年；中唐自代宗大曆元年，丙午歲，至文宗太和九年，乙卯歲，凡七十年；晚唐自文宗開成元年，丙辰歲，至哀宗末年，丙寅歲，凡七十一年……」（臺南，莊嚴文化事業有限公司，1995年9月初版一刷，頁98～288）。

〔註83〕同前註。

繭，庖丁解牛。待於更深入之探究，方以微觀檢視，乃不至於治絲益
棼。《四庫全書總目・唐詩品彙提要》云：「平心而論，唐音之流於膚
廓者，此書實啟其弊；唐音之不絕於後世者，亦此書實衍其傳，功過
並存，不能互掩。後來過毀過譽，皆門戶之見，非公論也。」〔註84〕
故知分體別派，流於膚廓，然亦利於衍傳。識者無須過毀過譽，無庸
泥於體派，更無庸因噎廢食，廢棄體派。明其利弊之旨，善用善導，
庶幾近乎！本文論述，擬分盛、中唐之際、大曆、元和諸時期體派論
述之。

　　張籍創作之文壇背景，即盛唐之後，上接杜甫社會寫實創作，下
至與元稹、白居易「新樂府運動」相酬唱。就政治社會上而言，此時
國家出現危機，民間百姓流離，不復開天盛世，凡此種種，已如前述。
然於文學創作上而言，此段時期，各詩人蜂起，百家爭鳴，就文學史
上而言，堪稱成果豐碩的時代。

一、盛、中唐之際

　　盛唐、中唐之際，為詩者眾，高仲武〈大唐中興間氣集序〉云：
「自至德元年（西元 756 年）首終於大曆末年（大曆十四年，西元
779 年），作者數千。」〔註85〕然其中以詩人元結、顧況、劉長卿與
韋應物，最為突出。

　　元結（西元 719 年至 772 年），字次山，始號元子，天寶十二年
舉進士第，其詩文專尚質樸，反對浮華文風，更經常於創作中鞭辟暴
政，反映民生。「次山更將前朝可嘆之事，撰成十二首詩，總名曰繫
樂府……則知次山之繫樂府，雖不若前人之製詩采詩以入樂，或倚古
曲之聲文以為詩，猶有繼承古樂府諷諭美刺之義。」。〔註86〕此種以

〔註84〕同註1。
〔註85〕高仲武〈大唐中興間氣集序〉，收入清・董誥等編《全唐文》卷四百
　　　　五十八，上海，上海古籍出版社，1993 年 11 月二刷，頁 2074。
〔註86〕李師建崑《元次山之生平及其文學》，臺北，臺灣商務印書館，1986
　　　　年 5 月初版，頁 64。

樂府詩之型式來反映人民之生活，上承《詩經》「風、雅、頌」之旨趣，不僅影響後來之「張、王樂府」，更是元、白「新樂府運動」之濫觴。

就元結關懷民生之詩作而言，其〈舂陵行〉云：

> 州小經亂亡，遺人實困疲。大鄉無十家，大族命單羸。朝
> 是草根，暮食是樹皮。(《元次山集》卷第三)

詩寫唐代宗廣德元年（西元 763 年），道州人民經安史之亂後，又面臨賦稅催逼之窘境。次年作〈賊退示官吏〉詩云：「使臣將王命，豈不如賊焉。今彼徵斂者，迫之如火煎。」(《元次山集》卷第三)，直斥官不如賊，為民請命。杜甫於唐代宗大曆二年（西元 767 年），作〈同元使君舂陵行〉序云：「覽道州元使君結〈舂陵行〉兼〈賊退後示官吏作〉二首……今盜賊未息，知民疾苦，得結輩十數公……」(《杜詩詳注》卷之十九)，並詩云：

> 粲粲元道州，前聖畏後生……道州憂黎庶，詞氣浩縱橫。
> 兩章對秋月，一字皆華星。(同前)

知元結與杜甫同有關懷民瘼之胸襟，並以之入詩。此一精神，不僅影響張籍，更為元、白「新樂府運動」播種。張籍有〈送元結〉紀之曰：

> 昔日同遊漳水邊，如今重說恨綿綿。天涯相見還離別，客
> 路秋風又幾年。(《張籍詩集》卷六)

元結更於「乾元三年錄沈千運、王季友、于逖、孟雲卿、張彪、趙微明、元季川七人之詩，凡二十四首……」，〔註87〕編成《篋中集》一卷，其序云：

> ……風雅不興，幾及千歲……近世作者，更相沿襲，拘限
> 聲病，喜尚形似且以流易為辭，不知喪於雅正。……彼則
> 指詠時物，會諧絲竹，與歌兒舞女生污惑之聲於私室，可
> 矣。若今方直之士，大雅君子，聽而誦之，則未見其可矣。
> 〔註88〕

〔註87〕同註1，《四庫全書總目・篋中集提要》卷一百八十六，頁3871。
〔註88〕元結《篋中集・原序》，收入王雲五主編《四庫全書珍本》十一集，

藉以反奢靡，駁浮誇，此即「次山所重視者，殆爲詩之諷諭感化作用，此蓋與陳子昂以義補國之旨同。」〔註89〕故其《篋中集》所收入者,「皆以正直而無祿位,皆以忠信而久貧賤,皆以仁讓而至喪亡。」〔註90〕其對詩作內涵之期許爲:「極帝王理亂之道,系古人規諷之流。」〔註91〕知元結以強烈之儒家使命感,加之於文學創作內,以「風雅不興,幾及千歲」,數落了《詩經》以降,迄於李、杜,均不及風雅,此與白居易〈與元九書〉云:「又詩之豪者,世稱李、杜。李之作才奇矣,人不逮矣,索其風雅比興十無一焉。杜詩最多……亦不過三四十。」(《白居易集箋校》卷第四十五) 之理念相貫。

　　元結以《詩經》爲引,肩扛傳統儒家之大任。就文藝論之,一意以「極帝王理亂之道,系古人規諷之流」爲宗,似嫌過激,然其提出「指詠時物」之語,實爲社會寫實詩,提供理論基礎。相較於杜甫之緣事而發,元結提出詩文學創作之旨要,意味著社會寫實詩之更趨成熟,更是後來元稹、白居易「新樂府運動」之先聲。

　　顧況 (西元 727～815 年),字逋翁,海鹽人,至德間進士,長於歌詩,性好詼諧,其文學主張近於元結,以其詩作〈悲歌〉序云:

　　　　理亂之所經,王化之所興,信無逃於聲教,豈徒文采之麗
　　　　邪? (《顧況詩注》卷二)

與元結「極帝王理亂之道,系古人規諷之流。」遙相呼應。其詩作如〈上古之什補亡訓傳十三章〉,效《詩經》體例,以四言爲裁,各章之前,繫以小序,以明其旨。其中〈囝一章〉細述唐宦官制度,父子別離之悲慘場景。〈採蠟一章〉言人民以性命換取煌煌蠟燭,間接亦反映百姓生活之艱難。因其爲詩「豈徒文采之麗」,故不避俚俗,活潑生動,內容亦以反映民生疾苦之現實主義爲主。

　　　　臺北,臺灣商務印書館。
〔註89〕同註 13,頁 59。
〔註90〕同註 15。
〔註91〕元結《元次山集》卷第一〈二風詩論〉,臺北,世界書局,1984 年
　　　　10 月再版,頁 10。

劉長卿（西元 709～780 年），字文房，河間人，開元進士。宋‧計有功《唐詩紀事》云：「皇甫湜云：詩未有劉長卿一句，已呼阮籍為老兵矣。」〔註92〕足見其名重一時矣。劉長卿詩體介於盛、中唐之間，《唐詩品彙》編目：「以初唐為正始，盛唐為正宗、大家、名家、羽翼，中唐為接武，晚唐為正變。」〔註93〕其中劉長卿五言古詩編為「名家」，七言律詩編為「羽翼」體屬盛唐；七言古詩、五言絕句、七言絕句、五言律詩、五言排律編為「接武」，體屬中唐。〔註94〕於其詩作中，正可管窺盛、中唐詩作遞嬗之跡。明‧胡應麟《詩藪》云：「詩至錢、劉，遂露中唐面目……劉即自成中唐與盛唐分道矣。」〔註95〕「唐七言律……錢、劉稍為流暢，降而中唐，又一變也。」〔註96〕胡應麟以錢起、劉長卿為盛、中唐之分際，即以詩歌體例定之。

劉長卿詩以五言律詩最著稱，權德輿於〈秦徵君校書與劉隨州唱和書序〉云：「彼漢東守，嘗自以為五言長城。」〔註97〕元‧辛文房《唐才子傳》因之誤為：「權德輿稱為『五言長城』。」〔註98〕然其五言詩倍受稱許，殆無疑義。其詩多寫羈旅離愁與田園山水，風格含蓄甜美，氣韻流暢，如〈送行軍張司馬罷使迴〉詩：「春風吳苑綠，古木剡山深。」（《全唐詩》卷一百四十八）與〈白道林寺西入石路至麓山寺過法崇禪師故居〉詩：「野雪空齋掩，山風古店開。」（同前）之句，明‧胡應麟更譽之為「色相清空，中唐獨步。」〔註99〕歷來多將

〔註92〕宋‧計有功撰、王仲鏞校箋，《唐詩紀事校箋》卷二十六，四川，巴蜀書社，1989 年 8 月一版，頁 695。
〔註93〕同註 5，《唐詩品彙‧凡例》，頁 14。
〔註94〕同註 5，《唐詩品彙‧敘目》。
〔註95〕明‧胡應麟《詩藪‧內編》卷五，上海，上海古籍出版社，1979 年 11 月一版一刷，頁 84。
〔註96〕同前註。
〔註97〕權德輿〈秦徵君校書與劉隨州唱和書序〉，收入清‧董誥等編《全唐文》卷四百九十，上海，上海古籍出版社，1993 年 11 月二刷，頁 2216。
〔註98〕元‧辛文房撰、傅璇琮主編《唐才子傳校箋‧劉長卿》卷第二，北京，中華書局，第一冊，1987 年 5 月一版一刷，頁 323。
〔註99〕同註 22，卷四，頁 74。

劉長卿歸於山水田園詩派，然其關心社會之戰爭詩、邊塞詩，亦有佳作。如〈李侍郎中丞行營五十韻〉：「負恩殊鳥獸，流毒遍黎民。朝市成蕪沒，干戈起戰爭。」（《全唐詩》卷一百五十）近人傅璇琮稱：「他（劉長卿）也有寫自然景物的詩，或許從藝術性來說，這部分詩要比他反映現實動亂的詩更有特色，更富有詩味些，但不能因此而否定他是一個關心社會現實的詩人。」〔註100〕誠斯言也。

　　韋應物（西元 736～830 年），京兆長安人，其詩閒澹簡遠，人比之陶潛。其〈任洛陽丞請告一首〉云：「折腰非吾事，飲水非吾貧……著書復何為，當去東皋耘」（《全唐詩》卷一百九十三），頗有「不為五斗米折腰」，「採菊東籬下」之韻味。韋應物詩作以山水詩最真，寫來描景細緻，賦物工整，如其〈滁州西澗〉：「獨憐幽草澗邊生，上有黃鸝深樹鳴。春潮帶雨晚來急，野渡無人舟自橫。」（同前）詩筆遠近相融，動靜皆宜，如王維「詩中有畫，畫中有詩」之境。詩作中亦以五言詩最佳，白居易於〈與元九書〉云：「如近歲韋蘇州歌行，才麗之外，頗近興諷，其五言詩又高雅閒澹，自成一家之體，今之秉筆者，誰能及之？」（《白居易集箋校》卷第四十五）又如其〈秋郊作〉：

> 清露澄境遠，旭日照林初。一望秋山淨，蕭條形跡疏。登原忻時稼，采菊行故墟。方願沮溺耦，淡泊守田廬。（《全唐詩》卷一百九十二）

其寫景如畫，更與王維、孟浩然相埒，故歷來亦歸入山水田園詩人之列。其詩作中，雖以田園詩見長，一如劉長卿，但詩人處於困頓之時代，也不乏社會寫實之作，如〈觀田家〉寫農村之辛勞，「倉廩無宿儲，徭役猶未已。」（同前）；〈采玉行〉寫官府威逼人民采玉，「獨婦餉糧還，哀哀舍南哭。」（《全唐詩》卷一百九十五）；其〈雜體五首〉之二，更以「袄鳥」喻貪官，「鷹鸇」喻懲治污吏之官員尸位素餐，

〔註100〕傅璇琮〈劉長卿事跡考辨〉，《唐代詩人叢考》，北京，中華書局，1996 年 2 月一版三刷，頁 265。

極盡諷刺。〔註101〕

　　綜觀盛、中唐之際，元結、顧況以興風雅爲己任，以詩反應現實，承杜甫之餘緒，更以理論倡揚寫實詩之文學價值，爲後來「新樂府運動」之先驅。劉長卿、韋應物雖寄情山水田園，亦不乏關懷民生之作。四人雖各有特色，惜均未能延續風格，開一代之詩風，僅一時之文雄。就文學理論而言，元結以〈篋中集序〉標誌社會寫實詩之理論，是影響後來詩風，具創作理論性之作品。

二、大曆詩人

　　唐代宗大曆年間，有大曆十才子之說，據姚合《極玄集》所記爲：「李端，字正己，……與盧綸、吉中孚、韓翃、錢起、司空曙、苗發、崔峒、耿湋、夏侯審唱和，號十才子」〔註102〕十人。姚合近於大曆年間，如以其《極玄集》所錄爲本，則歷代對十才子屢有增刪：《新唐書·盧綸傳》所記，與《極玄集》相同。宋·計有功《唐詩記事》載：「盧綸、錢起、郎士元、司空曙、李端、李益、苗發、皇甫曾、耿湋、李嘉佑。又云：吉頊、夏侯審亦是。或云：錢起、盧綸、司空曙、皇甫曾、李嘉佑、吉中孚、苗發、郎士元、李益、耿湋、李端。」〔註103〕南宋·嚴羽《滄浪詩話》云：「冷朝陽在大曆才子中爲最下。」〔註104〕是增冷朝陽一人矣。清·管世銘《讀雪山房唐詩序例》增郎士元、劉長卿、皇甫冉、李嘉祐、李益五人，刪吉中孚、苗發、崔峒、耿湋、夏侯審五人。〔註105〕江鄰幾《雜志》則增郎士元、李益、李嘉祐、皇

〔註101〕韋應物〈雜體五首〉詩云：「古宅集祅鳥，群號枯樹枝。黃昏窺人室，鬼物相與期。居人不安寢，搏擊思此時。豈無鷹與鸇，飽肉不肯飛。既乖逐鳥節，空養凌雲姿。孤負肉食恩，何異城上鴟。」（《全唐詩》卷一百八十六）。

〔註102〕姚合《極玄集》卷上〈李端〉條目，收入傅璇琮編撰《唐人選唐詩新編》，西安，陝西人民教育出版社，1996年7月一刷，頁539。

〔註103〕同註19，卷三十，頁814。

〔註104〕同註2，《滄浪詩話校釋·詩評》，頁161。

〔註105〕清·管世銘《讀雪山房唐詩序例·七律凡例》，收入郭紹虞編、

甫曾四人，刪韓翃、崔峒、夏侯審三人，共十一人。〔註106〕即以今人選「大曆十才子」，如《大曆十才子詩選》則選取：「劉長卿、錢起、李嘉祐、郎士元、韓翃、李端、耿湋、司空曙、盧綸、李益」十人。

累計歷來「大曆十才子」之說，即有：李端、盧綸、吉中孚、韓翃、錢起、司空曙、苗發、崔峒、耿湋、夏侯審、郎士元、李益、李嘉祐、皇甫曾、冷朝陽、劉長卿、皇甫冉、吉項共十八人。何以大曆十才子眾說紛紜，莫終一是？鄭賓于《中國文學流變史》云：「所謂大曆十才子云云，乃後人以意逆造之數目，並沒有什麼關係的。」〔註107〕各家說法，如以形式風格分，以時間背景分，以唱和交往分，或以後人對各詩人之主觀成就分，皆言之成理。明‧胡應麟《詩藪》云：「余嘗歷考古今，一時並稱者，多以游從習熟，倡和頻仍，好事者因之以成標目。」，〔註108〕故所謂「大曆十才子」者，留待識者考索，本文擬就其詩風流變述之。

細考大曆年間詩風，《四庫全書總目‧錢仲文集提要》云：「大曆以還，詩格初變，開、寶渾厚之氣，漸遠漸漓，風調相高，稍趨浮響，升降之關，十子實為之職志。」〔註109〕此說語帶苛責，實歷來眾多論詩者，以大曆詩人既承盛唐文化浸潤，復經安史戰亂洗禮，理應舒民怨，懷國恥。大曆詩人固亦有反映社會，表現民生之作，例如盧綸〈逢病軍人〉詩云：

> 行多有病住無糧，萬里還鄉未到鄉。蓬鬢哀吟古城下，不堪秋氣入金瘡。（《盧綸詩集校注》卷二）

富壽蓀校點《清詩話續編》中冊，臺北，木鐸出版社，1983 年12 月初版，頁 1554。

〔註106〕轉引自劉大杰《中國文學發展史》中冊，臺北，漢京文化事業有限公司，1992 年 6 月臺版一刷，頁 490。劉氏注文又云：引自王士禎《分甘餘話》。

〔註107〕同註 8，頁 400。

〔註108〕同註 22，《詩藪‧外編》卷三，頁 180。

〔註109〕同註 1，《四庫全書總目‧錢仲文集提要》，卷一百五十，頁 2967。

詩寫戰亂受瘡之貧病軍人，流浪萬里，無家可歸，戰爭之後的社會，
這種歷史場景，栩栩如繪。又如耿湋〈路旁老人〉一詩：

　　老人獨坐倚官樹，欲語潸然淚便垂。陌上歸心無產業，城
　　邊戰骨有親知。（《全唐詩》卷二百六十九）

唯這一類作品在大曆十才子中，實屬少數。

　　這一段時期中，邊塞詩亦是重要之體製。除李益外，〔註110〕雖
因詩人創作之實蹟與後世重盛唐抑中唐，並沒有足堪與王昌齡、岑
參，高適分庭抗禮之詩人，〔註111〕相較於盛唐國勢昌盛的軍旅人民
生活，與中、晚唐唐王朝國力衰頹，吐蕃竊佔河西隴右之情境，中、
晚唐之邊塞詩除了承盛唐餘緒，表現慷慨激昂之雄心壯志外，更揉雜
了人民災難，朝廷昏庸、期盼收復故土，翹首祖國河山之情境，悲壯
蒼涼，例如李益〈夜上受降城聞笛〉云：

　　回樂峰前沙似雪，受降城外月如霜。不知何處吹蘆管，一
　　夜征人盡望鄉。（《李益集注》）

詩以悲涼襯受降，以音樂激發思鄉，明・胡應麟《詩藪》稱：「初唐
絕，葡萄美酒為冠；盛唐絕，渭城朝雨為冠；中唐絕，迴雁峰前為冠；
晚唐絕，清江一曲為冠。」〔註112〕李肇《唐國史補》則記曰：「天下
亦唱為歌曲」。〔註113〕又有寫前方戰士離鄉背井，朝中大臣爭功委過
者，如李益〈赴渭北宿石泉驛南望黃堆烽〉云：

　　邊城已在虜塵中，烽火南飛入漢宮。漢庭議事先黃老，麟
　　閣何人定戰功。（《李益集注》）

詩以邊城陷胡，朝中為官者奢言黃老，將何以治邊務，爭論戰功，情

────────────────

〔註110〕　明・胡應麟《詩藪・內編》卷六稱：「七言絕，開元之下，便當
　　　　　以李益為第一。……皆可與太白、龍標競爽，非中唐所得有也。」
　　　　　（同註22，頁120）。

〔註111〕　董乃斌〈論中晚唐的邊塞詩〉，《唐代邊塞詩研究論文選粹》下
　　　　　冊，蘭州，甘肅教育出版社，1988年5月一版一刷，頁254。

〔註112〕　同註22，《詩藪・內編》卷六，頁110至111。

〔註113〕　李肇《唐國史補》卷下，臺北，世界書局，1991年6月四版，
　　　　　頁55。

何以憫邊將。又如盧綸〈和張僕射塞下曲〉詩云：「月黑雁飛高，單于夜遁逃。欲將輕騎逐，大雪滿弓刀。」（《盧綸詩集校注》卷三）簡潔有力，期良將之擊胡虜。

　　雖其社會詩、邊塞詩均有新意，然較諸整體文壇詩風，寫實詩作，顯然貧弱。大曆詩人詩作率多爲送別應酬、流連山水，雖然重視技巧，格律規整，字句精工，但內容流於表象，至多只能藉田園山水，寄託情緒。釋皎然《詩式・齊梁詩》卷四即云：「大曆中，詞人多在江外，皇甫冉、嚴維、張繼素、劉長卿、李嘉佑、朱放竊占青山白雲，春風芳草以爲己有。」〔註114〕大曆諸多詩人寄寓田園，歌詠六朝詩風，甚至避世內省，僭身江湖僧寺，〔註115〕田園詩或宗教詩並非不宜，然「現實本身並未引發他們的入世熱情，最多只是勾起他們低回感傷的身世之嘆，從而在嚴酷的現實面前，反而極力走向避世之途。」〔註116〕如錢起〈東城初陷與薛員外王補闕暝投南山佛寺〉詩云：「庶將鏡中象，盡作無生觀」（《錢起詩集校注》卷第三）與〈奉和王相公戲贈元校書〉詩云：「芙蓉洗清露，願比謝公詩」（同前，卷第八）；李嘉佑〈題道虔上人竹房〉詩云：「詩思禪心共竹閒，任他流水向人間」（《全唐詩》卷二百七）；盧綸〈題李沇林園〉詩云：「願同詞賦客，得興謝家深」（《盧綸詩集校注》卷三）。大曆詩人沈浸於青山白雲間，詩作以山水田園佔其大半，傾向清遠淡雅，宛麗低吟。清・劉熙載《藝概》云：「錢仲文（錢起）、郎君胄（郎士元）大率衍王、孟之緒，但王、孟之渾成，卻非錢、郎所及。」〔註117〕他們所追尋者，不是經世濟民，振興風雅，

〔註114〕唐・皎然撰、周維德校注《詩式・齊梁詩》卷四，杭州，浙江古籍出版社，1993 年 10 月一版一刷，頁 88。

〔註115〕宋・歐陽修、宋祁撰《新唐書》卷三十五〈五行志〉：「天寶後，詩人多爲憂苦流寓之思，及寄興於江湖僧寺。」（北京，中華書局，1991 年 12 月一版四刷，頁 921）。

〔註116〕許總《唐詩體派論・大曆體》，臺北，文津出版社，1994 年 10 月初版，頁 418。

〔註117〕清・劉熙載《藝概・詩概》卷二，臺北，華正書局有限公司，

反而是「曲終人不見，江上數峰青。」（〈省試湘靈鼓瑟〉，《錢起詩集校注》卷第七）當他們面對戰亂，面對人民流離，所採取之態度是：「古來人事亦猶今，莫厭青觴與綠琴。獨向西山聊一笑，白雲芳草自知心。」（李嘉佑〈傷吳中〉，《全唐詩》卷二百六）國家天下事，反正事不關己，己不關心，也就不足爲奇了。

　　大曆詩人多出生於盛唐開元、天寶年間，經歷長達八年的安史之亂，一方面欣見戰亂復歸於平靜之中興氣象，另一方面又須面對奸宦當道、民不聊生，政治黑暗、國勢日頹之事實。其中除錢起外，率多委居下僚，側身幕府。且因戰亂，「衣冠皆南奔荆、湘」〔註118〕使得唐代詩人，大體上分爲兩大群。近人傳璇琮於〈李嘉佑考〉云：「一是以長安和洛陽爲中心，那就是錢起、盧綸、韓翃等大曆十才子詩人，他們的作品較多地呈現當時的達官貴人。一是以江東吳越爲中心，……當然這其間也有交錯。」〔註119〕羈留唐朝政治中心長安、洛陽之詩人，不乏奔走權門之途，寅緣權勢之幕府者。明‧胡震亨《唐音癸籤》云：「十才子如司空附元載之門，盧綸受韓渠车之荐，錢起、李端入郭氏貴主之幕，皆不能自遠權勢。」〔註120〕詩人成了粉飾太平，陪侍燕飲，貴族附庸風雅，權臣沽名釣譽的工具。他們沒有飄零江湖之苦，卻另受奔波權門之勞。雖不能厚祿高官，總算生活苟安，何能「自遠權勢」耶？

　　在觥籌交錯，酬唱贈答中，詩人看不見戰後離亂之人民，反而毫不吝惜地以「美人深別意，斗酒少留歡」（〈郭司徒廳夜宴〉，《錢起詩集校注》卷第六）、「舞衫招戲蝶，歌扇隔啼鶯。」（〈陪郭常侍令公東亭宴集〉，同前）、「濟濟延多士，蹔蹔舞百蠻。小臣無事奏，空愧伴

　　　　1988 年 9 月版，頁 62。
〔註118〕同註 42，卷二百一十六上〈吐蕃列傳〉，頁 6088。
〔註119〕同註 27，《唐代詩人叢考‧李嘉佑考》，頁 232。
〔註120〕明‧胡震亨《唐音癸籤》卷二十五，上海，上海古籍出版社，
　　　　1984 年 8 月一版二刷，頁 268。

鳴環」（〈元日早朝呈故省諸公〉，《盧綸詩集校注》卷五），堆砌繁華，歌舞昇平。至於詩人之志向，幾以殘存亂世爲足，不復見經世濟民之志。更有如崔峒〈詠門下畫小松上元王杜三相公〉云：「豈能裨棟宇，且貴出門關」（《全唐詩》卷二百九十四），詩人自稱不能爲國之棟樑，但求依附權門，如此志趣，令人瞠目咋舌。再如錢起〈清泥驛迎獻王侍郎〉云：「鷦鷯無羽翼，願假憲烏翔。」（《錢起詩集校注》卷第二）詩人自比鷦鷯，希望追隨御使大人左右，自爲燕雀，權貴者爲鴻鵠。高仲武〈大唐中興間氣集序〉譽錢起爲：「員外詩體格新奇，理致清澹，越從登第，挺冠詞林。」〔註121〕被譽爲「挺冠詞林」詩至如此，餘思之半矣。

歷代文人干謁求進，勢所難免，然自貶以求依附，並爭率彈冠於京華道上，則少聞見也。大曆文人缺乏如杜甫〈述懷〉：「麻鞋見天子，衣袖露兩肘……涕淚受拾遺，流離主恩厚」（《杜詩詳注》卷之五）那種堅定的忠貞精神；也沒有如李白〈夢遊天老吟留別〉：「安能摧眉折腰事權貴，使我不得開心顏」（《李白全集校注彙釋集評》第十三卷）那種高傲氣骨。至於如杜甫筆下李白之形象：「天子呼來不上船，自稱臣是酒中仙。」（〈飲中八仙歌〉，《杜詩詳注》卷之二）更是瞠乎其後，遙不可及矣。誠然謙沖隱逸，恬淡致遠，亦爲詩美學中之重要題裁，然觀乎大曆詩人，並不能自遠權勢，隱逸田園，及之以夜夜華宴，日日笙歌。於權力官場中流連，復不能思政治之晦暗，民生之疾苦，故歷來對大曆詩風，語多苛刻，良有以也。

錢起在〈縣中池竹言懷〉詩云：「官小志已足，時清免負薪。卑棲且得地，榮耀不關身」（《錢起詩集校注》卷第七），一副只要能卑微苟存，夫復何求之態。同樣的，耿湋〈春日遊慈恩寺寄暢當〉亦云：「死生俱是夢，哀樂詎關身。」（《全唐詩》卷二百六十八）他們這種退縮的心理，普遍存在大曆文壇，詩歌創作的積極意義，被汲汲寅緣，

〔註121〕 同註 12。

攀附權貴的動機扭曲了，雖大曆詩人中，社會寫實詩與邊塞詩偶有佳作點綴，詩人眾多，詩作亦多，然詩歌內容單一，意象重復，整體而言，詩之形式格局更成熟，但詩的氣格內涵，反趨於狹隘，以詩壇風氣觀之，就文學史而言，仍屬低盪時期。或者盧綸〈無題〉中所云：「才大不應成滯客，時危且喜是閒人」(《盧綸詩集校注》卷一) 是大曆詩人的注腳吧！

三、元和詩人

　　自盛唐以降，詩歌之發展經代宗大曆年間的低盪時期，雖有元結承杜甫之餘緒，惜不能蔚為風潮。大曆詩人，率多流於春花秋草，小巧纖音，以之點綴酬酢宴樂尚屬有餘，如欲開風氣之先，成一家之言則嫌不足。清・葉燮《原詩》云：「開、寶之詩，一時非不盛；遞至大曆、貞元、元和之間，沿其影響字句者且百年，此百餘年之詩，其傳者已少殊尤出類之作，不傳者更可知矣。」〔註122〕

　　以後世眼光觀之，盛唐詩歌之發展幾近於巔峰，無論飄逸率真、吟詠田園、關懷社會、邊塞寫實均有具代表性之詩人，與傳唱千古之詩作。其後詩人，企圖另闢天地，再造巔峰，殊屬不易。形形色色詩作，正不斷地探索出路，潛龍勿用。就另一意義觀之，大曆、貞元之低盪，未嘗不是正蘊釀文學之能量，終能破繭而出，飛龍在天。明・胡震亨云：「唐至開元而海內稱盛，盛而亂，至元和又盛。前有青蓮、少陵，後有昌黎、香山，皆當時鳴盛者也。」〔註123〕文壇幾經數十年低盪，總算「江山代有詩人出，各領風騷數十年」，貞元年間，詩人另闢新局，詩歌之發展，經盛唐之後，創造另一個光輝燦爛的局面。

　　胡氏所取「昌黎、香山」二人，代表元和年間，及其之後，兩大詩人集團。其一為「韓孟詩派」，以韓愈、孟郊、賈島為代表性詩人；

〔註122〕清・葉燮《原詩》卷一，收入丁福保輯《清詩話》下冊，臺北，西南書局有限公司，1979 年 11 月初版，頁 516。
〔註123〕同註 47，卷二十七，頁 286。

另一為「元白詩派」，以元稹、白居易為代表性詩人。張籍、王建樂府詩世稱「張、王樂府」，張籍雖為韓門子弟，然「張王樂府」咸為元、白「新樂府運動」之先聲，故王建於「元白詩派」中論述之。詩人同處於一個時代，擘分體派，實以詩作整體察考，概括分別，以利研究。各詩人之間，相互酬唱贈答，濡沫相濟，方為後人詳究之旨要，強論何人屬於何派，如行險壑，亦不必也。另各詩人與張籍交遊唱和，詳見本論文第二章第五節〈交遊考〉，限於篇帙，本章節不另贅述。

（一）韓孟詩派

清·葉燮《原詩》云：「唐詩為八代以來一大變，韓愈為唐詩之一大變。其力大，其思維崛起，特為鼻祖。」〔註 124〕值貞元、元和年間，與韓愈相關之詩人極多，其中以孟郊、張籍、賈島、盧仝、馬異、劉叉、姚合等人較重要，其中張籍詩風近於元、白，其他諸人史稱「韓孟詩派」或「苦吟派」。

韓孟詩派詩人之組合，都有相似之人生經驗。除韓愈之外，率多沉淪潦倒，使得他們創作中充滿「大凡物不得其平則鳴」，「鬱於中而泄於外」〔註 125〕之特色。即以韓愈本人而言，其四度應試始第，三度應博學鴻辭特科未成，當其接觸遭遇偃蹇之士子，其亦師亦友之師生關係，使韓愈成為當時望重士林，領袖文壇之角色。清·趙翼《甌北詩話》云：「昌黎以主持風雅為己任，故調護氣類，宏獎後進，往往不遺餘力。」，〔註 126〕洵斯言也。更由於韓孟詩人之普遍不諧世俗，恃才傲物，致令各詩人多窮困潦倒，沈居下潦。〔註 127〕

〔註 124〕同註 49。

〔註 125〕韓愈〈送孟東野序〉，《韓愈全集校注·文·貞元十七年》，成都，四川大學出版社，1996 年 7 月一版一刷，頁 1464。

〔註 126〕清·趙翼《甌北詩話》卷三，收入郭紹虞編、富壽蓀校點《清詩話續編》中冊，臺北，木鐸出版社，1983 年 12 月初版，頁 1169。

〔註 127〕李師建崑〈韓孟詩人集團之詩歌唱和研究〉，八十四年度行政院國科會專題研究計劃，頁 62～63。

　　韓愈之詩作，「一方面繼承漢、魏古詩之傳統；另一方面企圖挾其雄厚之才學，超凡之筆力，對詩歌體式、平仄、用韻進行改造。」〔註128〕其詩文不僅參入散文型式，〔註129〕且雜用辭賦手法，企圖力闢新徑。

　　清・趙翼《甌北詩話》云：「韓昌黎生平，所心摹力追者，惟李、杜二公。……至昌黎時，李杜已在前，縱極力變化，終不能再闢一徑，惟少陵奇險處，尚有可推擴……。」，〔註130〕韓愈〈調張籍〉詩云：

　　　李杜文章在，光芒萬丈長。不知群兒愚，那用故謗傷。(《韓
　　　愈全集校注・詩・元和十一年》)

在李、杜光芒萬丈之下，欲另開新局，實屬不易。大曆午間詩人，受困於體制，力圖在華文麗藻上琢磨，才會力倡向六朝回歸。然格律文字，本為形表，思想內容，方是靈魂。詩至如此，非大開大闔，無以批荊斬棘，突破重圍。韓愈為詩，另創新意，「自沈、宋創為律詩後，詩格已無不備，至昌黎又斬新開闢，務為前人所未有。」〔註131〕其不惟領一代之風騷，更為「宋之蘇、梅、歐、蘇、王、黃皆愈為之發其端」。〔註132〕

　　韓愈對詩歌創作，反對六朝華文麗藻，反對抄襲剽竊。其〈薦士〉詩云：「搜春摘花蕊，沿襲傷剽盜」(《韓愈全集校注・詩・元和元年》)，故主張「唯古於詞必己出，降而不能乃剽賊」。〔註133〕相較於大曆詩人，韓愈尊李、杜，非六朝。韓愈以優越之學養，宏大之氣魄，豐富之想像，一掃大曆詩人各人狹隘之傷感與惆悵，觀韓詩大多氣象萬千，

〔註128〕李師建崑《韓愈詩探析》，國立臺灣師範大學博士論文，1991年11月，頁291。
〔註129〕如韓愈〈南山〉詩連用「或」字達五十一次。
〔註130〕同註53，頁1164。
〔註131〕同註53，頁1167。
〔註132〕同註49。
〔註133〕同註52，韓愈〈南陽樊紹述墓誌銘〉，《韓愈全集校注・詩・長慶四年》，頁2641。

氣勢磅礴，如其〈盧郎中雲夫寄示送盤谷子詩兩章歌以和之〉詩云：

是時新晴天井溢，誰把長劍倚太行。衝風吹破落天外，飛雨白日灑洛陽。(《韓愈全集校注‧詩‧元和六年》)

驅駕氣勢，正如李白〈望盧山瀑布〉詩：「西登香爐峰，南見瀑布水。掛流三百丈，噴壑數十里。欻如飛電來，隱若白虹起。初驚河漢落，半灑雲天裏。」(《李白全集校注彙釋集評》第十九卷) 韓愈以「古文運動」著稱，與柳宗元並稱「韓、柳」，其為文主張「陳言務去」，〔註134〕「修辭以明道」，〔註135〕「苟行事得宜，出言適其要，雖不吾面，吾將信期適於文學。」〔註136〕如此為文之主張，亦反映在其詩作中。歷來評韓詩者，「謂之倔奇者有之，謂之沉雄者有之，另有健崛駿爽、雄怪、磊落豪橫等。」〔註137〕甚或不避穢物，如〈譴瘧鬼〉詩云：「求實嘔泄間，不知臭穢非」(《韓愈全集校注‧詩‧永貞元年》)，雖風格獨特，深渾險怪，然亦結構雄偉，自成一家。

更重要者，韓愈是一位以天下興亡，民間疾苦為己任之文人政治家。從政是為了解民之倒懸，不是要攀附權貴，歌舞終日。其〈爭臣論〉云：「自古聖人賢士，皆非有求於聞用也。閔其時之不平，人之不義，得其道不敢獨善其身，而必以兼濟天下也」。〔註138〕所以其詩文為人，關懷民生，追求真理之情，溢於言表。「迎佛骨入大內」一事，韓愈為「斷天下之疑，絕後代之禍」，直諫唐憲宗，其「佛如有

〔註134〕同註52，韓愈〈答李翊書〉：「唯陳言之務去，戞戞乎其難哉！」(《韓愈全集校注‧文‧貞元十七年》，頁1454)。

〔註135〕同註52，韓愈〈爭臣論〉：「君子居其位，則思死其官，未得位，則思修其辭以明其道。」(《韓愈全集校注‧文‧貞元九年》，頁1170)。

〔註136〕同註52，韓愈〈送陳秀才彤序〉，《韓愈全集校注‧文‧永貞元年》，頁1668。

〔註137〕同註55，頁343。

〔註138〕同註52，韓愈〈爭臣論〉，《韓愈全集校注‧文‧貞元九年》，頁1169。

靈，能作禍祟，凡有殃咎，宜加臣身」，〔註139〕以國之興亡為己任，雖千萬人吾往矣。姑不論儒、佛是非，單以文人之氣骨而言，此是大曆詩人所不能企及者。其後〈左遷至藍關示姪孫湘〉詩云：

> 一封朝奏九重天，夕貶潮州路八千。欲為聖明除弊事，肯將衰朽惜殘年。雲橫秦嶺家何在？雪擁藍關馬不前。知汝遠來應有意，好收吾骨瘴江邊。(《韓愈全集校注・詩・元和十四年》)

此種「道濟天下之溺」之精神，表現在政治上是不畏權勢「橫眉冷對千夫指」之氣魄，為詩就是要「匹夫而為百世師，一言而為天下法」（〈潮州韓文公廟碑〉，《蘇東坡全集・後集》卷十五）然以之滋潤文學，則為「民吾同胞，物吾與也」之人道關懷。貞元十五年（西元799年）彰義軍節度使反，韓愈作〈歸彭城〉詩云：

> 天下兵又動，太平竟何時？訏謨者誰子，無乃失所宜。前年關中旱，閭井多死飢，去歲東郡水，生民為流屍。上天不須應，福禍各有隨。(《韓愈全集校注・詩・貞元十六年》)

韓愈感時慨事，天下動亂，水潦旱荒，所以詩人不得不「刳肝以為紙，瀝血以書辭」，其為目地是要「上言陳堯舜，下言引龍夔」（〈歸彭城〉，同前）。又其〈此日足可惜贈張籍〉詩云：

> 夜聞汴州亂，繞壁行徬徨。我時留妻子，倉卒不及將。相見不復期，零落甘所丁。嬌女未絕乳，念之不能忘。(《韓愈全集校注・詩・貞元十五年》)

流離失所之夫妻父女，在歷史的洪流中孤零無助，乃至於斯者，是庶守軍士之無能，亦或國士大夫之無恥。再如〈汴州亂二首〉詩云：「諸侯咫尺不能救，孤士何者自興哀」；「廟堂不肯用干戈，嗚呼奈何母女何？」（《韓愈全集校注・詩・貞元十五年》）

　　韓愈詩沿杜甫奇險之一面，開疆拓域，為奇變之一大宗。〔註140〕

〔註139〕同註52，韓愈〈論佛骨表〉，《韓愈全集校注・文・元和十四年》，頁2290。
〔註140〕同註55，頁413。

除古文高倡「文以載道」外，觀乎其詩，其人，亦處處可見其一貫之堅持。或有謂「斧鑿之跡」，亦文人堅持真理，倨傲之情也。

孟郊，字東野，湖州武康人。生於唐玄宗天寶十年（西元 751年），卒於唐憲宗元和九年（西元 814 年），於德宗貞元十二年（西元796 年）登進士第，是韓孟詩派中，最年長之詩人。

韓愈世以恃才傲物稱之，然對孟郊推崇倍至。韓愈〈醉留東野〉詩云：「吾願身為雲，東野變為龍。四方上下逐東野，雖有離別無由逢」（《韓愈全集校注・詩・貞元十四年》），韓愈心折於孟郊，於其〈孟生詩〉透露云：「孟生江海士，古貌又古心。嘗讀古人書，謂言古猶今」（《韓愈全集校注・詩・貞元九年》）。韓愈對孟郊之高古，於其〈送孟東野序〉更加衍申曰：「孟郊東野，始以其詩鳴，其高出魏、晉，不懈而及於古」。〔註141〕對於孟郊之詩風，韓愈在〈貞曜先生墓誌銘〉云：「及其為詩，劌目鉥心。刃迎縷解，鈎章棘句，搯擢胃腎，神施鬼設，間見層出。唯其大翫於詞而與世抹摋，人皆劫劫，我獨有餘」，〔註142〕以韓愈筆下之孟郊觀之，「少小尚奇偉」之韓愈，傾倒心折可知矣。

正由於孟郊詩「橫空盤硬語，妥帖力排奡」（〈薦士〉，《韓愈全集校注・詩・元和元年》），歷來非之者，如宋・嚴羽《滄浪詩話》云：「孟郊之詩刻苦，讀之使人不懂」；〔註143〕元・辛文房《唐才子傳》云：「思苦奇澀，讀之每令人不歡」；〔註144〕金・元好問《論詩三十首》則議之云：「東野窮愁死不休，高天厚地一詩囚」〔註145〕豈非竟

〔註141〕 同註 52，頁 1465。

〔註142〕 同註 52，韓愈〈貞曜先生墓誌銘〉，《韓愈全集校注・文・元和九年》，頁 2025。

〔註143〕 同註 2，《滄浪詩話校釋・詩評》，頁 181。

〔註144〕 同註 25，《唐才子傳校箋》卷第五，北京，中華書局，第二冊，1989 年 3 月一版一刷，頁 512。

〔註145〕 金・元好問撰、劉澤注《元好問論詩三十首集說・十八》，太原，山西人民出版社，一版一刷，頁 159。

如韓愈所云：「人皆劫劫，我獨有餘」，﹝註 146﹞夏敬觀《唐詩說》則云：「東野詩無一字無來歷，卻亦無一字蹈襲古人。乍讀之雖不免覺其晦澀難明，多讀數遍，便能咀嚼其興味。」﹝註 147﹞

蘇軾〈讀孟郊詩兩首〉謂讀孟郊詩「何苦將兩耳，聽此寒蟲號」（《蘇軾詩集》卷十六），更云：「我憎孟郊詩」（同前）。又於〈祭柳子玉文〉以「郊寒島瘦」（《蘇東坡全集・前集》卷三十五）譏之，蘇軾苛於孟郊明矣。然於《東坡詩話》云：「孟東野作聞角詩云：似開孤月口，能說落星心，今夜聞崔誠老彈曉角，始覺此詩之妙。」﹝註 148﹞知孟郊詩窮澀也好，「妥帖力排奡」也罷，值得反覆咀嚼玩味，方能覺此詩之妙也。

孟郊主張詩歌之內容，須有振興風教之責任，其〈贈蘇州韋郎中使君〉詩云：「章句作雅正，江山鮮益明」（《孟郊詩集校注》卷六）。大曆詩人纖細清麗之文風，流於氣骨卑弱，其於〈讀張碧集〉一詩中，慨嘆「天寶太白歿，六義互消歇。大哉國風本，喪而王澤竭」（《孟郊詩集校注》卷九），所以爲詩要「下筆證興亡，陳詞備風骨」（〈讀張碧集〉，同前），承元結、顧況之後，孟郊主張以詩補風教，證興亡。其〈答友人〉詩云：「君子業高文，懷抱多正思……落落出俗韻，朗朗大雅辭」（《孟郊詩集校注》卷七），以詩風雅之義，掃除浮誇柔靡，以證興亡之勢，力挽國本。所以孟郊創作之態度，兢兢業業，其於〈夜感自遣〉詩云：

> 夜學曉不休，苦吟鬼神愁。如何不自閑，心與身爲讎。死辱片時痛，生辱長年羞。清桂無直枝，碧江思舊遊。（《孟郊詩集校注》卷三）

對此種不惜以生命振風教之精神，感染了時代詩人。張籍〈贈孟郊〉

﹝註 146﹞見註五十二。

﹝註 147﹞夏敬觀《唐詩說・說孟郊》，臺北，河洛圖書出版社，1975 年初版，頁 82。

﹝註 148﹞蘇軾《東坡詩話》，收入《詩話叢刊》，臺北，弘道文化事業有限公司，1970 年 3 月初版，頁 1099。

詩云：「君生衰俗間，立身如禮經。淳意發高文，獨有金石聲。」（《張籍詩集》卷七）

孟郊於德宗貞元八年（西元 792 年）首度赴長安試，此時已逾不惑之齡，卻名落孫山。貞元九年遠游湘、楚，殆至貞元十二年，始登進士第，年四十六矣，作〈登第後〉紀之曰：

> 昔日齷齪不足誇，今朝放蕩思無涯。春風得意馬蹄疾，一日看盡長安花。（《孟郊詩集校注》卷三）

元・辛文房《唐才子傳》云：「當時議者，亦見其氣度窘促，卒漂淪薄宦，詩讖信有之矣」，〔註149〕以人同此心測之，孟郊〈登第後〉雖流於輕浮，然其以學優則仕自屬，其宏願既遂，自頗有一展長才之志，惜「漂淪薄宦」終生，仕途蹇蹇。

應試不第，仕途多舛，使孟郊對社會悲苦有更深沉之體驗。其〈汴州亂離後憶韓愈、李翺〉詩云：「忠直血白刃，道路聲蒼黃。食恩三千士，一旦爲豺狼。」（《孟郊詩集校注》卷七）稱食君奉祿之藩鎮諸侯，不以蒼生爲己念，朝廷如同豢養伺機爲患之豺狼，荼毒百姓。又其〈寒地百姓吟〉詩，記載寒苦百姓之生活，詩云：

> 無火炙地眠，半夜皆立號。冷箭何處來，棘針風騷勞。霜吹破四壁，苦痛不可逃。（《孟郊詩集校注》卷三）

相對於寒苦人家，長安貴族之華奢生活，可堪對照。其〈長安早春〉詩云：

> 旭日朱樓光，東風不驚塵。公子醉未起，美人爭探春。探春不爲桑，探春不爲麥。日日出西園，只望花柳色。乃知田家春，不入五侯宅。（《孟郊詩集校注》卷二）

孟郊闢華奢，憐民疾之情懷，躍然於紙上，更以「下有千朱門，何門薦孤士？」（〈長安旅情〉，《孟郊詩集校注》卷三）、「家家朱門開，得見不得入。」（〈長安道〉，同前，卷一），質問權臣。韓愈之惜孟郊，

〔註149〕同註 25，《唐才子傳校箋》卷第五，北京，中華書局，第二冊，1989 年 3 月一版一刷，頁 514。

料孟郊亦有退之雪中送炭之溫情也。

　　觀乎孟郊詩，亦語多淡雅，猶其〈遊子吟〉一詩，傳誦千古，膾炙人口。唯韓孟詩派活動中，其聯句詩較多奇詭雕鏤，〔註 150〕實爲文人遊戲之作，爲聯句之諧韻對仗，難免鋪排堆砌，甚或以辭害意，不知所云。其中孟郊詩用字鍊意，均極深入，難而能之，雖倍授讒謗、揶揄，然其關懷民生，掃蕩大曆詩風，殊具長才。

　　清‧許印芳云：「（孟郊）因生李、杜諸人後，欲自成一家，避而走孤高峭險之路，刻意苦吟，遂病艱澀。」〔註 151〕又云：「抑知王（王維）、孟（孟浩然）固常句鍛月煉，亦如貞曜（孟郊）、浪仙（賈島）之刻苦乎？……後人不見前人鍛煉之苦，而但喜其自然之甘，往往襲其句調，摹其形貌，致有優孟叔敖之誚」，〔註 152〕在「李杜文章在，光芒萬丈長」之下，另開新局。後人豈不能以「人皆劫劫，我獨有餘」玩味之？

　　賈島長於五律，今人聞一多以「一則五律與五言八韻之試帖最近，做五律即等于做功課，二則爲拈拾點景物來烘托出一種情調，五律也正是一種標準形式」，〔註 153〕說明賈島長於五律之因，殊屬中論。其爲詩苦吟，有「二句三年得，一吟雙淚流。知音如不賞，歸臥故山秋」（〈題詩後〉，《全唐詩》卷五百七十四）之句。宋‧歐陽修《六一詩話》云：「孟郊、賈島皆以詩窮至死，而平生尤自喜爲窮苦之句。」〔註 154〕南宋‧胡仔《苕溪漁隱叢話》則就其作〈題李凝幽居〉詩：「鳥宿池邊樹，僧敲月下門」（《長江集新校》卷四），記載賈島以「推、

〔註 150〕同註 54，頁 63。
〔註 151〕清‧許印芳《詩法萃編‧滄浪詩話（下）跋》，轉引自張文勛、鄭思禮、姜文清注《許印芳詩論評注》，昆明，雲南教育出版社，1992 年 6 月一版一刷，頁 84。
〔註 152〕同前註，頁 86。
〔註 153〕聞一多〈唐詩雜論‧賈島〉，收入《聞一多全集‧唐詩編上》第六冊，武漢，湖北人民出版社，1994 年 1 月一版一刷，頁 57。
〔註 154〕宋‧歐陽修《六一詩話》，收入清‧何文煥輯《歷代詩話》，北京，中華書局，1992 年 5 月一版三刷，頁 266。

敲」苦吟之狀。清·王夫之《薑齋詩話》云：「僧敲月下門，祇是妄想揣摩」，〔註155〕唯正因其揣摩，益見賈島形影神色也。

元和年間諸多詩人，感於社會之動亂，民生之不安，紛紛以詩歌揭露百姓之疾苦與不幸。獨賈島之峭瘦詩風，多寫己身荒涼寂寞之心境遭遇。如其〈病蟬〉詩云：

> 病蟬飛不得，向我掌中行。拆翼猶能薄，酸吟尚極清。露華凝在腹，塵點誤侵晴。黃雀并鳶鳥，俱懷害爾情。（《長江集新校》卷六）

韓愈意興風發，高揭「不平則鳴」義理，賈島之病蟬如此，雖有露華，奈何拆翼蒙塵。只能以「明日疲驂去，蕭條過古城」（〈別徐明府〉，《長江集新校》卷五）來自嘲自憐。觀其早年詩作，尚俱豪雄氣勢，如〈劍客〉詩云：

> 十年磨一劍，霜刃未曾試。今日把試君，誰有不平事？（《長江集新校》卷一）

直如屢試不第，宦途坎坷，生活貧困，張籍〈贈賈島〉詩云：「籬落荒涼童僕飢，樂遊園上住多時」（《張籍詩集》卷四），詩說賈島生活之清苦，「封書乞米趁時炊」（同前）。三餐之不繼，何以天下國家爲？到頭來「淚落故山遠，病來春草長」（〈下第〉，《長江集新校》卷三），「不緣毛羽遭零落，焉肯雄心向爾低」（〈病鶻吟〉，《長江集新校》卷十），其雄心壯志，被現時生活消耗殆盡。姚合〈哭賈島〉云：「曾聞有書劍，應是別人收。」（《全唐詩》卷五百二）讀來令人不勝欷歔。

今人許總云：「賈島詩中寫孤獨約八十二次，哭泣約三十七次，寒冷八十一次，靜寂二十五次，夕陽暮色六十六次。」〔註156〕誠然以數字量化文學，殊堪爭議，然以《賈長江集》十卷，三百七十八首而言，雖偶有淡雅之作，如〈尋隱者不遇〉詩云：「松下問童子，言

〔註155〕清·王夫之《薑齋詩話》卷下，收入丁福保輯《清詩話》上冊，臺北，西南書局有限公司，1979 年 11 月初版，頁 6。

〔註156〕同註 43，許總《唐詩體派論·賈姚體》，頁 599〜600。

詩採藥去。只在此山中，雲深不知處」（《長江集新校》附集）。整體
而言，賈島詩既苦吟又苦境。其以孤獨、哭泣、寒冷、靜寂，交織著
夕陽暮色，所反映出來的是整個時代之陰霾，與文人窮困潦倒，委瑣
寒狹的心境。

此種文風，在一時傾倒文壇之韓愈詩文中所無，在以詩振風教、
證興亡之孟郊詩文中亦無。賈島嶙峋峭瘦之詩風，氣骨猶盛，更不同
於大曆詩風。韓愈、孟郊乃至於元白詩派，其詩作道盡時代悲劇中，
人民百姓生活艱苦，妻子離亂之大環境，而賈島則寫盡了當時大多數
文人仕途偃蹇，貧窮潦倒之「詩人們」眾生相。這些「詩人們」，除
了賈島之外，當然亦包括了「漂淪薄宦」之孟郊，窮瞎張太祝……。
後人從前者觀社會，從賈島詩看詩人，於整體環境了然矣。

清·許印芳《詩法萃編·與王駕評詩書跋》云：「兩人（孟郊、
賈島）生李、杜之後，避千門萬戶之廣衢，走羊腸鳥道之仄逕，志在
獨開生面，遂成僻澀一體」。〔註157〕無論褒貶郊、島，其新創詩格，
嶙峋寒瘦，甚或一言一句，皆由己出，不襲盜古人；變格入僻，以成
一家之言，其殆無疑義矣。聞一多亦云：「從賈島方面看，確乎是中
國詩人從未有過的榮譽，連杜甫都不曾那樣老實的被偶像化過。……
可見每個在動亂中毀滅的前夕，都需要休息，也都要全部的接受賈
島。」〔註158〕或許賈島之詩境，是動亂社會，文人們集體心理治療
之藥方吧！

（二）「新樂府運動」與元白詩派

「樂府」原為官署之名，執掌郊祭。然「樂府」官署之立，眾說
紛紜。漢·班固《漢書·百官公卿表》云：「少府，秦官……屬官有
尚書……樂府、若蘆……」，此說以秦已設樂府為官署。杜佑《通典·
職官》亦倡「樂府」官署設於秦說，其云：「秦、漢奉常屬官，有太

〔註157〕同註 151，頁 69。
〔註158〕同註 153，頁 61。

樂令及丞。又少府屬官，并有樂府令、丞」。﹝註159﹞又《漢書·禮樂
志》云：「周有房中樂，至秦名曰壽人……（漢）孝惠二年，使樂府
令夏侯寬備其蕭管，更名安世樂」，﹝註160﹞據此，則漢之樂府官制，
因秦舊制。《史記·樂書》則曰：「高祖崩，令沛得以四時歌舞宗廟，
孝惠、孝文、孝景無所增更，於樂府習常肆舊而已」，﹝註161﹞依此說，
則漢高祖或之前即有「樂府」官署，漢之惠帝、文帝、景帝只是「無
所增更」。班固《漢書·藝文志》又云：「自孝武立樂府而采歌謠，於
是有趙代之謳，秦楚之風」﹝註162﹞以「樂府」官署「采集歌謠」，同
此《漢書·禮樂志》云：

> 至武帝定郊祀之禮，祠太一於甘泉，就乾位也。祭后土於
> 汾陰，澤中方丘也。乃立樂府，采詩夜誦，有趙、代、秦、
> 楚之謳。﹝註163﹞

顏師古於《漢書·禮樂志》其下注曰：「始置之也，樂府之名，蓋起
於此，哀帝時罷之」。梁·劉勰《文心雕龍》云：「暨武帝崇禮，始立
樂府」，﹝註164﹞故清·王先謙以為顏師古因劉勰之語，誤以「樂府」
始於漢武帝。﹝註165﹞繼顏師古之後，宋·郭茂倩編《樂府詩集》，亦

﹝註159﹞唐·杜佑《通典·職官七》卷二十五，「太常卿·太樂署」條，
長沙，湖南岳麓書社，1995 年 11 月一版一刷，頁 359。

﹝註160﹞漢·班固撰、唐·顏師古注《漢書》卷二十二〈禮樂志二〉，北
京，中華書局，1987 年 12 月一版五刷，頁 1043。

﹝註161﹞漢·司馬遷撰、宋·裴駰集解、唐·司馬貞索隱、唐·張守節
正義《史記·樂書》，臺北，宏業書局，1990 年 10 月再版，頁
1177。

﹝註162﹞同註 160，漢·班固撰、唐·顏師古注《漢書》卷三十〈藝文志
十〉，頁 1756。

﹝註163﹞同註 87，頁 1045。

﹝註164﹞梁·劉勰撰、黃叔琳等注《文心雕龍注》卷二〈樂府第七〉，臺
北，宏業書局，1982 年 9 月再版，頁 101。

﹝註165﹞清·王先謙撰《漢鐃歌釋文箋正》，其序云：「劉勰《文心雕龍》
謂漢武始立樂府，師古不察，襲謬以注《漢書》。」（臺北，藝
文印書館，1974 年 4 月三版，頁 5）。

采「樂府」源於漢武之說，其《樂府詩集・新樂府辭序》云：「至武帝，乃立樂府」。〔註166〕故劉勰《文心雕龍》以降，至顏師古注《漢書》、宋・郭茂倩編《樂府詩集》均以「樂府」官署，源於漢武帝。

　　然不論「樂府」官署始於何時，以「樂府」官署，采集民間謳歌，始於漢武帝，殆無疑義。「樂府」本為「定郊祀之禮」，所設官署之名。祭祀原以雅樂為之，漢武帝以「樂府官署」，采集「趙、代、秦、楚之謳」以為郊祭。此種采詩之制度，一方面為君王探求民隱，另方面亦使民間口語之傳承，得以保留。更重要者，以民間之謳入郊祭之樂，此種文學與音樂之結合，音樂不僅注入新聲，文學更開發出新的體裁（如樂府詩、及後來之詞、說唱、亂彈……等），雙方互蒙其利。

　　然采入「樂府官署」之作品，《漢書・藝文志》並不以「樂府」稱之，而以「歌詩、歌謠、謳、風」〔註167〕稱之。班固為東漢人，或可知東漢尚未以「樂府」稱詩者。其後梁・劉勰《文心雕龍》列〈樂府〉專章於卷二；梁・蕭統編《文選》，於卷二十七收有〈樂府上〉，卷二十八收有〈樂府下〉，共四十首，其中除古辭樂府三首，及班婕妤一首外，餘多收魏、晉詩作；南朝陳・徐陵編《玉臺新詠》，亦以「樂府」稱詩作。〔註168〕故可知班固之前，「樂府」為官署之名，迨至魏、晉、南北朝時，轉而為具詩體裁之義。

　　然「新樂府運動」創作之旨趣，實源於《詩經》。〈詩大序〉云：「詩者，志之所之也，在心為志，發言為詩。」且強調為詩積極之社會意義為「風以動之，教以化之……上以風化下，下以風刺上，主文

〔註166〕宋・郭茂倩《樂府詩集・新樂府辭序》卷第九十，臺北，里仁書局，1981年版，頁1262。

〔註167〕漢・班固撰・唐・顏師古注《漢書》卷三十〈藝文志十〉：「自孝武立樂府而采歌謠，於是有趙代之謳，秦楚之風」，又如：「高祖歌詩兩篇；宗廟歌詩五篇……」（同註160，頁1753～1756）。

〔註168〕南朝陳・徐陵編《玉臺新詠》以「樂府」稱詩作者甚多，如卷一：「古樂府詩六首」與卷二：「傅玄樂府詩七首」。（臺北，世界書局，1980年10月四版）。

而譎諫，言之者無罪，聞之者足以戒」（同前）。因其「正得失、動天地、感鬼神莫近於詩」（同前），故〈詩大序〉以爲詩人爲詩，以關懷社會爲本，更云：

> 一國之事，繫一人之本謂之風。言天下之事，形四方之風謂之雅。雅者正也，王政之所由廢興也。政有小大，故有小雅焉，有大雅焉。頌者美四德之形容，以其成功告於神明也。是謂四始，詩之至也。（〈詩大序〉）

要而言之，《詩經》以社會寫實爲內容，以諷諭美刺爲方法，以「風、雅、頌」爲其根本。

唐初之樂府詩，大多流於浮豔柔靡，宋‧郭茂倩《樂府詩集》將長孫無忌〈新曲〉三首，選入〈新樂府辭〉卷第九十，其中「青樓綺閣已含春，凝妝豔粉復如神」；「芙蓉綺帳難開擎，翡翠珠被爛齊光。」其題裁內容，與之後李、杜、元、白，無一相似之處。蓋以時樂府詩之作者，多出於帝王宮闈之間，或位高權重，與聞內闈，其詩作多歌頌宮中生活，以之爲太常吟唱，幾無《詩三百》之旨趣。

盛唐時期，樂府詩作激增，其中尤以李、杜卓然有成。清‧薛雪《一瓢詩話》云：「唐人樂府，首推李、杜」。〔註169〕此一時期之樂府詩作，題裁擴大，不僅古題樂府加入現實生活之描述，新題樂府亦在詩人創作中出現。元稹〈樂府古題序〉云：「近代唯詩人杜甫〈悲陳陶〉、〈哀江頭〉、〈兵車〉、〈麗人〉等，凡所歌行，率皆即事名篇，無復倚傍」（《元稹集》卷第二十三），不唯杜甫詩如此，其如王維〈老將行〉、李白〈塞下曲〉、高適〈塞上〉……等皆是。這些樂府詩多擺脫古題之形制，「無復倚傍」。更重要者，詩人揚棄樂府詩流於宮廷生活之鋪陳，以樂府形制架構人民生活之眞實面，爲樂府詩注入反映社會現實之生命力。

雖李、杜樂府光輝燦爛，然李、杜樂府詩，率皆發乎胸臆，振筆

〔註169〕清‧薛雪《一瓢詩話》，收入丁福保輯《清詩話》下冊，臺北，西南書局有限公司，1979 年 11 月初版，頁 629。

成書，只有作品，並無理論基礎。迨至元結作〈繫樂府十二首并序〉
主張「盡歡怨之聲者，可以上感於上，下化於下」（《元次山集》卷第
二），如其〈貧婦辭〉云：「所憐抱中兒，不如山下麑。」（同前）；〈去
鄉悲〉云：「乃言無患苦，豈棄父母鄉。」（同前）此以為詩務求「極
帝王理亂之道，系古人規諷之流。」〔註170〕為樂府詩之發展，提供
理論基礎。其後顧況承李白、元結、杜甫之餘緒，倡「理亂之所經，
王化之所興」（〈悲歌〉序，《顧況詩注》卷二）惜皆未能引領風騷。

　　此後經大曆年間低盪，後張籍、王建以「張、王樂府」，為「新
樂府運動」先發其聲，白居易〈讀張籍古樂府〉詩云：

　　張君何為者，業文三十春。尤工樂府詩，舉代少其倫。為
　　詩意如何？六義互鋪陳。風雅比興外，未嘗著空文。（《白居
　　易集箋校》卷第一）

詩中點出白居易對樂府詩評價之準據是：「風雅比興，六義鋪陳」，此
種詩風，上承陳子昂、李、杜，衍續元結、顧況之旨趣，「新樂府運
動」乃呼之欲出矣。

　　安史之亂至代宗廣德元年（西元 763 年）靖平，其後中央地位旁
落，藩鎮割據在外，宦官專擅於內，邊境異族侵擾，百姓民不潦生。
元稹〈敘詩寄樂天書〉，首述「時貞元十年以後，德宗皇帝春秋高，
理務因人，最不欲文法吏生天下罪過。」（《元稹集》卷第三十）帝王
自絕進諫之途，此歷代弊亂之始。時外闒豪卒為亂，逼詐朝廷，自命
諸侯，〔註171〕「諸侯敢自為旨意，有羅列兒孫以自固者」（同前）。
藩鎮據地自重，目無法紀，假進奉之名魚肉百姓，掠奪資財，「其實
貢入之數百一焉」（同前）。非唯搜括天下以自富，「窮極僭奢，無所
畏忌」，〔註172〕更明目張膽地在京畿大興宅第，元稹云：「京城之中，

〔註170〕同註 18。
〔註171〕元稹〈敘詩寄樂天書〉云：「因相負眾，橫相賊殺，告變駱驛，
　　　　使者迭窺。旋以狀聞天子曰：某邑將某能過亂眾寧附，願為帥。
　　　　名為眾情，其實逼詐。」（《元稹集》卷第三十）。
〔註172〕後晉・劉昫等撰《舊唐書》卷一百四十六〈楊憑傳〉，北京，中

亭第邸店以曲巷斷，侯甸之內，水陸腴沃以鄉里計」（同前），爲官者
噤若寒蟬，「朝廷大臣，以謹愼不言爲樸雅，以時進見者，不過一二
親信，直臣義士，往往抑塞」（同前）。

　　元稹更云，京城劣吏，緣宮闈之便，「剽奪百貨，勢不可禁」（同
前），又云：「僕時童騃，不慣聞見，獨於書傳中初習，理亂萌漸，心
體悸震，若不可活，思欲發之久矣」（同前）。此時詩人感時慨事，遂
萌以詩發憤慨，證理亂之情。初始，「適有人以子昂詩〈感遇〉相示，
吟玩激烈」（同前），得陳子昂〈感遇〉詩，促成元稹「勇於爲文」。
元稹承陳子昂〈感遇〉詩之啓蒙，以詩舒發心中「理亂萌漸，心體悸
震，若不可活，思欲發之久矣」（同前）之情緒，固可知矣。其後，
元稹又云：

　　　又久之，得杜甫詩數百首，愛其浩蕩律涯，處處臻到，始
　　　病沈、宋之不存寄興，而訝子昂之未暇旁備矣。（〈敘詩寄樂
　　　天書〉，《元稹集》卷第三十）

由元稹〈敘詩寄樂天書〉可知，元稹由陳子昂〈感遇〉詩，啓其「勇
於爲文」，然以「沈、宋」爲詩，不能寄興風雅爲病，指其「沈、宋
之流……律切則骨格不存。」〔註 173〕對於陳子昂〈感遇〉詩三十八
首，均爲五言古詩，且〈感遇〉詩雖亦抨擊武周王朝之腐敗，然大多
止於細述詩人身逢亂世，憂讒畏譏之不安，雖有諷諭之作，然多用借
古諷時之法，不能即事而作，直指人心，此所以「未暇旁備」，美中
不足。唯杜甫能「上薄風、騷，下該沈、宋，古傍蘇、李，氣奪曹、
劉……辭氣豪邁而風調清深，屬對律切而脫棄凡近」。〔註174〕於此，
吾人知元稹之語「浩蕩律涯，處處臻到」，實尙語帶模糊，其「浩蕩」、
「臻要」者何耶？元稹〈樂府古題序〉中指出線索云：

　　　近代爲詩人杜甫……率皆即事名篇，無復倚傍。（《元稹集》

　　　　華書局，1991 年 12 月一版四刷，頁 3968。
〔註173〕元稹《元稹集》卷第五十六〈唐故工部員外郎杜君墓係銘并序〉，
　　　　臺北，漢京文化事業有限公司，1983 年 10 月初版，頁 601。
〔註174〕同前註。

卷第二十三）

此「即事名篇，無復倚傍」之語，即「新樂府運動」之精萃。蓋「無復倚傍」，不拘泥於古題，能創新旨，乃能成其「浩蕩」；「即事而作」，詩風雅，證興亡，切朝之弊，舒民之苦，方得「臻要」矣。此其以樂府詩興風雅，不「寓意古題，刺美見事」（同前），「諷興當時之事，以貽後代之人」（同前）之要也。

　　唐德宗「猜忌刻薄，以彊明自任，恥見屈於正論，而忘受欺於姦諛」，〔註175〕其「不欲文法吏生天下罪過」（〈敍詩寄樂天書〉，《元稹集》卷第三十），實自塞忠諫之路，而起蒙昧之危。憲宗，力圖振作「自初即位，慨然發憤」，〔註176〕且曰：「朕覽國書，見文皇帝（太宗）行事，少有過差，諫臣論爭，往復數四。況朕之寡昧，涉道未明，今後事或未當，卿等每事十論，不可一二而止。」〔註177〕時杜黃裳爲相，奏曰：「德宗自艱難後，事多姑息，貞元中，每帥守物故，其副貳大將中有物望者，必厚賄近臣，以求見用⋯⋯陛下宜熟思貞元故事，整肅諸侯，則天下何憂不治。」〔註178〕其後憲宗用兵諸侯，迭有卓功，史稱「元和中興」。

　　由於憲宗廣開言路，察納雅言，於政治上成就「元和中興」，雖終究曇花一現，〔註179〕然皇帝之開明，政治上之成就，皆激發文人敢說敢言之豪情。白居易於憲宗元和元年（西元806年）作〈策林・議文章〉，主張「懲勸善惡之柄，執於文士褒貶之際，補察得失之端，操於詩人美刺之間爾」（《白居易集箋校》卷第六十五）。〈策林〉爲白居易較早期之文學觀、政治觀之總成，以詩、文針貶時政，補察得失，

〔註175〕同註42，《新唐書》卷七〈憲宗本紀〉，頁219。
〔註176〕同註42，《新唐書》卷七〈憲宗本紀〉，頁219。
〔註177〕同註172，《舊唐書》卷十四〈憲宗本紀上〉，頁423。
〔註178〕同註172，《舊唐書》卷一百四十七〈杜黃裳傳〉，頁3974。
〔註179〕同註172，《舊唐書》卷十五〈憲宗本紀下〉，頁471～472。藩鎮既平，憲宗即流於驕奢淫逸，任用聚斂之臣，驅逐良吏。辛因服金丹寢薨。

並以刺美諷諭之手法創作詩、文，雖若符《詩三百》之旨，然白居易創作新樂府之理論結構，實總結於〈與元九書〉。

憲宗元和十年（西元 815 年），白居易作〈與元九書〉云：「是時皇帝（憲宗）初即位，宰府有正人，屢降璽書，訪人疾病。僕當此日，擢在翰林，身是諫官，月請諫紙，啓奏之外，有可以救濟人病，而難於指言者，輒詠歌之。」（《白居易集箋校》卷第四十五）白氏身爲諫官，對於時政闕弊，自有其敏銳之情緒。此種敏銳處，不僅是「在其位、謀其政」，更是詩人對社會缺憾之道德良知。又其〈寄唐生〉詩云：

> 賈誼哭時事，阮籍哭路岐。唐生今亦哭，異代同其悲。……
> 不求宮律高，不務文字奇。唯歌生民病，願得天子知。未
> 得天子知，甘受時人嗤。（《白居易集箋校》卷第一）

此種以詩詠歌政治、社會之病，「新樂府運動」理路成矣。白氏〈與元九書〉又云：「詩者：根情、苗言、華聲、實義」，並以《詩三百》風雅比興之觀點，品評李白、杜甫，作「杜過於李」之言，白居易云：「（李白）索其風雅比興，十無一焉，杜詩最多」，白居易既悲「豈六義、四始之風，天將破壞不可支持耶！」以六義、四始之尺，丈量李、杜，其結論並不令人意外。

白居易強調詩歌之諷諭作用是要「救濟人病，裨補時闕」（〈與元九書〉），雖不反對描寫自然之田園詩，但主張「風雪花草之物，《三百》篇中，豈捨之乎？顧所用何如耳」（同前），其後以《詩三百》詠風雪花草詩，說明其「顧所用何如耳」之義，即不離以物諭事，諷刺規諫之旨，徒然「嘲風雪，弄花草」不諭詩義，則「于時六義盡去矣」（同前）。新樂府詩之作法應爲「繫於意不繫於文」（同前），故知白居易承與風雅之義旨，創作樂府詩歌。其〈與元九書〉主張：

> 自登朝來，年齒漸長，閱事漸多，每與人言，多詢時務。
> 每讀詩史，多求道理。始知文章合爲時而著，歌詩合爲事
> 而作。（《白居易集箋校》卷第四十五）

此「文章合爲時而著，歌詩合爲事而作」之旨趣，即元和元年以來，新樂府詩創作之精粹。

元和初年，元稹之友人李紳寫〈新題樂府二十首〉，﹝註180﹞元稹於憲宗元和四年（西元 809 年）見李紳詩，並作〈和李校書新題樂府十二首并序〉云：「予友李公垂貺予〈新題樂府二十首〉，雅有所謂，不虛爲文，予取其病時之猶急者，列而和之，蓋十二而已。」（《元稹集》卷第二十四）爲「新樂府運動」揭開序幕。蓋知以「雅有所謂，不虛爲文」是「新樂府運動」詩人寫作之動機，並「取其病時之猶急者」與李紳唱和，作〈新題樂府十二首〉。加上當時憲宗廣納雅言，元稹〈和李校書新題樂府十二首并序〉又云：

> 昔三代之盛，士議而庶人謗。又曰：世理則辭直，世忌則辭隱。予遭理世而君盛聖，故直其辭以示後之人，謂今日爲不忌之時焉。（《元稹集》卷第二十四）

知元稹受李紳之啓發，並託言「予遭理世而君盛聖」，作〈新題樂府十二首〉。

白居易於元和四年﹝註181﹞作〈新樂府五十首並序〉（《白居易集箋校》卷第三），改元稹「新題樂府」爲「新樂府」，是爲「新樂府」一辭，首度登上文壇。近人陳寅恪云：「微之之作，尚無摹擬詩經之跡象。」﹝註182﹞然白居易於〈新樂府五十首並序〉云：

﹝註180﹞ 李紳〈新題樂府二十首〉，原詩已亡佚。宋·郭茂倩《樂府詩集·新樂府辭七》卷第九十六，〈新題樂府上〉記曰：「李公垂作〈樂府新題二十篇〉，稹取其病時之猶急者，列而和之，蓋十五而已。今所得纔十二篇」（同註93，頁 1349）。

﹝註181﹞ 白居易於〈新樂府并序〉標題下云：「元和四年爲左拾遺時作」（《白居易集箋校》卷第三）。然今人陳寅恪於《元白詩箋證稿》第五章〈新樂府〉云：「然詳釋之，恐五十首詩，亦非悉在元和四年所作……其非一時所成，極有可能。」（收入《陳寅恪文集》之六，上海，上海古籍出版社，1982 年 2 月一版一刷，頁 128）。

﹝註182﹞ 同前註，頁 119。

> 篇無定篇，句無定句，繫於意不繫於文。首句標其目，卒
> 章顯其志，詩三百之義也。……總而言之，爲君、爲臣、
> 爲民、爲物而作，不爲文而作也。（《白居易集箋校》卷第三）

陳寅恪云：「則已標明取法於《詩三百篇》矣。是樂天〈新樂府五十
首〉，有總序，即摹毛詩之大序。每篇有一序，即仿毛詩之小序。又
取每篇首句爲其題目，即效〈關雎〉爲篇名之例」〔註183〕白居易以
《詩三百》爲新樂府旨趣，其無疑義矣。陳寅恪又云：「昌黎志在春
秋，而樂天體擬三百。韓書未成而白詩特就耳」，〔註184〕殊堪玩味，
餘韻無窮。

　　又白居易於元和十年作〈編集拙詩成一十五卷因題卷末戲贈元九
李二十〉一詩，於其「每被元老偷格律，苦教短李伏歌行」句下自注
云：「李二十（李紳）常自負歌行，近見予樂府五十首，默然心伏」
（《白居易集箋校》卷第十六）。可知「新樂府運動」以李紳作〈新題
樂府二十首〉爲發靭，元稹以〈和李校書新題樂府十二首并序〉和之，
其後白居易以〈新樂府五十首〉確立「新樂府」之辭。〈新樂府五十
首〉之作如燎原之星火，使蓄積已久之新樂府詩大放光采。就白居易
「每被元老偷格律，苦教短李伏歌行」句觀之，元稹、李紳對白居易
「新樂府」詩，心悅誠服，並樂於效力於後。當時文壇詩人如張籍、
王建、劉禹錫等人紛紛加入，以「新樂府詩」酬唱比評，「新樂府運
動」，一時蔚爲風潮矣。

　　綜而言之，《詩經》「風、雅、頌」之旨趣，經歷代之傳衍，至唐
則以陳子昂、李白、杜甫昌其盛，元結、顧況和其音。張籍、王建以
「張、王樂府」歌之於前，元稹、白居易更以詩作相往來，互相唱和
比評，於焉展開「新樂府運動」。時之詩人如張籍、王建，均加入唱
和，餘如唐衢、劉猛、李餘、馬逢……等均爲元、白詩派所可考者。
即元、白詩派外之詩人，如韓愈、孟郊、李賀、劉禹錫……等，亦皆

〔註183〕同註181。
〔註184〕同註181。

有新題樂府傳世。從白居易〈與元九書〉中：「與足下小通，則以詩相戒。小窮，則以詩相勉。索居，則以詩相慰。同處，則以詩相娛」（《白居易集箋校》卷第四十五），可知當時詩人以之相酬唱，蔚然成風。足爲中唐詩文，開創自李、杜以來，另一顛峰盛世。以下試舉其要者，分別述之。

張籍夙欽王建詩作，其於〈贈王建〉詩云：「自君去後交游少，東野亡來篋笥貧。賴有白頭王建在，眼前猶見詠詩人」（《張籍詩集》卷六）。白居易則以〈別陝州王司馬〉詩云：「爭得遺君詩不苦，黃河岸上白頭人」（《白居易集箋校》卷第二十七），引王建爲詩友同好。

王建早年詩作，以〈宮詞一百首〉著稱。這些詩章，多以描寫宮廷奢靡浮華之生活，以及宮女悽涼悲慘之遭遇爲主。如其「每夜停燈熨御衣，銀燻籠底火靡靡。遙聽帳裏君王覺，上直鍾聲始得歸」（《全唐詩》卷三百二）描摹宮女辛勞。又如：「未承恩澤一家愁，乍到宮中憶外頭。」（同前）寫宮女初入深宮，此父家所愁者萬端。宮女被臨幸，則皇門似海，且立即捲入權力風暴，或幸得要寵，韶華易逝，曾不保唱司馬相如〈長門賦〉以自終。〔註185〕即如未獲聖眷，宮女白頭，則相見曾幾何？豈不聞元微之「白頭宮女在，閑坐說玄宗」（〈行宮〉，《元稹集》卷第十五）之詩？與其「教遍宮娥唱遍詞，暗中頭白沒人知」（王建〈宮詞一百首〉，《全唐詩》卷三百二），眞是無如「只恐他時身到此，乞恩求赦放還家」（同前）。

張籍、王建二人先於元稹、白居易創作樂府詩，清‧王士禎《漁洋精華錄》云：「草堂樂府擅驚奇，杜老哀時托興微。元、白、張、王皆古意，不曾辛苦學妃豨」，〔註186〕即以元、白、張、王詩皆能如

〔註185〕漢‧司馬相如〈長門賦〉云：「孝武皇帝陳皇后，時得幸，頗妒。別在長門宮，愁悶悲思，聞蜀郡成都司馬相如，天下工爲文，奉黃金百兩，爲相如文君取酒，因于解悲愁之辭。而相如爲文以悟主上，陳皇后復得親幸。」（收入梁‧蕭統撰、唐‧李善注《文選》，臺北，藝文印書館，1991年12月十二版，頁232）。
〔註186〕清‧王士禎撰、清‧惠棟、金榮注《漁洋精華錄集注》卷二癸

杜甫般，不拘泥於古題，以「新樂府」得古意。此古意即《詩經》中「風諭美刺，興風雅頌」之旨。王建之思想，以儒家爲主軸，如其〈勵學〉云：「若使無六經，賢愚何所託」（《全唐詩》卷二百九十七）；〈寄李益少監兼送張實遊幽州〉詩云：「大雅廢已久，人倫失其常」（同前）；〈送張籍歸江東〉詩：「君詩發大雅，正氣迴我腸」（同前），均可說明王建爲詩，念念以大雅爲指歸。張籍〈贈王祕書〉詩云：「賦來詩句無閑語」（《張籍詩集》卷四），此與白居易稱張籍之〈讀張籍古樂府〉詩云：「風雅比興外，未嘗著空文。」（《白居易集箋校》卷第一）是相通的。此所相通之旨趣，無疑是「風雅比興，刺美見事」。

張、王二人，雖以樂府並稱，然其詩風亦略有相異。元·吳師道《吳禮部詩話》引時天彜語曰：「建樂府固倣文昌，然文昌恣態橫生，化俗爲雅。建則從俗而已」，[註187] 如王建之〈園果〉詩云：「雨中梨果病，每樹無數箇。小兒出入看，一半鳥啄破」（《全唐詩》卷三百一）。又如其〈古謠〉詩云：「一東一西隴頭水，一聚一散天邊霞。一來一去道上客，一顚一倒池中麻」（《全唐詩》卷二百九十八），皆以俗下筆，但行文通脫流利，自然明快。

王建之棄雅就俗，使得他在樂府詩之題材選擇上更爲廣泛，在人民生活之描寫，則更顯得筆墨濃酣，形象鮮明，如其〈水夫謠〉詩云：

　　苦哉生長當驛邊，官家使我牽驛船。辛苦日多樂日少，水
　　宿沙行如海鳥。逆風上水萬斛重，前驛迢迢後淼淼。半夜
　　緣堤雪和雨，受他驅遣還復去。夜寒衣濕披短蓑，臆穿足
　　裂忍痛何。到明辛苦無處說，齊聲騰踏牽船出。一間茅屋
　　何所值，父母之鄉去不得。我願此水作平田，長使水夫不
　　怨天。（同前）

此詩寫水邊縴船夫辛苦之情景。全詩生動流暢，甚至較之李白〈丁都

卯〈戲仿元遺山論詩絕句三十二首之九〉，山東，齊魯書社，1992年1月一版一刷，頁242。

〔註187〕元·吳詩道《吳禮部詩話》，收入丁福保輯《歷代詩話續編》中冊，臺北，木鐸出版社，1988年7月版，頁612。

護歌〉：「雲陽上征去，兩岸饒商賈。吳牛喘月時，拖船一何苦。水濁不可飲，壺漿半成土。一唱都護歌，心摧淚如雨。」（《李白全集校注彙釋集評》第五卷）形象更爲鮮明深刻。縴夫頂風逆水，供人驅策，即使堤岸雨急雪深，仍得「受他驅遣還復去」，其深苦而不願離者，蓋因安土重遷，不忍棄故土而遠走。雖淺俗易懂，然其精采處睋諸唐詩，亦不多見。

　　另外王建〈送衣曲〉一詩，寫征婦送征衣予良人，千里奔波，只爲「貴欲征人身上暖」之心情。尤其詩以「願身莫著裹屍歸，願妾不死長送衣」（同前）作結，描寫時代悲劇下，夫妻離散，其無可奈何，乃至思婦心理，在精神上幾近病態、扭曲，此種題材，唐詩中亦少見。相較於〈送衣曲〉，王建〈當窗織〉更呈現貧家女怨良羨娼之心態，詩云：

> 歎息復歎息，園中有棗行人食。貧家女爲富家織，翁母隔牆不得力。水寒手澀絲脆斷，續來續去心腸爛。草蟲促促機下啼，兩日催成一匹半。輸官上頂有零落，姑未得衣身不著。當窗卻羨青樓倡，十指不動衣盈箱。（同前）

前寫貧織女辛勞工織之狀，尤其以「水寒手澀絲脆斷，續來續去心腸爛」呼應「歎息復歎息」眞能傳其神，得其意。寫盡瑣碎事，心緒煩雜之心境。張、王樂府詩，常有末二句下重筆之舉，神乎其技，意境之轉折令人拍案稱絕。就貧織女而言，晚於王建之秦韜玉作〈貧女〉詩，其「苦恨年年壓金線，爲他人作嫁衣裳」（《全唐詩》卷六百七十）句，讓後人憐惜貧織女，所惜者貧女一人之不幸耳。然王建〈當窗織〉中，所表現貧織女「當窗卻羨青樓倡，十指不動衣盈箱」之病態，更讓人深刻體驗，整個社會對人格價值之扭曲，所批判者，是整個社會之病態。就技巧而言，文學創作多以「第一人稱」來批判陰暗面，並以警語教化作結。王建此詩中之「第一人稱」，即其陰暗面，尤其不動聲色，異意突起，戛然而止，發人深省。較諸以自怨自艾作結，或以第一人稱諷刺第三人稱之手法寫作，王建此技巧，實有餘韻。所可知者如若處理不當，恐流於通篇教人淪落之妄語。此種深入社會問

題，撩撥人類心靈陰暗面之創作，更加強王建樂府詩「刺美見事」，入木三分之力度。尤其於平舖直敘之後，不動聲色地突出主題，於棄雅就俗中，亦見其精采。

王建對於官家之剝削，相較於人民生活困苦，描寫更發尖銳深刻，如其〈田家行〉詩云：「麥收上場絹在軸，的知輸得官家足。不望入口復上身，且免向城賣黃犢。回家衣食無厚薄，不見縣門身即樂」（同前），官府剝削之痛，百姓實畏之如虎，農家收成蓋為官府稅入，猶自喜黃犢尚在，不必鬻牛還租。又如〈簇蠶辭〉詩云：「三日開箔雪團團，先將新繭送縣官。已聞鄉里催織作，去與誰人身上著」（同前），冷然質問，韻意無窮。更如〈海人謠〉詩云：

　海人無家海裏住，採珠役象為歲賦。惡波橫天山塞路，未
　央宮中常滿庫。（同前）

由這些詩可觀察王建「刺美見事」，極其尖銳深刻，別具特色。

對京城道德敗壞，禁軍驕暴猖狂，王建〈羽林行〉有深刻之描摹，其詩云：

　長安惡少出名字，樓下劫商樓上醉。天明下直明光宮，散
　入五陵松柏中。百回殺人身合死，赦書尚有收城功。九衢
　一日消息定，鄉吏籍中重改姓。出來依舊屬羽林，立在殿
　前射飛禽。（同前）

這種法令受制於禁衛羽林，乃令狂妄之徒逞其野蠻，在白居易〈賣炭翁〉〔註 188〕、〈宿紫閣山北村〉〔註 189〕似與王建之〈羽林行〉風格相類，另加發揮。王建〈溫泉宮行〉詩云：「武皇得仙王母去，山雞

〔註188〕白居易〈賣炭翁〉詩云：「賣炭翁，伐薪燒炭南山中。……夜來城外一尺雪，曉駕炭車輾冰轍……翩翩兩騎來是誰？黃衣使者白衫兒。手把文書口稱敕，迴車叱牛牽向北……」（《白居易集箋校》卷第四）。

〔註189〕白居易〈宿紫閣山北村〉詩云：「晨遊紫閣峰，暮宿山下村。村老見予喜，為予開一樽。舉杯未及飲，暴卒來入門。紫衣挾刀斧，草草十餘人。奪我席上酒，掣我盤中飧，主人退後立，斂手反如賓……主人甚勿語，中尉正承恩。」（《白居易集箋校》卷第一）。

畫鳴宮中樹。溫泉決決出宮流，宮使年年修玉樓。禁兵去盡無射獵，日西麋鹿登城頭。梨園弟子偷曲譜，頭白人間教歌舞」（同前）。杜甫〈觀公孫大娘舞劍器行〉詩云：「梨園弟子散如煙，女樂餘姿映寒日。金粟堆南墓已拱，瞿唐石城草蕭瑟」（《杜詩詳注》卷之二十），顯然王建〈溫泉宮行〉是師法杜甫，一脈相承之作品。王建〈涼州行〉詩云：「涼州四邊沙皓皓，漢家無人開舊道。邊頭州縣縣盡胡兵，將軍別築防秋城。萬里人家皆已沒，年年旌節發西京。」（同前）詩與張籍〈隴頭行〉詩云：「隴頭路斷人不行，胡騎已入涼州城。漢兵處處格鬥死，一朝盡沒隴西地。」（《張籍詩集》卷七）對邊境陷胡之感慨，亦如出一轍。從李、杜到張、王，對社會觀察角度之契合，正是樂府詩傳承衍續之線索。

　　元稹在元和元年五月除諫官之後，即「見事風生，既居諫垣，不欲碌碌自滯，知無不言」（《舊唐書‧元稹傳》卷一百六十六），同年九月，即被貶為河南尉。因其刻苦自勵，故養成明銳鯁直之性情。不惜直言極諫，亦能慎守諫官之風骨。然元稹本有儒家經綸天下之思想，於其〈酬鄭從事四年九月宴望海亭次用舊韻〉云：「憶年十五學構廈，有意蓋覆天下窮」（《元稹集》卷第二十六），故知元稹以出仕為手段，以達到儒家經世濟民為目地，蓋無庸置疑。每於任事，即「效職無避禍之心，臨事有致命之志」（〈誨姪等書〉，《元稹集》卷第三十），因其鯁介，故一生宦海浮沉，雖曾官拜丞相，然亦饞謗時興。〔註190〕唯其不變者為關心時政，悲憫人民，賦詩諷諭，終生不輟。

　　清‧葉燮《原詩》云：「元稹作意甚於白，不及白從春容暇豫」，〔註191〕元稹之異於白居易者，即元精工而白從容。清‧賀裳《載酒園詩話》云：「選語之工，白不如元；波瀾之闊，元不如白。白蒼莽

〔註190〕元稹拜相後，為名臣裴度所參奏，極陳其「朋比奸蠹之狀」，「與知樞密魏弘簡深相結，求為宰相。」事見宋‧司馬光《資治通鑑》卷二百四十二，上海，上海古籍出版社，1990年6月，頁1662。
〔註191〕同註49，清‧葉燮《原詩‧外篇》下卷四，頁550。

中間存古調，元精工之處亦雜新聲」。〔註192〕綜而言之即元尙細膩，白工素描，然元、白詩作，相互唱和比評，然於思想藝術上，元稹常不如白居易之深刻，在創作「新樂府」上，白居易乃承元稹〈和李校書新題樂府十二首并序〉而作已如前述，白氏〈長恨歌〉顯受元稹〈鶯鶯歌〉之影響，而元稹之〈連昌宮詞〉，又受白居易〈長恨歌〉之影響。〔註193〕元、白於文學上之激勵摹盪，爲當時文壇主流，《舊唐書》云：「當時言詩者，稱元、白焉。自衣冠士子，至閭閻下俚，悉傳諷之，號爲元和體」（《舊唐書・元稹傳》卷一百六十六）。

　　元稹豔情詩，描寫細膩，陳寅恪譽爲「其哀豔纏綿，不僅在唐人詩中不可多見，而影響即於後來文學者尤巨。」〔註194〕其豔情詩據陳寅恪所考，「多爲其少日情人崔鶯鶯者而作」。〔註195〕元稹於〈敘詩寄樂天書〉自述云：「又有以干教化者，近世婦人暈淡眉目，縮約頭鬢，一服修廣之度，及匹配色澤，尤劇怪豔，因爲豔詩百餘首」（《元稹集》卷第三十）。然今之所存者無多，宋・陳振孫《直齋書錄解題》云：「今世所傳〈李娃〉、〈鶯鶯〉、〈夢遊春〉、〈古決絕句〉、〈贈雙文〉、〈示楊瓊〉諸詩，皆不見於六十卷中。」〔註196〕宋本《集外集》只有〈春遊〉詩一首，〈上令孤相公詩啓〉一篇，後馬元調增補爲《元稹集外集》六卷，〔註197〕今人冀勤又輯《元稹集外集續補》詩、文各一卷。〔註198〕

〔註192〕 清・賀裳《載酒園詩話・又編》，〈中唐〉，收入郭紹虞編、富壽蓀校點《清詩話續編》中冊，臺北，木鐸出版社，1983 年 12 月初版，頁 360。

〔註193〕 同註 181，陳寅恪《元白詩箋證稿・長恨歌》，頁 9。

〔註194〕 同註 181，陳寅恪《元白詩箋證稿・豔詩及悼亡詩》，頁 81。

〔註195〕 同註 181，陳寅恪《元白詩箋證稿・豔詩及悼亡詩》，頁 81。

〔註196〕 宋・陳振孫《直齋書錄解題》卷十六，上海，上海古籍出版社，1987 年 12 月一版一刷，頁 478～479。

〔註197〕 馬元調〈重刻元氏長慶集凡例〉，收入《元稹集》（同註 100，頁 738）。

〔註198〕 同註 173，「點校說明」，頁 5。

覽元稹所遺之豔情詩，其刻畫女子之筆調細膩柔纖，言於裝飾衣
表，不厭其煩，如〈恨妝成〉詩云：「柔鬢背額垂，叢鬢隨釵斂。凝
翠暈蛾眉，輕紅拂花臉。」（《元稹集外集·續補一》卷第七）；如〈鶯
鶯詩〉詩云：「殷紅淺碧舊衣裳，取次梳頭闇淡妝」（《元稹集外集·
補遺一》卷第一）；又如〈夢遊春七十韻〉詩云：「紕軟殿頭裙，玲瓏
合歡褲。鮮研脂粉薄，闇淡衣裳故」（同前）陳寅恪論云：「夫長於用
繁瑣之詞，描寫某一時代人物、裝飾，正是小說能手。後世小說，凡
敘一重要人物出現時，必詳述其服妝，亦猶斯義也」，〔註199〕故知〈鶯
鶯〉、〈李娃〉由詩人物走入小說，良有以也。元稹更對離合悲喜，有
刻畫入微之描繪，如〈離思〉五首之四，詩云：「曾經滄海難爲水，
除卻巫山不是雲。取次花叢懶回顧，半緣修道半緣君」（同前）；又如
〈夢昔時〉詩云：「山川已隔久，雲雨兩無期。何事來相慰，又成新
別離」（《元稹集外集·續補一》卷第七）。

　　另元稹有〈會真詩三十韻〉，以五言排律吟詠男女床第之情，杜
牧斥元、白詩爲「淫言媒語」，〔註200〕清·王夫之《薑齋詩話》更說：
「迨元、白起，而後將身化作妖冶女子，備述衾裯中醜態，杜牧之惡
其蠱人心，敗風俗欲施以典刑，非已甚也」。〔註201〕白居易稱元稹爲
詩「患其意太切而理太周。理太周則辭煩，意太切則言激。然與足下
爲文，所長亦在於此，所病亦在於此。足下來序，果有辭犯文繁之說」
（〈和答詩十首并序〉，《白居易集箋校》卷第二）。元稹之「辭犯文繁」，
用諸於小說，常恰得所須。元稹細膩描述女子形貌、服飾，雖盡繁瑣，
然後世小說，豈非盡繁瑣之能事。元稹〈鶯鶯傳〉「備述衾裯中醜態」
固嫌於「意太切」，然一部〈鶯鶯傳〉貫穿中國戲劇史，「唐傳奇、宋
代鼓詞、金朝弦索、元雜劇、明傳奇、花部亂彈……到民國各地方劇

〔註199〕同註181，陳寅恪《元白詩箋證稿·豔詩及悼亡詩》，頁93。
〔註200〕杜牧《樊川文集》卷九〈唐故平盧軍節度巡官隴西李府君墓誌
　　　　銘〉，臺北，漢京文化事業有限公司，1983年11月初版，頁136。
〔註201〕同註155，頁19。

種，〈鶯鶯傳〉的影響確實獨一無二」。〔註202〕世之論元稹，當細考元氏之豔詩如〈鶯鶯〉、〈李娃〉者，何以影響後世傳奇、小說……深鉅如此？較諸於一貫否定，斥之為淫言媟語，懼之若洪水猛獸，良有益也。

元稹傷悼詩，蓋為其元配韋氏而作，其詩感情真摯，用字遣辭樸質生動。雖多云家常瑣事，然字裡行間，綿綿傾訴元、韋夫妻深厚感情，素為後人所傳誦吟詠，如其〈合衣寢〉詩云：「酒醉夜未闌，幾回顛倒枕」（《元稹集》卷第九），寫思念亡妻，合衣而臥，醉夜失眠，輾轉反側之情景；又如其〈城外回謝子蒙見諭〉詩云：「十里撫柩別，一身騎馬回。寒煙半堂影，燼火滿庭灰」（《元稹集》卷第九），十里撫柩，一身獨回，平淡處深繫綿綿真情。元稹傷悼詩，不言悲、不訴傷，迤迤道來，滿眼悽涼。心中悲苦，只有賦詩聊遣悲懷，又如其〈答友封見贈〉詩云：「荀令香消潘簟空，悼亡詩滿舊屏風」（《元稹集》卷第九），濃筆酣墨，滿紙情深。在元稹傷悼詩中，以〈三遣悲懷〉最為著稱，詩云：

> 謝公最小偏憐女，自嫁黔婁百事乖。顧我無衣搜盡篋，泥他沽酒拔金釵。野蔬充膳甘長藿，落葉添薪仰古槐。今日奉錢過十萬，與君營奠復營齋。（其一，《元稹集》卷第九）
> 昔日戲言身後事，今朝皆到眼前來。衣裳已施行看盡，針線猶存未忍開。尚想舊情憐婢僕，也曾因夢送錢財。誠知此恨人人有，貧賤夫妻百世哀。（其二，《元稹集》卷第九）

詩人以生活瑣事，側寫夫人韋氏柔順婉約之貌。並借今昔相比，對照元稹憐惜懷念之情，及今思之，徒負奈何？詩人喪妻之慟，古來何其多也。清‧蘅塘退士孫洙譽元稹〈三遣悲懷〉詩曰：「古今悼亡詩充棟，終無能出此三首範圍者」。〔註203〕元稹此詩由生活入手，言瑣碎，

〔註202〕呂惠貞《元稹及其詩研究》，國立臺灣大學碩士論文，1993年6月，頁205。

〔註203〕清‧蘅塘退士手編、今人駕湖散人撰輯《唐詩三百首集釋》卷六，臺北，藝文印書館，1977年10月初版，頁382。

喻深刻，不矯飾，不誇張，直抒胸臆悲悽，文辭質樸感人，所以能情文並茂，流傳千古。

　　元稹〈連昌宮詞〉殆以白居易〈長恨歌〉為本，融合小說詩筆議論為一體而成，〔註204〕白居易戲稱「一篇長恨有風情，十首秦吟近正聲。每被元老偷格律，苦教短李伏歌行」（〈編集拙詩成一十五卷因題卷末戲贈元九李二十〉，《白居易集箋校》卷第十六），亦指此言。然宋‧洪邁《容齋隨筆》云：「〈連昌宮詞〉、〈長恨歌〉皆膾炙人口……。然〈長恨歌〉不過述明皇追愴貴妃始末，不若〈連昌詞〉有監戒規諷之意。」〔註205〕洪邁以〈連昌宮詞〉俱規諷勸戒之議論，優於〈長恨歌〉，以新樂府詩俾補時闕之旨而言，殊俱卓見。讀〈連昌宮詞〉需與〈長恨歌〉同觀比評，自無待言。

　　元稹與白居易以「元、白」並稱，迨源於元稹新樂府詩之成就。元稹寫作新樂府詩，痛陳時政敗壞，揭露奸佞誤國，並借樂府詩或諷諭或勸誘，冀以俾補時漏，以糾時偏。對於憲宗有心振作，元稹〈獻事表〉諫之曰：「臣聞理亂之始，各有萌象，二者無門，在君上啓之而已」（《元稹集》卷第三十二）。於其「理、亂」之分，元稹或以前朝之興亡事規勸，如〈上陽白髮人〉詩云：「何如決壅順眾流，女遣從夫男作吏」（《元稹集》卷第二十四），勸憲宗「嫁諸女以遂人倫」；「出宮人以消水旱」（〈獻事表〉，《元稹集》卷第三十二）。進而建議君王任用賢臣，以宰輔國是，如其〈五弦彈〉詩云：「一賢得進勝累百，二賢得進同周召，三賢事漢滅暴強，四賢鎮嶽寧邊徼。五賢並用調五常，五常既序三光耀」（《元稹集》卷第二十四）。於國君之治事態度，元稹主張無為而治乃至堯之道。其於〈馴犀〉詩云：「不擾則得之於理，不奪有以多於賞。脫衣推食衣食之，不若男耕女令紡。堯民不自知有堯，但見安閒聊擊壤」（同前）。值此國事紛擾，休息養生，

〔註204〕同註181，陳寅恪《元白詩箋證稿‧連昌宮詞》，頁61。
〔註205〕宋‧洪邁《容齋隨筆》卷第十五，上海，上海古籍出版社，1995年3月，一版三刷，頁198。

以安其民，亦為針砭時政之良方。就反面而言，奸宦豪吏，搜括百姓以自肥，元稹於〈陰山道〉詩，不惜直批權貴「臣有一言昧死進」（同前），並直言曰：「稅賦逋逃例攤配，官司折納仍貪冒……豪家富賈逾常制，令族親班無雅操。從騎愛奴絲布衫，臂鷹小兒雲錦韜。群臣利己要差僭，天子深宮空閔悼。」（同前）正因僭越臣位，有利營私，故天子身邊，浮雲蔽日。慎於擇人，實顛撲不破，理亂之經。

　　元稹對唐政府租稅繁重，縣官催逼，人民不勝其苦，著墨亦多。杜甫曾詩〈兵車行〉詩云：「縣官急索租，租稅從何出？」（《杜詩詳注》卷之二）又詩〈歲晏行〉詩云：「況聞處處鬻男女，割慈忍愛還租庸」（《杜詩詳注》卷之二十二）不知租稅之何出，竟以賣兒鬻女。此為政府之不仁？或惡吏之不義？元稹樂府詩既以杜甫為師，另以〈田家詞〉詩記云：

> 牛吒吒、田确确，旱塊敲牛蹄趵趵。種得官倉珠顆穀，六十年來兵簇簇，月月食糧車轆轆。一日官軍收海服，驅牛駕車食牛肉，歸來收得牛兩角。重鑄樓犁作斤劚，姑舂婦擔去輸官。輸官不足歸賣屋。願官早勝讎早覆，農死有兒牛有犢，誓不遣官軍糧不足。（《元稹集》卷第二十三）。

官兵既不能衛民，又深擾其民，稅賦自當完納，然賣屋完稅，苛民以肥其官。尤其以牛被乘駕、被宰殺，以喻人民被剝削、被荼毒，意在言外。更申而言之，以人子復為牛犢，無奈悲痛，一至於斯。張籍〈促促詞〉詩即云：「家中姑老子復小，自執吳綃輸稅錢」（《張籍詩集》卷一），又〈野老歌〉詩云：「苗疏稅多不得食，輸入官倉化為土」（同前）。可見稅賦繁重，對社會寫實詩人而言，都是切膚之痛，尤其身受祿位，卻力有未殆。如果文人是社會的良心，那麼社會寫實詩作，也算是良心的譴責吧！

　　對於戰亂之禍與邊將之驕縱，元稹置身此連年構兵，干戈不止之年代，益發深責。其〈蠻子朝〉詩云：「自居劇鎮無他績，幸得蠻來固恩寵」（《元稹集》卷第二十四）。武將不以戍邊撫蕃為志，反以強

蠻自高，唐政府之勢弱，一語道破。尤有甚者，縛漢民以爲蕃囚，擄良民以爲邀功，惡行惡狀，殘民以逞，而且「年年但捉兩三人，精衛銜蘆塞溟浮」（〈縛戎人〉，《元稹集》卷第二十四），朝廷養如此邊將，復有何用？吐蕃陷河西隴右之地，邊將無能，坐視唐土盡失。此種對「誰能還使李輕車，重取涼州屬漢家」（〈隴頭行〉，《張籍詩集》卷七）之期盼，在張籍〈隴頭行〉、王建〈涼州行〉及白居易〈西涼伎〉，都有一致之企盼，表達了與此相同的思想主題，這也正代表著那個時代的聲音。元稹〈西涼伎〉亦不例外，其詩云：

> 吾聞昔日西涼州，人煙撲地桑柘稠……大宛來獻赤兔馬，
> 贊普亦奉翠茸裘。一朝燕賊亂中國，河湟忽盡空遺丘。開
> 遠門前萬里堠，今來蹙到行原州。去京五百而近何其逼，
> 天子縣内半沒爲荒陬。西京之道爾阻修，連城邊將但高會，
> 每説此曲能不羞？（《元稹集》卷第二十四）

盛唐西涼，豐腴富饒，且爲京城西安，與異族緩衝之腹地。如今腹地盡失，邊民流徙，萬里淨空，何異於吐蕃兵臨城下，進逼京畿。西涼守將，但聞風詠西涼昔時盛境之歌謠，豈能不自慚形穢耶！

　　元稹樂府詩作，旨在「諷興當時之事，以貽後代之人」（〈樂府古題序〉，《元稹集》卷第二十三）。因見陳子昂詩，而受啓發，得杜甫詩，而確立其意旨。後與友人李紳、白居易相互激盪，乃以之成就「元、白」詩名。其樂府詩不失爲「詞實樂流」（〈敘詩寄樂天書〉，《元稹集》卷第三十），以之裨補時闕，舒發民困，固爲「元、白詩派」之特色。其與張籍、王建同感同言之處，正是大時代之社會良心，所秉持之義正辭嚴。文人獲知音，如伯牙、子期之相得，同時代眾多詩人感同心會，互相吟詠，亦可見詩壇漪歟之盛。

　　白居易一生在政治理念上略得抒展，只有在元和初年，憲宗企思察納雅言，廣開言論之時。其餘時間，或遭貶絀，或閒置祕書，不聞政事，張籍〈寄蘇州白二十二使君〉詩云：「三朝出入紫微臣，頭白金章未在身」（《張籍詩集》卷四），亦慨嘆白居易曾經位極人品，與

流拓外官之際遇。及其晚年，牛、李黨爭，朋比相傾，白居易更置身事外，不與聞問。觀其一生，除元和初年左拾遺任內，銳意鞭辟時政，直言進諫外，餘多無意仕途，遠離長安。《舊唐書》云：「居易初對策高第，擢入翰林，蒙英主特達顧遇，頗欲奮厲效報，苟置身於訏謨之地，則兼濟生靈。蓄意未果，望風爲當路者所擠，流徙江湖。四五年間，幾淪蠻瘴。自是宦情衰落，無意於出處」。〔註206〕憲宗以師法太宗自命，乃能羅致賢臣直諫，及其荒誕於後，加之以其後穆宗、敬宗、文宗各朝，宦官專擅，黨爭紛擾，文人豈不知「邦有道則仕，邦無道則隱」，張籍〈送白賓客分司東都〉詩云：「赫赫聲名三十春，高情人獨出埃塵。……詩裡難同相得伴，酒邊多見自由身。老人也擬休官去，便是君家池上人」（《張籍詩籍》卷四），白居易之絕意仕途，其然也。

欲了解白居易之政治思想，以其元和元年（西元806年）所作〈策林〉四卷，七十五門，最具代表性。白居易以「蓋興廢理亂，在君上所教耳。」（〈策林・策項〉，《白居易集箋校》卷第六十二），「由教不由時」（〈策林・風行澆朴〉，同前）勉君王以「風行草偃」之道。又引唐太宗所云：「朕雖不及古，然以百姓爲心」（〈策林・不勞而理〉，同前）宋・張戒《歲寒堂詩話》云：「元、白、張籍詩，皆自陶、阮中出，專以道得人心中事爲工。」〔註207〕爲政以民心爲心，白居易爲詩、文，何嘗不以民心爲其詩心？其後之〈寄唐生〉（作於元和三年）詩云：「惟歌生民病，願得天子知」（《白居易集箋校》卷第一）；及其〈傷唐衢二首〉（作於元和六年）詩云：「是時兵革後，生民正憔悴。但傷民病痛，不識時忌諱」（同前），都是此種以民心爲詩心之創作。白居易更認爲「致貞觀之理，由斯一言行矣」（〈策林・不勞而理〉，《白居易集箋校》卷第六十二）。

君王之加於百姓稅賦繁苛，雖云奸宄酷吏使然爾，但君王驕奢之

〔註206〕同註172，《舊唐書》卷一百六十六〈白居易傳〉，頁4353～4354。
〔註207〕宋・張戒《歲寒堂詩話》，收入丁福保輯《歷代詩話續編》上冊，臺北，木鐸出版社，1988年7月初版，頁450。

風，焉能辭其咎，「自君取其一，而臣已取其百矣。所謂上開一端，下生百端者也。」（〈策林·人之困窮由君之奢欲〉，《白居易集箋校》卷第六十三）此與當時官吏層層剝削，「其實貢入之數百一焉」（〈敘詩寄樂天書〉，《元稹集》卷第三十），實符情節。因其兩稅法之可議，白居易更指出「當今游墮者逸而利，農桑者勞而傷」（〈策林·息游墮〉，《白居易集箋校》卷第六十三），姓名繫於州縣，苛稅避之無門。張籍〈賈客樂〉亦云：「年年逐利西復東，姓名不在縣籍中。農夫稅多長辛苦，棄業寧爲販寶翁」（《張籍詩集》卷一），蓋同理也。

　　白居易除在〈與元九書〉（《白居易集箋校》卷第四十五）中，詳加說明新樂府詩之體例內涵，允爲後人研究新樂府詩之重要文獻，然白居易稍早於〈與元九書〉之〈策林〉，對爲詩刺美見事，俾補時闕之主張，實已見其端倪。其〈策林·議文章〉云：

> 自三代以還，斯文不振……且古之爲文者，上以紉王教，
> 繫國風，下以存炯戒，通諷諭。故懲勸善惡之柄，執於文
> 士褒貶之際，補察得失之端，操於詩人美刺之間爾。（《白居
> 易集箋校》卷第六十五）

故知白居易於元和元年〈策林〉之作，已具體提出以詩、文來「懲勸善惡，補察得失」，且以「上以紉王教，繫國風，下以存炯戒，通諷諭」爲詩、文之內涵。與其後之〈新樂府五十首並序〉云：「爲君、爲臣、爲民、爲物而作，不爲文而作也」（《白居易集箋校》卷第三），及〈與元九書〉主張：「文章合爲時而著，歌詩合爲事而作」（同前，卷第四十五），都是一理相通之見。觀其〈策林·採詩〉一門，白居易建議憲宗，設立「採詩之官」，所採內容者何？曰：

> 俾乎歌詠之聲，諷刺之興，日採於下，歲獻於上者也。所
> 謂言之者無罪，聞之者足以戒。大凡人之感於事，則必動
> 於情，然後興於嗟嘆，發於吟詠，而形於歌詩矣。（《白居易
> 集箋校》卷第六十五）

白居易直接以〈詩大序〉：「言之者無罪，聞之者足以戒」入文，以明爲詩之旨趣，以《詩三百》爲其宗。然後發乎眞情，興於嗟嘆。觀乎

白居易後來新樂府詩之理論，及其詩作，〈策林〉不唯白居易之政治觀，亦爲其文學觀之雛型。且其新樂府詩之旨趣，亦欲借文學而實現其經世濟民之政治觀。從〈策林〉觀之，庶幾範廓矣。

　　白居易〈與元九書〉，曾自分其詩爲「諷諭（新樂府）、閑適、感傷、雜律四大類」凡十五卷，八百首。白居易於元和十年後之創作，則不再作此分類，只以律詩及格詩分之。元和十年之後，「白居易寫的詩歌，在數量上約佔他全部詩篇的百分之七十，這些作品絕大多數都是他所說的閑適詩、感傷詩、雜律詩，諷諭詩則只有寥寥可數⋯⋯」，〔註 208〕正可見白居易於絕意仕途後，由「兼善天下」，轉向「獨善其身」。文人在中國歷史上，聞達則稱儒術，貶絀則修佛老，所在多有。杜甫一生不曾高就，然其悲天憫人，不曾放棄諷諭刺美。以白居易之才，如能在絕意仕途，困頓窘挫中，更加「懲勸善惡，補察得失」（〈策林・議文章〉，同前），必有不同於元和十年之前，諷刺見美之佳作。後世品評白居易之作品，除如〈琵琶行〉（作於元和十一年）寥寥數篇外，率多爲元和十年〈與元九書〉以前之作品。明・王世禎《藝苑巵言》云：「（白居易）少年與元稹，角靡逞博，意在警策痛快，晚更作知足語，千篇一律」。〔註 209〕正因其與詩友「角靡逞博」，吟詠比評，加之以元和初年，短暫政治上「皇帝初即位，宰府有正人，屢降璽書，訪人疾病」。遺予後人「新樂府運動」之文學瑰寶。其後以知足吟詠，「見君向此閑吟意，肯恨當時作外官」（〈答白杭州郡樓登望畫圖見寄〉，《張籍詩集》卷四）；「偏依仙法多求藥，長共僧游不讀書」（〈寄白二十二舍〉，同前）之心境，自與「角靡逞博」之年歲大有不同。

　　白居易詩作，以諷諭詩最具代表性，約一百七十首。而其諷諭詩

〔註208〕喬象鍾、陳鐵民主編《唐代文學史》，北京，人民文學出版社，1995 年 12 月一版一刷，頁 263。

〔註209〕明・王世禎《藝苑巵言》，收入丁福保輯《歷代詩話續編》中冊，臺北，木鐸出版社，1988 年 7 月初版，頁 1011。

中，更以古體詩〈秦中吟十首并序〉，及〈新樂府詩五十首并序〉爲要。白居易於〈傷唐衢二首〉詩云：「憶昨元和初，忝備諫官位。是時兵格後，生民正憔悴。但傷民病痛，不識時忌諱。遂作秦中吟，一吟悲一事……」（《白居易集箋校》卷第一），〈秦中吟〉創作之旨趣，即因「是時兵格後，生民正憔悴」而起，身爲諫官「唯歌生民病，願得天子知。未得天子知，甘受時人嗤」（〈寄唐生〉，同前）。〈秦中吟十首并序〉云：「貞元、元和之際，予在長安，聞見之間，有足悲者。因直歌其事，命爲〈秦中吟〉」（同前）。

　　〈秦中吟〉以「一吟悲一事」，如〈秦中吟・議婚〉詩言貧女質樸，富女驕奢，反問人「聞君欲娶婦，娶婦意何如？」（同前）；〈秦中吟・不致仕〉則嘲議尸位素餐，不知告老之高官，戀棧權位，「可憐八九十，齒墮雙眸昏，朝露貪名利，夕陽憂子孫」（同前）。白居易繼承杜甫以驕奢富貴，對比貧窮辛苦之手法爲詩，高、下之反差，讓詩歌之佈局精彩，對比強烈。又如其〈秦中吟・輕肥〉詩云：

> 意氣驕滿路，鞍馬光照塵。借問何爲者，人稱是內臣。朱紱皆大夫，紫綬或將軍。誇赴軍中宴，走馬去如雲。樽罍溢九醞，水陸羅八珍。果擘洞庭橘，膾切天池鱗。食飽心自弱，酒酣氣益振。（同前）

此詩前十四句極力鋪陳「內臣」華奢，由其「衣、行」入手，轉入「食」之浪費。以「是歲江南旱，衢州人食人」，比較杜甫〈自京赴奉先縣詠懷五百字〉：「朱門酒肉臭，路有凍屍骨」（《杜詩詳注》卷四）之句，有異曲同工之妙，皆以「食」作富貴、貧賤生活差異，就「重農」，「民以食爲天」之社會而言，反諷社會之不公平面，更有震撼性。全詩以末二句作警世之語，爲新樂府詩普遍之特色。再如〈秦中吟・歌舞〉，前述公侯營宅第，宴歡樂，末仍以「豈知閿鄉獄，中有凍死囚」（同前），以監獄比華宅，以歡酣貴族，比擬凍死獄囚。另外其〈秦中吟・買花〉詩，也以末二句作警語，詩云：「一叢深色花，十戶中人賦」（同前），千古傳唱，眞是「上以紉王教，繫國風，下以存炯戒，通

諷諭」（〈策林・議文章〉，《白居易集箋校》卷第六十五）。

　　稅賦之苛，詩人同聲撻伐，觀之張籍〈野老歌〉、〈促促詞〉，元稹〈田家詞〉，王建〈簇蠶辭〉、〈海人謠〉、〈田家行〉皆有跡可尋。白居易〈秦中吟・重賦〉更直指「兩稅法」問題所在，非在稅法本身，而是於執事者貪臟枉法（參見本章第一節「稅賦繁重」條），其詩云：

　　厚地植桑麻，所要濟生民。生民理布帛，所求活一身。身外充征賦，上以奉君親。國家定兩稅，本意在憂人。厥初防其淫，明敕內外臣。稅外加一物，皆以枉法論。奈何歲月久，貪吏得因循。浚我以求寵，斂索無冬春。……幼者形不蔽，老者體無溫。悲端與寒氣，並入鼻中辛。昨夜輸殘稅，因窺官庫門。繒帛如山積，絲絮似雲屯。號爲羨餘物，隨月獻至尊。奪我身上暖，買爾眼前恩。進入瓊林庫，歲久化爲塵。（《白居易集箋校》卷第一）

兩稅之行，何只兩稅？官吏以「羨餘」之名，求自肥之實，已如前言，其不識民間疾苦，甚或殘民以逞，更令詩人情何以堪？白居易身居諫官，職掌御史，對惡吏之行狀，更有切膚之痛。積貯萬物，任令百姓憔悴，張籍〈野老歌〉有：「苗疏稅多不得食，輸入官倉化爲土」（《張籍詩集》卷一）之歎，〈秦中吟・重賦〉有「進入瓊林庫，歲久化爲塵」之語，詩人間相互之影響，對時代不平之鳴，都是「救濟人病，裨補時闕」（〈與元九書〉，《白居易集箋校》卷第四十五）之作。

　　白居易〈新樂府五十首并序〉是「新樂府運動」之代表作，白氏自稱作於元和四年，然據陳寅恪之考證，此五十首乃非同時之作，已如前言。〈新樂府五十首并序〉，乃師法《詩經》之體例，「首句標其目，足章顯其志，詩三百之義也」（《白居易集箋校》卷第三）。如其〈七德舞〉下標「美撥亂陳王業也」（同前）……等。白居易作〈新樂府〉務求「辭質而徑、言直而切、事覈而實、體順而肆」（同前），言之有物，不求華辭麗藻，以便於「見者易諭，聞者深誡，采之者傳信，可以播於歌章樂曲」（同前）。白氏認爲〈新樂府〉之作的目地是：「爲君、爲臣、爲民、爲物而作，不爲文而作也」（同前）。

　　〈新樂府五十首并序〉是白居易所詮釋之唐史，時間由初唐至憲宗，內容範括政治、社會、思想，與白居易之哲學觀。前四首由〈七德舞〉至〈海漫漫〉，以太宗十八歲，隨高祖李淵起兵爲始，內容多歌頌太宗典範事蹟，繫於〈新樂府〉之首，實有〈新樂府〉之序詩的意味。之後由〈立部伎〉起，敘述唐玄宗，至唐德宗之間的史事，共十六首，與前四首輯入《白居易集箋校》卷第三，合計二十首，此是白居易〈新樂府五十首〉之第一部份二十首，藉唐憲宗之前的史事，「以史爲鑒」。

　　其後三十首收入《白居易集箋校》卷第四，第一首〈驪宮高〉先頌揚憲宗不游驪宮，是爲民養息之善，詩云：「君之來兮爲一身，君不來兮爲萬人」。第二首〈百鍊鏡〉則藉「太宗常以人爲鏡，鑒古鑒今不鑒容」，說明皇帝察納雅言之要，且憲宗力圖師法太宗，白居易以此作爲第二部份之起始，亦有規戒憲宗納諫之涵意。其後二十六首，自〈青石〉至〈秦吉了〉，或憂農事，或苦宮市，或激忠烈，或疾貪虜……均以時事作詩，其所及者，唐憲宗時，政經社會之弊端。〈新樂府〉末二首爲〈鵶九劍〉及〈采詩官〉，作爲〈新樂府〉之總結。〈鵶九劍〉詩云：「不如持我決浮雲，無令漫漫蔽白日。爲君使無私之光及萬物，蟄蟲昭蘇萌復出」，陳寅恪云：「〈新樂府五十首〉之作，其全部旨意亦在於斯。」〔註210〕其最末一首〈采詩官〉，則爲白居易希望恢復「采詩」制度，因其：「君之堂兮千里遠，君之門兮九重閟」，所以才會令亂臣賊子「貪吏害民無所忌，奸臣蔽君無所畏」，如能恢復古時采詩於民間之制度，如漢武帝者然，乃能僻邪佞，察民隱，所以「欲開壅蔽達人情，先向詩歌求諷刺」。白居易以諷諭詩爲「鵶九劍」，揮蔽日浮雲，開壅蔽，刺奸愚，以直指人心，爲施政之明鑒。

　　〈新樂府〉中之〈新豐折臂翁〉一詩，寫唐玄宗天寶年間，爲平雲南南詔，朝廷「戶有三丁點一丁」，詩云：

　　　　　　　　　　　　　　　　　　　　　　
〔註210〕同註181，陳寅恪《元白詩箋證稿》，頁296。

是時翁年二十四，兵部牒中有名字。夜深不敢使人知，偷
將大石鎚折臂。張弓簸旗俱不堪，從茲始免征雲南。(《白居
易集箋校》卷第三)

此寧願自殘身體，也不願衛土戍邊，並非愛國與否？道德之辯！而是
對「天寶宰相楊國忠，欲求恩幸立邊功。邊功未立生人怨，請問新豐
折臂翁」之拒不合作心態。詩又云：

臂折來來六十年，一肢雖廢一身全。至今風雨陰寒夜，直
到天明痛不眠。痛不眠，終不悔，且喜老身今獨在。不然
當時瀘水頭，身死魂飛骨不收。(同前)

寧願斷肢六十年，不能充軍去戍邊，臨老不悔，更教人欷歔。杜甫〈石
壕吏〉詩以三男戍邊，老翁逾牆而走，且征老嫗備晨炊，差可比擬其
境。從其〈紅線毯〉詩云：「一丈毯，千兩絲」(《白居易集箋校》卷
第四)；〈繚綾〉詩云：「絲細繰多女手疼，扎扎千聲不盈尺」(同前)
可知時人蠶桑縑織之費，以之比較回紇「以馬易縑」；〈陰山道〉詩云：
「五十匹縑易一匹，縑去馬來無了時」(同前)，可明「地不知寒人要
暖，少奪人衣作地衣」(〈紅線毯〉)，其椎心之痛。

另白居易有〈長恨歌〉及〈琵琶行〉兩首長詩傳世。〈長恨歌〉
寫唐玄宗及其楊貴妃之感情悲劇，〈琵琶行〉對音樂之描寫精彩細緻，
都是影響後世甚鉅之長詩作品。

在唐憲宗元和、長慶年間之文壇，安史亂後，政治上力圖振興。
有唐以來，雖有陳子昂、李白、杜甫創作出關懷民瘼，反映民生之樂
府詩，然經大曆年間中輟，其後才有張籍、王建、元稹、白居易，續
其志並光而大之。其間詩人或俚俗，或峭窄，或積極求仕，或絕意仕
途，其間行事、詩風容有不同，然觀其唱和，固開文壇一時之盛。究
其因輒為社會之病，詩人均自命經世濟民之責，及憂國憂民之志，有
以至之。另一方面之韓孟詩派諸詩人，雖不儘與元白詩派同倡為詩之
理論基礎，然其力圖另闢蹊徑，刻苦自勵，亦當獲得肯定。兩詩派之
間，仍有許多唱和往來。雖文風不同，然以民瘼為己任實一也。聞一

多於《唐詩雜論・賈島》云：「元和、長慶詩壇有三個較有力之新趨勢，這邊老年的孟郊，正哼著他那沙澀而帶芒刺感的五古，惡毒的咒罵世道人心。挾在咒罵聲中是盧仝、劉叉的插科打諢，和韓愈宏亮的嗓音，向佛老挑恤。那邊元稹、張籍、王建等，在白居易改良社會的大纛下，用律動的樂府調子，對社會泣訴著他們那各階層中病態的小悲劇。同時遠遠的，在古老的禪房或一個小縣的廨署裡，賈島、姚合領著一群青年人做詩，為各人自己的出路，也為自己的癖好，作一種陰暗情調的五言律詩」。〔註211〕

聞一多似用了相當多情緒之辭，如：「沙澀」、「惡毒的咒罵」、「插科打諢」、「挑恤」、「病態的小悲劇」……等。就情緒之辭而言，如小說一般，此正如前言陳寅恪所云：「長於用繁瑣之詞，描寫某一時代人物、裝飾，正是小說能手」。就元和年間詩人而論，聞一多藉小說手法摹寫背景，去其情緒化之價值判斷不論，也是栩栩如生，適得其所之語。

〔註211〕同註153，頁56。

第四章　張籍樂府詩之前承與思想內涵

第一節　張籍樂府詩題之察考

張籍現存樂府詩約九十首，[註1] 宋·郭茂倩《樂府詩集》共收入其中五十三首。有關張籍樂府詩題之擬定，以下分爲：甲、古題古意；乙、古題新意；丙、新題新意三項加以考述：

甲、古題古意

一、雜怨（五言古詩）

此詩是從〈班婕妤〉（一曰〈婕妤怨〉）演變而成。《樂府詩集》卷第四十三引《樂府解題》曰：「〈婕妤怨〉者，爲漢成帝班婕妤作也。婕妤，初爲帝所寵愛，後幸趙飛燕姊妹，冠於後宮，婕妤自知見薄，乃退居東宮，作賦及紈扇詩以自傷悼。後人傷之，而爲〈婕妤怨〉也。」此題《樂府詩集》列入〈相和歌辭十八·楚調曲下〉，但《樂府詩集》未載張籍此詩。

唐以前作者：晉·陸機、梁·元帝、劉孝綽、孔翁歸、何思澄、王叔英妻沈氏、陰鏗、陳·何楫等有〈班婕妤〉；齊·謝朓、虞炎有

〔註1〕　此據張修蓉《中唐樂府詩研究》頁 14 之說及筆者統計而得。詳見氏所著。

〈玉階怨〉。

　　唐代其他作者：徐彥伯、嚴識玄、王維有〈班婕妤〉；崔湜、崔國輔、張烜、劉方平、王沈、皇甫冉、陸龜蒙、翁綬、劉氏雲有〈婕妤怨〉；王諲、王昌齡、李白有〈長信怨〉；王翰有〈蛾眉怨〉；李白有〈玉階怨〉；長孫左輔、李益、于濆、柯宗有〈宮怨〉；至聶夷中則演變爲〈雜怨〉，孟郊也有此題。

　　二、行路難（七言古詩）

　　《樂府詩集》卷第七十引《樂府解題》曰：「行路難，備言世路艱難及離別悲傷之意，多以君不見爲首。」此題《樂府詩集》列入〈雜曲歌辭十〉、〈雜曲歌辭十一〉，張籍此詩列入〈雜曲歌辭十一〉。

　　唐以前作者：宋・鮑照、齊・僧寶月、梁・吳均、費昶、王筠。

　　唐代其他作者：盧照鄰、張紘、賀蘭進明、崔顥、李白、顧況、李頎、高適、聶夷中、韋應物、柳宗元、鮑溶、僧貫休、僧齊己、翁綬、薛能。駱賓王有〈從軍中行路難〉；王昌齡有〈變行路難〉。

　　三、白紵歌（七言古詩）

　　《樂府詩集》卷第五十五引《樂府解題》曰：「古詞盛稱舞者之美，宜及芳時爲樂，其譽白紵曰：『質如輕雲、色如銀製，以爲袍，餘作巾袍，以光軀拂塵。』」此題《樂府詩集》列入〈舞曲歌辭四・雜舞三〉。

　　唐以前作者：晉（無名氏）有〈白紵舞歌詩〉；宋（無名氏）有〈白紵舞歌詩〉；齊・王儉有〈齊白紵辭〉；梁・武帝有〈梁白紵辭〉；宋・劉鑠有〈白紵曲〉；宋・鮑照、湯惠休、梁・張率有〈白紵歌〉。

　　唐代其他作者：崔國輔、楊衡、李白有〈白紵辭〉；王建、柳宗元有〈白紵歌〉。

　　四、送遠曲（有二首，一爲七言古詩，一爲樂府）

　　《樂府詩集》卷第二十曰：「齊永明八年，謝朓奉鎭西隨王教於荊州道中作，一曰〈元會曲〉，二曰……，八曰〈送遠曲〉，……。」

此為〈齊隨王鼓吹曲〉十曲之一，此題《樂府詩集》列入〈鼓吹曲辭五・齊隨王鼓吹曲〉。《樂府詩集》收張籍七言古詩一首，列入〈鼓吹曲辭五・齊鼓吹曲〉。

唐以前作者：齊・謝朓。

五、築城詞（七言古詩）

《樂府詩集》卷第七十五引《淮南子》曰：「秦發卒五十萬築脩城，西屬流沙，北繫遼水，東結朝鮮，中國內郡輓車而餉之。後因有〈築城曲〉，言築長城以限胡虜也。」此題《樂府詩集》列入〈雜曲歌辭十五〉。

唐以前作者：古曲已佚。

唐代其他作者：元稹、陸龜蒙，亦有同題之作。

六、猛虎行（七言古詩）

《樂府詩集》卷第三十一引《樂府解題》曰：「晉・陸機云：渴不飲盜泉水，言從遠役猶耿介不以艱險改節也。」此題《樂府詩集》列入〈相和歌辭六・平調曲二〉。

唐以前作者：古辭（無名氏）有〈猛虎行〉、魏・文帝、明帝、晉・陸機、宋・謝惠連，亦有同題之作。

唐以前作者：儲光羲、李白、韓愈、李賀、僧齊己，亦有同題之作。

七、別離曲（即〈古離別〉，七言古詩）

〈別離曲〉即〈古別離〉，《樂府詩集》卷第七十一曰：「《楚辭》曰：『悲莫悲兮生別離。』《古詩》曰：『行行重行行，與君生別離。相去萬餘里，各在天一涯。』後蘇武使匈奴，李陵與之詩曰：『良時不可再，離別在須臾。』故後人擬之為〈古別離〉。梁・簡文帝又為〈生別離〉，宋・吳邁遠有〈長別離〉，唐・李白有〈遠別離〉，亦皆類此。」此題《樂府詩集》列入〈雜曲歌辭十一〉、〈雜曲歌辭十二〉，張籍此詩列入〈雜曲歌辭十二〉。

唐以前作者：梁・江淹有〈古別離〉；梁・簡文帝有〈生別離〉；宋・吳邁遠有〈長別離〉。

唐代其他作者：沈佺期、孟雲卿、李益、于濆、李端、王縉、僧皎然、聶夷中、施肩吾、吳融有〈古別離〉；王適、常理、姚係、趙微明、孟郊、顧況、僧貫休、韋莊有〈古離別〉；孟雲卿、白居易有〈生別離〉；李白、張籍、令狐楚有〈遠別離〉；李白有〈久別離〉；戴叔倫有〈新別離〉；崔國輔有〈今別離〉；劉氏瑤有〈暗別離〉；白居易有〈潛別離〉；陸龜蒙有〈別離曲〉。

八、採蓮曲（七言古詩）

《樂府詩集》卷第五十引《古今樂錄》曰：「梁天監十一年冬，武帝改西曲，製〈江南上雲樂十四曲〉，〈江南弄〉七曲：一曰〈江南弄〉，二曰……，三曰〈採蓮曲〉……。」此題為〈江南弄〉七曲之三，《樂府詩集》列入〈清商曲辭七・江南弄上、中〉，張籍此詩列入〈清商曲辭七・江南弄中〉。

唐以前作者：梁・武帝、簡文帝、元帝、劉孝威、朱超、沈君攸、吳均、陳・後主、隋・盧思道、殷英童，亦有同題之作。

唐代其他作者：崔國輔、徐彥伯、李白、賀知章、王昌齡、戎昱、儲光羲、鮑溶、白居易、僧齊己，亦有同題之作；王勃有〈採蓮歸〉；閻朝隱有〈採蓮女〉；李白有〈湖邊採蓮婦〉；溫庭筠有〈張靜婉採蓮曲〉。

九、關山月（七言古詩）

《樂府詩集》卷第二十三引《樂府解題》曰：「〈關山月〉，傷離別也。古〈木蘭詩〉曰：『萬里赴戎機，關山度若飛，朔氣傳金柝、寒光照鐵衣。』」此題《樂府詩集》列入〈橫吹曲辭三・漢橫吹曲三〉。

唐以前作者：梁・元帝、陳・後主、陸瓊、張正見、徐陵、賀力牧、阮卓、江總、北周・王褒，亦有同題之作。

唐代其他作者：盧照鄰、沈佺期、李白、長孫左輔、耿湋、戴叔

倫、崔融、李端、王建、翁綬、鮑氏君徽，亦有同題之作。

　　一○、少年行（七言古詩）

　　《樂府詩集》卷第六十六曰：「《後漢書》曰：『祭遵嘗爲部吏所侵，結客殺人。』曹植〈結客篇〉曰：『結客少年場，報怨洛北邙。』《樂府解題》曰：『〈結客少年場行〉，言輕生重義，慷慨以立功名也。』《廣題》曰：『漢長安少年殺吏，受財報仇，相與探丸爲彈，探得赤丸斫武吏，探得黑丸殺文吏。尹賞爲長安令，盡捕之。長安中爲之歌曰：何處求子死，桓東少年場。……』按〈結客少年場〉，言少年時，結任俠之客，爲游樂之場，終而無成，故作此曲也。」此題《樂府詩集》列入〈雜曲歌辭六〉。

　　唐以前作者：宋·鮑照、梁·劉孝威、北周·庾信、隋·孔紹安有〈結客少年場行〉；齊·王融、梁·吳均有〈少年子〉；梁·何遜、陳·沈炯有〈長安少年行〉。

　　唐代其他作者：虞世南、虞羽客、盧照鄰、李白、沈彬有〈結客少年場行〉；李百藥、李白有〈少年子〉；李賀、張祜有〈少年樂〉；李白、王維、王昌齡、李嶷、劉長卿、令狐楚、杜牧、杜甫、張祜、韓翃、施肩吾、僧貫休、韋莊有〈少年行〉；李益有〈漢宮少年行〉；崔國輔有〈長樂少年行〉；李廓、僧皎然有〈長安少年行〉；崔顥有〈渭城少年行〉；高適、鄭錫有〈邯鄲少年行〉。

　　一一、白頭吟（七言古詩）

　　《樂府詩集》卷第四十一引《古今樂錄》曰：「王僧虔《技錄》曰：〈白頭吟行〉，歌古『皚如山上雪』篇。」又引《西京雜記》曰：「司馬相如將聘茂陵人女爲妾，卓文君作〈白頭吟〉以自絕，相如乃止。」又云：「一說云：〈白頭吟〉疾人相知，以新間舊，不能至於白首，故以爲名。」此題《樂府詩集》列入〈相和歌辭十六·楚調曲上〉。

　　唐以前作者：古辭（無名氏）有〈白頭吟〉、宋·鮑照、陳·張正見，亦有同題之作。

唐代其他作者：劉希夷、李白；白居易有〈反白頭吟〉；元稹有〈決絕詞〉。

一二、車遙遙（七言古詩）

此題《樂府詩集》無解題文字，按此蓋傷遠征也，《樂府詩集》列入〈雜曲歌辭九〉。

唐以前作者：梁・車敳，亦有同題之作。

唐代其他作者：孟郊、張祜、胡曾，亦有同題之作。

一三、妾薄命（七言古詩）

《樂府詩集》卷第六十二引《樂府解題》曰：「〈妾薄命〉，曹植云：『日月既逝西藏。』蓋恨燕私之歡不久。梁・簡文帝云：『名都多麗質。』傷良人不返，王嬙遠聘，盧姬嫁遲也。」此題《樂府詩集》列入〈雜曲歌辭二〉。

唐以前作者：魏・曹植、梁・簡文帝、劉孝威、劉孝勝，亦有同題之作。

唐代其他作者：崔國輔、武平一、李百藥、杜審言、劉元淑、李白、孟郊、李端、盧綸、盧弼、胡曾、王貞白，亦有同題之作。

一四、遠別離（七言古詩）

參見前〈別離曲〉。

一五、江南曲（七言古詩）

《樂府詩集》卷第二十六引《樂府解題》曰：「江南古辭，蓋美芳晨麗景，嬉遊得時，若梁・簡文『桂□晚應旋』，唯歌遊戲也。」又云：「按梁武帝作〈江南弄〉以代西曲，有〈採蓮〉、〈採菱〉，蓋出於此。唐・陸龜蒙又廣古辭為五解云。」此題《樂府詩集》列入〈相和歌辭一・相和曲上〉。

唐以前作者：古辭（無名氏）有〈江南〉；宋・湯惠休、梁・簡文帝有〈江南思〉；梁・柳惲、沈約有〈江南曲〉；梁・劉緩有〈江南可採蓮〉。

唐代其他作者：宋之問、劉愼虛、丁仙芝、劉希夷、于鵠、李益、李賀、李商隱、韓翃、溫庭筠、羅隱、陸龜蒙，亦有同題之作。

一六、烏啼引（〈烏夜啼引〉，七言古詩）

〈烏啼引〉，一爲琴操名，張籍詩屬此，《樂府詩集》列入〈琴曲歌辭四〉。《樂府詩集》卷第六十引李勉《琴說》曰：「《烏夜啼》者，何晏之女所造也。初，晏繫獄，有二烏止於舍上。女曰：『烏有喜聲，父必免。』遂撰此操。」又云：「按清商西曲亦有〈烏夜啼〉，宋臨川王所作，與此義同而事異。」二爲西曲歌名，《樂府詩集》列入〈清商曲辭四·西曲歌上〉。《樂府詩集》卷第四十七引《唐書·樂志》曰：「〈烏夜啼〉者，宋臨川王義慶所作也。元嘉十七年，徙彭城王義康於豫章。義慶時爲江州，至鎭，相見而哭。文帝聞而怪之，徵還慶大懼，伎妾夜聞烏夜啼聲，扣齋閣云：『明日應有赦。』其年更爲南兗州刺史，因此作歌。」

唐以前作者：宋·王義慶、梁·簡文帝、劉孝綽、北周·庾信，亦有同題之作。

唐代其他作者：楊巨源、李白、顧況、李群玉、聶夷中、白居易、王建、張祐，亦有同題之作。

一七、宛轉行（七言古詩）

此詩由〈宛轉歌〉演變而成。《樂府詩集》卷第六十曰：「〈宛轉歌〉，一曰〈神女宛轉歌〉。」又引《續齊諧記》之記載：晉·王敬伯在江上邂逅神女劉妙容時，劉女作〈宛轉歌〉以娛客之凄麗而感傷的本事。此題《樂府詩集》列入〈琴曲歌辭四〉。

唐以前作者：晉·劉妙容、陳·江總有〈宛轉歌〉。

唐代其他作者：唐·郎大家宋氏、劉方平有〈宛轉歌〉；至張籍始改爲〈宛轉行〉；李端有〈王敬伯歌〉。

一八、別鶴（五言律詩）

此詩由〈別鶴操〉演變而成。《樂府詩集》卷第五十八引崔豹《古

今注》曰：「〈別鶴操〉，商・陵牧子所作也。娶妻五年而無子，父兄將爲之改娶。妻聞之，中夜起，倚戶而悲嘯。牧子聞之，愴然而悲，乃援琴而歌。後人因爲樂章焉。」又引《琴譜》曰：「琴曲有四大曲，〈別鶴操〉其一也。」此題《樂府詩集》列入〈琴曲歌辭二〉。

唐以前作者：商・陵牧子、宋・鮑照有〈別鶴操〉；梁・簡文帝、吳均有〈別鶴〉。

唐代其他作者：韓愈有〈別鶴操〉。楊巨源、王建、杜牧有〈別鶴〉。

一九、望行人（五言律詩）

此題《樂府詩集》無解題文字，按此蓋閨怨之作也，《樂府詩集》列入〈橫吹曲辭三・漢橫吹曲三〉。

唐代其他作者：王建。

二〇、出塞（五言律詩）

《樂府詩集》卷第二十一曰：「《晉書・樂志》曰：『〈出塞〉、〈入塞〉曲，李延年造。』曹嘉之《晉書》曰：『劉疇嘗避亂塢壁，賈胡百數欲害之，疇無懼色，援笳而吹之，爲〈出塞〉〈入塞〉之聲，以動其遊客之思，於是群胡皆垂泣而去。』按《西京雜記》曰：『戚夫人善歌〈出塞〉〈入塞〉〈望歸〉之曲。』則高帝時已有之，疑不起於延年也。唐又有〈塞上〉〈塞下〉曲，蓋出於此。」此題《樂府詩集》列入〈橫吹曲辭一・漢橫吹曲一〉、〈橫吹曲辭二・漢橫吹曲二〉，張籍此詩列入〈橫吹曲辭二・漢橫吹曲二〉。

唐以前作者：古辭（無名氏）、梁・劉孝標、北周・王褒、隋・楊素、薛道衡、虞世基有〈出塞〉；北周・王褒、隋・何妥有〈入塞〉。

唐代其他作者：竇威、陳子昂、張易之、沈佺期、王維、王昌齡、馬戴、皇甫冉、王之渙、耿湋、劉駕有〈出塞〉；杜甫有〈前出塞〉與〈後出塞〉；劉灣、于鵠、僧貫休有〈出塞曲〉；劉希夷有〈入塞〉；耿湋、僧貫休、沈彬有〈入塞曲〉。

二一、莊陵挽歌詞（三首，五言律詩）

此詩源自古辭（無名氏）〈薤露〉、〈蒿里〉之挽歌。《樂府詩集》卷第二十七〈相和歌辭二・相和曲中・薤露〉引崔豹《古今注》曰：「〈薤露〉、〈蒿里〉，泣喪歌也。本出田橫門人，橫自殺，門人傷之，爲作悲歌。言人命奄忽，如薤上之露，易晞滅也。亦謂人死魂魄歸於蒿里。至漢武帝時，李延年分爲二曲，〈薤露〉送王公貴人，〈蒿里〉送士大夫庶人。使挽柩者歌之，亦謂之挽歌。」《樂府詩集》未載張籍此題。

唐以前作者：古辭（無名氏）、魏・武帝、曹植、晉・張駿有〈薤露〉；古辭（無名氏）、魏・武帝、宋・鮑照有〈蒿里〉；至魏・繆襲始有〈挽歌〉之題，晉・陸機、陶潛、宋・鮑照、北齊・祖孝徵亦皆有〈挽歌〉。

唐代其他作者：僧貫休有〈蒿里〉；趙微明、于鵠、孟雲卿、白居易有〈挽歌〉；元稹有〈順宗至德大聖大安孝皇帝挽歌詞三首〉、〈憲宗章武孝皇帝挽歌詞三首〉、〈恭王故太妃挽歌詞二首〉（以上八首，《樂府詩集》未收）。

二二、秋思（七言絕句）

《樂府詩集》卷第五十九曰：「《琴歷》曰：『琴曲有〈蔡氏五弄〉。』《琴集》曰：『〈五弄〉，〈遊春〉、〈淥水〉、〈幽居〉、〈坐愁〉、〈秋思〉，並宮調，蔡邕所作也。』《琴書》曰：『邕性沈厚，雅好琴道。嘉平初，入青溪訪鬼谷先生。所居山有五曲：一曲製一弄，山之東曲⋯⋯；西曲灌水吟秋，故作〈秋思〉。⋯⋯』今按近世作者多因題命辭，無復本意云。」此題《樂府詩集》列入〈琴曲歌辭三〉，但《樂府詩集》未載張籍此詩。

唐代其他作者：李白、鮑溶、司空曙、司空圖、王涯，亦有同題之作。

二三、吳楚歌詞（七言絕句）

《樂府詩集》曰：「傅玄辭。一曰〈燕美人歌〉。」此題《樂府詩

集》列入〈雜歌謠辭一・歌辭一〉。

　　唐以前作者：晉・傅玄，亦有同題之作。

　　二四、隴頭行（七言古詩）

　　《樂府詩集》卷第二十一曰：「〈隴頭〉，一曰〈隴頭水〉。《通典》曰：『天水郡有大阪，名曰隴坻，亦曰隴山，即漢隴關也。』《三秦記》曰：『其□九回，上者七日乃越，上有清水四注下，所謂隴頭水也。』此題《樂府詩集》列入〈橫吹曲辭一・漢橫吹曲一〉。

　　唐以前作者：陳・後主有〈隴頭〉；梁・元帝、劉孝威、車□、陳・後主、徐陵、顧野王、謝燮、張正見、江總有〈隴頭水〉。

　　唐代其他作者：王維、翁綬有〈隴頭吟〉；楊師道、盧照鄰、王建、于濆、僧皎然、鮑溶、羅隱有〈隴頭水〉。

　　二五、秋夜長（七言古詩）

　　《樂府詩集》卷第七十六曰：「魏文帝詩曰：『漫漫秋夜長，烈烈北風涼。展轉不能寐，披衣起彷徨。彷徨忽已久，白露沾我裳。俯視清水波，仰看明月光。』又曰：『草蟲鳴何悲，孤雁獨南翔。鬱鬱多悲思，綿綿思故鄉。』〈秋夜長〉其取諸此。」此題《樂府詩集》列入〈雜曲歌辭十六〉。

　　唐以前作者：齊・王融有〈秋夜長〉。

　　唐代其他作者：王勃有〈秋夜長〉。王建、王涯、張仲素有〈秋夜曲〉。

　　二六、董逃行（七言古詩）

　　《樂府詩集》卷第三十四引崔豹《古今注》曰：「〈董逃歌〉，後漢游童所作也。終有董卓作亂，卒以逃亡。後人習之為歌章，樂府奏之以為儆誡焉。」此題《樂府詩集》列入〈相和歌辭九・清調曲二〉。

　　唐以前作者：古辭（無名氏）有〈董逃行五解〉；晉・傅玄有〈董逃行歷九秋篇〉；晉・陸機有〈董逃行〉。

　　唐代其他作者：元稹亦有同題之作。

二七、**春江曲**（七言古詩）

此詩由梁・簡文帝〈春江行〉演變而來的。《樂府詩集》卷第七十七引唐・郭元振曰：「〈春江〉，巴女曲也。」此題《樂府詩集》列入〈雜曲歌辭十七〉。

唐以前作者：梁・簡文帝有〈春江行〉。

唐代其他作者：郭元振、張仲素，亦有同題之作。

二八、**烏棲曲**（七言古詩）

《樂府詩集》卷第四十七〈清商曲辭四・吳聲歌曲四・烏夜啼八曲〉引《樂府解題》曰：「亦有〈烏棲曲〉，不知與此同否。」此題《樂府詩集》列入〈清商曲辭五・西曲歌中〉。

唐以前作者：梁・簡文帝、梁・元帝、蕭子顯、陳・徐陵、岑之敬有〈烏棲曲〉；陳・後主、江總有〈棲烏曲〉。

唐代其他作者：李白、李端、王建、王昌齡（《樂府詩集》未收）有〈烏棲曲〉；劉方平有〈棲烏曲〉。

二九、**短歌行**（七言古詩）

《樂府詩集》卷第三十引《樂府解題》曰：「〈短歌行〉，魏武帝『對酒當歌，人生幾何』，晉・陸機『置酒高堂，悲歌臨觴』，皆言當及時爲樂也。」此題《樂府詩集》列入〈相和歌辭五・平調曲一〉。

唐以前作者：魏・武帝、文帝、明帝、晉・傅玄、陸機、梁・張率、北周・徐謙、隋・辛德源，亦有同題之作。

唐代其他作者：聶夷中、李白、顧況、王建、白居易、陸龜蒙、僧皎然，亦有同題之作。

三〇、**楚妃怨**（或作〈楚妃歎〉，卷七，七言古詩）

《樂府詩集》卷第二十九引劉向《列女傳》曰：「楚姬，楚莊王夫人也。莊王好狩獵畢弋，樊姬諫不止，乃不食禽獸之肉。王嘗與虞丘子語，以爲賢，樊姬笑之，王曰：『何笑也？』對曰：『虞丘子賢矣，未忠也。妾充後宮十一年，而所進者九人，賢於妾者二人，與妾同列

者七人。虞丘子相楚十年，而所薦者非其子孫，則族昆弟，未聞進賢退不肖也。妾之笑不亦宜乎？』王於是以孫叔敖為令尹，治楚三年而莊王以霸。」此題《樂府詩集》列入〈相和歌辭四・吟歎曲〉。

唐以前作者：晉・石崇、宋・袁伯文、梁・簡文帝有〈楚妃歎〉；梁・王筠有〈楚妃吟〉；吳均有〈楚妃曲〉。

三一、春日行（七言古詩）

此題《樂府詩集》無解題文字，鮑照此詩詠春遊，李白則擬君王遊樂之辭，《樂府詩集》列入〈雜曲歌辭五〉。

唐以前作者：宋・鮑照亦有同題之作。

唐代其他作者：李白亦有同題之作。

乙、古題新意

一、傷歌行（七言古詩）

《樂府詩集》卷第六十二曰：「〈傷歌行〉，側調曲也。古辭傷日月代謝，年命遒盡，絕離知友，傷而作歌也。」此題《樂府詩集》列入〈雜曲歌辭二〉。

唐以前作者：古辭（無名氏）有〈傷歌行〉。

唐代其他作者：孟郊、莊南傑有〈傷哉行〉。

二、賈客樂（七言古詩）

此詩是由〈估客樂〉所演變。《樂府詩集》卷第四十八引《古今樂錄》曰：「〈估客樂〉者，齊・武帝之所製也。帝布衣時，嘗遊樊、鄧。登祚以後，追憶往事而作歌，使樂府令劉瑤管弦被之教習，……敕歌者常重為感憶之聲，猶行於世。」又引《唐書・樂志》曰：「梁改其名為〈商旅行〉。」此題《樂府詩集》列入〈清商曲辭五・西曲歌中〉。

唐以前作者：齊・武帝、釋寶月、陳・後主有〈估客樂〉；北周・庾信有〈賈客詞〉。

唐代其他作者：李白、元稹有〈估客樂〉；劉禹錫、劉駕有〈賈

客詞〉，至張籍則易爲〈賈客樂〉。

三、朱鷺曲（七言古詩）

《樂府詩集》卷第十六曰：「孔穎達曰：『楚威王時，有朱鷺合沓飛翔而來舞，舊鼓吹〈朱鷺曲〉是也。』然則漢曲蓋因飾鼓以鷺而名曲焉。」此題《樂府詩集》列入〈鼓吹曲辭一・漢鐃歌上〉。

唐以前作者：古辭（無名氏）、梁・王僧儒、裴憲伯、陳・後主、張正見、蘇子卿，亦有同題之作。

四、楚妃怨（卷六，七言絕句）

此一詩題源於〈楚妃怨〉（或作〈楚妃歎〉），參見前〈楚妃怨〉（或作〈楚妃歎〉）之解題。張籍作〈楚妃怨〉（或作〈楚妃歎〉）一詩之後，又另作此首〈楚妃怨〉。此首《樂府詩集》列入〈相和歌辭四・吟歎曲〉。

唐以前作者：晉・石崇、宋・袁伯文、梁・簡文帝有〈楚妃歎〉；梁・王筠有〈楚妃吟〉；吳均有〈楚妃曲〉。

五、白鼉吟（七言古詩）

此一詩題源自吳・孫亮初之〈白鼉鳴童謠〉。《樂府詩集》卷第八十八引《宋書・五行志》曰：「吳・孫亮初，公安有〈白鼉鳴童謠〉。按南郡城可長生者，有急，易以逃也。明年，諸葛恪敗，弟融鎮公安，亦見襲。融刮金印龜，服之而死，鼉有鱗介，甲兵之象也。」此題《樂府詩集》列入〈雜歌謠辭六・謠辭二〉。

唐以前作者：吳・孫亮初有〈白鼉鳴童謠〉。

丙、新題新意

一、寄遠曲（七言古詩）

此爲春日懷遠之作。此題《樂府詩集》列入〈新樂府辭五・樂府雜題五〉。

唐代其他作者：王建亦有同題之作。

二、征婦怨（七言古詩）

此言征戰之苦，嫠婦之哀也。此題《樂府詩集》列入〈新樂府辭五・樂府雜題五〉。

唐代其他作者：孟郊亦有同題之作。

三、野老歌（七言古詩）

一作〈山農詞〉。藉山農與官府、商人之雙重對比，揭露朝廷的橫征暴斂，並反映出社會極度貧富不均之景況。《樂府詩集》未收此題。

四、寄衣曲（七言古詩）

與〈擣衣曲〉、〈送衣曲〉同為擣素裁衣，緘封送遠之作。《樂府詩集》僅張籍有此題，列入〈新樂府辭五・樂府雜題五〉。

五、牧童詞（七言古詩）

以牧童的口吻，寫牧童的生活，並反映人民懼怕官府的特殊心態。《樂府詩集》未收此題。

唐代其他作者：儲光羲、李涉，亦有同題之作。

六、沙堤行呈裴相公（七言古詩）

言宰相上朝之威儀與罷官之淒涼。《樂府詩集》未收此題。

七、求仙行（七言古詩）

此言諷君王服食以求長生之愚行。此題《樂府詩集》列入〈新樂府辭六・樂府雜題六〉。

唐代其他作者：孟郊有〈求仙曲〉。

八、古釵嘆（七言古詩）

此言古釵棄置弗用，以喻士之不為所用。《樂府詩集》未收此題。

九、各東西（七言古詩）

此言人生終須離別，頗有看透人生歸宿的意味。《樂府詩集》僅張籍有此題，列入〈新樂府辭六・樂府雜題六〉。

一○、**節婦吟**（七言古詩）

此詩假託男女情事，來婉卻藩鎮之招幕，藉以明志。《樂府詩集》僅張籍有此題，列入〈新樂府辭六・樂府雜題六〉。

一一、**讌客詞**（七言古詩）

此詩描述歡暢讌飲，及時行樂之意。《樂府詩集》未收此題。

一二、**永嘉行**（七言古詩）

《樂府詩集》卷第九十三引《晉書》曰：「懷帝永嘉五年六月，劉曜、王彌陷洛陽，入于南宮，昇太極前殿，縱兵大掠，悉收宮人珍寶。曜於是害諸王公及百官已下三萬餘人，遷帝於平陽。劉聰以帝為會稽公。」此詩藉「永嘉之亂」之史實，以諷唐世「安史之亂」一事。《樂府詩集》僅張籍有此題，列入〈新樂府辭四・樂府雜題四〉。

一三、**吳宮怨**（七言古詩）

此詩藉一吳宮妃嬪之哀怨，寫吳王夫差之驕奢淫逸，反映身處宮闈婦女之痛苦和憤怨。此題《樂府詩集》列入〈新樂府辭二・樂府雜題二〉。

唐代其他作者：衛萬亦有同題之作。

一四、**北邙行**（七言古詩）

此詩言人死葬北邙，與〈梁甫吟〉、〈泰山吟〉、〈蒿里行〉同意，皆述對人死後之送葬與感觸，並對熱衷追逐仕宦與名利者引發警戒作用。此題《樂府詩集》列入〈新樂府辭五・樂府雜題五〉。

唐代其他作者：王建亦有同題之作。

一五、**將軍行**（七言古詩）

此言將軍急欲征胡立功。此題《樂府詩集》列入〈新樂府辭一・樂府雜題一〉。

唐代其他作者：劉希夷亦有同題之作。

一六、**羈旅行**（七言古詩）

此言在社會動亂之年代，人們的顛沛流離之苦。此題《樂府詩集》

列入〈新樂府辭六・樂府雜題六〉。

　唐代其他作者：孟郊有〈長安羈旅行〉。

　一七、楚宮行（七言古詩）

　此詩極言楚君奢華之生活，並有諷唐王之意。《樂府詩集》僅張籍有此題，列入〈新樂府辭六・樂府雜題六〉。

　唐代其他作者：薛奇童有〈楚宮詞〉。

　一八、促促詞（七言古詩）

　此言夫婦二人長期分離兩地，努力於農事，但繳完租稅，仍生活窘迫，有諷賦稅繁重之意。此題《樂府詩集》列入〈新樂府辭二・樂府雜題二〉。

　唐代其他作者：李益、王建，亦有同題之作。

　一九、思遠人（五言律詩）

　此寫征婦思念久戍不歸的丈夫。此題《樂府詩集》列入〈新樂府辭四・樂府雜題四〉。

　唐代其他作者：王建亦有同題之作。

　二〇、涼州詞（三首，七言絕句）

　藉邊城的荒涼蕭瑟，慨言國運日下的哀時傷世之作。此題之前有〈涼州歌〉。《樂府詩集》卷第七十九引《樂苑》曰：「〈涼州〉，宮調曲。開元中，西涼府都督郭知運進。」此題《樂府詩集》列入〈近代曲辭一〉。

　唐代其他作者：耿湋、薛逢，亦有同題之作。

　二一、宮詞（二首，七言絕句）

　此寫宮廷生活之奢靡。《樂府詩集》未收此題。

　唐代其他作者：王建有〈宮詞〉（始以〈宮詞〉為題）。

　二二、倡女詞（七言絕句）

　此寫倡女之慵懶閒散。《樂府詩集》未收此題。

　二三、離宮怨（七言絕句）

　述楚妃嬪身處離宮之落沒。《樂府詩集》未收此題。

二四、成都曲（七言絕句）

寫成都的風物人情與繁華景象，隱見樂而忘歸之意。《樂府詩集》未收此題。

二五、寒塘曲（七言絕句）

述水上生活之情境。《樂府詩集》未收此題。

二六、春別曲（七言絕句）

此寫長江春景，敘別離之情思。《樂府詩集》未收此題。

二七、廢宅行（七言古詩）

此寫吐蕃突襲唐京畿，市民為避亂逃離家園，村落荒涼、屋宇空廢的悲涼情景。《樂府詩集》未收此題。

二八、塞上（下）曲（七言古詩）

《樂府詩集》卷第二十一〈橫吹曲辭一‧漢橫吹曲一〉曰：「《晉書‧樂志》曰：『〈出塞〉、〈入塞〉曲，李延年造。』……唐又有〈塞上〉、〈塞下〉曲，蓋出於此。」樂府古題〈出塞〉、〈入塞〉曲，皆以邊塞為題材，〈塞上〉、〈塞下〉曲出於此，亦寫邊塞也。此詩寫邊塞禦備年年，並有諷諭征戰不休之寓意。《樂府詩集》列入〈新樂府辭三‧樂府雜題三〉與〈新樂府辭四‧樂府雜題四〉，張籍此題列入〈新樂府辭三‧樂府雜題三〉。

唐代其他作者：李白、王昌齡、耿湋、司空曙、僧貫休、戎昱、王涯、周朴、張祐有〈塞上曲〉；歐陽詹、鮑溶、李昌符、周朴有〈塞上行〉；高適、王建、鮑溶、李端、曹松、鄭遨、譚用之、姚合、張喬、周朴、秦韜玉、戴師顏、江為、杜荀鶴有〈塞上〉；李白、郭元振、王昌齡、馬戴、于濆、陶翰、李益、僧貫休、盧綸、僧皎然、李賀、劉駕、王涯、令狐楚、張仲素、戎昱、丁稜、郎士元、許渾、周朴、張祐有〈塞下曲〉；李宣遠、沈彬有〈塞下〉；胡曾有〈交河塞下曲〉。

二九、江村行（七言古詩）

此寫江南水鄉農民之勞動與生活情況。《樂府詩集》未收此題。

三○、**湘江曲**（七言古詩）

此詩融情於景，寫旅人送別之惆悵迷惘心情。《樂府詩集》僅張籍有此題，列入〈新樂府辭六・樂府雜題六〉。

三一、**樵客吟**（七言古詩）

此寫樵夫採樵之所有情狀與艱苦。《樂府詩集》未收此題。

三二、**泗水行**（七言古詩）

此寫水上江邊的熱鬧景象。《樂府詩集》未收此題。

三三、**雲童行**（七言古詩）

此言久旱不雨，人民盼雨的焦慮心情。《樂府詩集》未收此題。

三四、**長塘湖**（七言古詩）

此藉湖水之混濁，難辨魚龍，以喻人才於亂世中被埋沒。《樂府詩集》未收此題。

三五、**雀飛多**（七言古詩）

此規勸雀鳥不要飛得太高，以免自投羅網，意在誡人要安身樂命，知足常樂。《樂府詩集》僅張籍有此題，列入〈新樂府辭六・樂府雜題六〉。

三六、**寄菖蒲**（七言古詩）

此藉食菖蒲能長生不老，以諷求仙之意。《樂府詩集》未收此題。

三七、**山頭鹿**（七言古詩）

寫農民在苛重賦稅壓榨下的慘重苦難，諷唐室賦稅之重。《樂府詩集》僅張籍有此題，列入〈新樂府辭六・樂府雜題六〉。

三八、**憶遠曲**（五言古詩）

懷念遠離的親友。此題《樂府詩集》列入〈新樂府辭四・樂府雜題四〉。

唐代其他作者：元稹。

三九、**春堤曲**（七言古詩）

此寫遊於春光籠罩下湖堤邊之情景。《樂府詩集》未收此題。

四○、**湖南曲**（五言古詩）

藉瀟湘之景，寫夫妻別離之情。《樂府詩集》未收此題。

四一、**春水曲**（五言古詩）

寫少年牧鴨的生活情境。《樂府詩集》未收此題。

四二、**廢瑟詞**（七言古詩）

此藉古瑟之被廢棄，慨嘆正聲之不傳，古樂之不行。《樂府詩集》未收此題。

四三、**洛陽行**（七言古詩）

此詩敘寫在唐室遷都長安後，東都洛陽之荒涼冷落景象。《樂府詩集》僅張籍有此題，列入〈新樂府辭四·樂府雜題四〉。

四四、**懷別**（五言古詩）

此寫離愁別緒，盼能形影相隨之意。《樂府詩集》未收此題。

四五、**離婦**（五言古詩）

寫婦女因無子而被迫離異之不公平的社會現象。《樂府詩集》未收此題。

四六、**新桃**（五言古詩）

此借桃樹之生長，寫為學做人，應時時砥礪精進，方不致半途而廢。《樂府詩集》未收此題。

四七、**惜花**（卷七，五言古詩）

寫花落花飛與累累結實之自然規律的豁達心態。《樂府詩集》未收此題。

四八、**董公**（五言古詩）

頌揚董公德政，欲為群臣樹立楷模。《樂府詩集》未收此題。

四九、**學仙**（五言古詩）

此言學仙之虛誕欺人，諷刺當時社會上下沈迷於學仙煉道之愚昧

風氣。《樂府詩集》未收此題。

從以上之察考得知，張籍樂府詩之體式有採五言古詩者、七言古詩者、五言律詩者、七言絕句的形式爲之。其中以七言古詩爲最多，皆收入《張籍詩集》卷一與卷七。屬於「古題古意」者共有三十三首，「古題新意」者共有五首，「新題新意」者則高達五十二首。從這裏可以看出，張籍既遵循古樂府之傳統，又兼備新樂府「緣事而發」之創作精神。不論古題或新題，其在詩題之選用上，均與所欲表現之題材性質相關，且大多具備諷諭之意。

第二節　張籍樂府詩之前承

張籍的樂府詩不論古題與新題，其內容都是「爲時而著」、「爲事而作」，反映現實生活的寫實作品。在白居易、元積所倡導的新樂府運動，並不單純只是新題樂府運動而已。此一運動雖然是以寫新題樂府開始的，但參加運動的詩人並不排斥能夠「爲事而作」、「諷興當時之事」的古題樂府，認爲「寓意古題」也可以「刺美見事」，因此張籍的許多古樂府應當看作是新樂府運動的成就。其新樂府樂府詩的精神在「繼承詩經的六義，上接建安風骨的寫實諷諭詩，到初唐陳子昂的『漢魏風骨』，杜甫的『即事名篇』社會性寫實詩」。〔註2〕其藝術創作上，則緊承漢樂府「感於哀樂，緣事而發」的傳統，語言以樸實美取勝，簡練爽利，少議論說教。〔註3〕其文辭的創作，則多承襲《詩經》與《楚辭》以及漢魏以來的詩賦。〔註4〕

新樂府詩人是強調「風雅比興」的，對於《詩經》之「六藝」，在內容上，重「風雅」，不言「頌」，因爲當時實在沒有什麼值得歌頌的，

〔註2〕 邱燮友〈樂府詩的特性及其源流〉，《幼獅月刊》第四十七卷，第六期，頁26。

〔註3〕 但是在我們讀過張籍的樂府詩之後，可以發現他的樂府詩有些已經漸漸的失去敘事性，有些甚至以「行」、「曲」爲題，但內容卻爲抒情寫懷，無復樂府本色。

〔註4〕 此從本論文第五章第二節「用典」中可以得知。

轉而重諷諭。「風」者諷也；「雅」中又多「刺」。重「風雅」和強調「下以風刺上」是一致的。在寫作手法上，重「比興」，少言「賦」，認爲「直言」不好，應當要有「興寄」。也就是說諷要通過「興」與「比」。張籍樂府詩如〈山頭鹿〉，即以「山頭鹿，雙角芟芟尾促促」(《張籍詩集》卷七)起興，寫農民在唐室苛重賦稅壓榨下的慘重苦難。又如〈春水曲〉，以鴨起興，描繪一對少年蕩舟於春江之上的歡樂情景。在歷代詩論資料中，也有言及張籍樂府詩之前承者，例如明・楊慎《升庵詩話》卷十一云：「張文昌〈白鼉行〉，有漢魏歌謠之風。〈長干行〉，有〈國風・河廣〉之意。」〔註5〕又如明・胡震亨《唐音癸籤》引陳繹曾語云：「張籍祖〈國風〉，宗漢樂府，思難辭易。」〔註6〕明・周履靖在《騷壇秘語》卷中亦引此說，稱張籍樂府詩的前承爲《詩經・國風》與漢魏樂府。又如明・周敬、周珽《唐詩選詠會通評林》亦云：

> 唐汝詢曰：文昌樂府，就事直賦，意盡而止，絕不於題外立論。如〈野老〉之哀農，〈別離〉之感戍，〈泗水〉之趨利，〈樵客〉之崇實，〈雀飛〉之避禍，〈烏棲〉之微諷，〈短歌〉之憂生，各有一段微旨可想，語不奧古，實是漢魏樂府正裔。〔註7〕

此一段資料也稱張籍的樂府詩是「漢魏樂府正裔」。同書又據〈成都曲〉、〈春別曲〉等詩，稱張籍的樂府詩「逼眞齊梁樂府」，其云：「唐人樂府詞，文昌可稱獨步。〈成都曲〉、〈春別曲〉……俱跌蕩風逸，逼眞齊梁樂府，中透徹之禪，非有相皈依之可到。」〔註8〕再如清・管世銘《讀雪山房唐詩序例・七古凡例》云：

〔註5〕 明・楊慎撰、王仲鏞箋證《升庵詩話箋證》卷十一，上海，上海古籍出版社，1987 年 12 月一版一刷，頁 363

〔註6〕 明・胡震亨《唐音癸籤》卷九，上海，上海古籍出版社，1984 年 8月一版二刷，頁 87。

〔註7〕 明・周敬、周珽《唐詩選詠會通評林》此條，轉引自陳伯海主編《唐詩彙評・張籍》中冊，杭州，浙江教育出版社，1995 年 5 月一版一刷，頁 1896。

〔註8〕 同前註，頁 1919。

樂府古詞，陳陳相因，易於取厭。張文昌、王仲初創爲新
制，文今意古，言淺諷深，頗合《三百篇》興、觀、群、
怨之旨。至張、王尚有古音，……。〔註9〕

張籍、王建的樂府詩雖然創爲新制，但合乎《詩經》興、觀、群、怨
之旨。再如清・李懷民《重訂中晚唐詩主客圖》云：「水部五言，體
清韻遠，意古神閑，與樂府詞相爲表裏，得風騷之遺。」〔註10〕此稱
張詩有《楚辭》與《詩經》之遺風。又清・郎廷槐編《師友詩傳錄》，
有一則記載王士禎論唐以來樂府詩之流變，云：

故樂府者，繼《三百篇》而起者也。唐人惟韓之〈琴操〉，
最爲高古。李之〈遠別離〉、〈蜀道難〉、〈烏夜啼〉，杜之〈新
婚〉、〈無家〉諸別，〈石壕〉、〈新安〉諸吏，〈哀江頭〉、〈兵
車行〉諸篇，皆樂府之變也。降而元、白、張、王，變極
矣。〔註11〕

王氏肯定唐代李、杜、元、白、張、王諸家其寫作之樂府詩，都有發
展變化和創新，故能成就卓越。王氏接著又云：「則樂府寧爲其變，
而不可以字句比擬也亦明矣。」〔註12〕唐代的樂府在其發展變化中，
而與以往的樂府其一相異之處，在於古題與新題樂府兩者雖然略有不
同，但實際都是徒具「樂府」之名，爲不能唱的「徒詩」。宋・王灼
《碧雞漫志》卷第一「歌詞之變」條云：

唐中葉雖有古樂府，而播在聲律，則尟矣。士大夫作者，
不過以詩一體自名耳。〔註13〕

〔註9〕 清・管世銘《讀雪山房唐詩序例・七古凡例》，收入郭紹虞編選、富
壽蓀校點《清詩話續編》中冊，臺北，木鐸出版社，1983 年 12 月初
版，頁 1549。

〔註10〕 清・李懷民《重訂中晚唐詩主客圖》，轉引自陳伯海主編《唐詩論評
類編・張籍》，濟南，山東教育出版社，1993 年 1 月一版一刷，頁
1234。

〔註11〕 清・郎廷槐編《師友詩傳錄》，收入丁福保輯《清詩話》上冊，臺北，
西南書局有限公司，1979 年 11 月初版，頁 107～108。

〔註12〕 同前註。

〔註13〕 宋・王灼《碧雞漫志》卷第一，收入唐圭璋編《詞話叢編》，北京，
中華書局，1993 年 12 月一版三刷，頁 74。

由上可知：第一、唐代的古樂府詩，已與音樂脫節，合樂可唱者極少。
第二、文人的寫作心態，也未曾考慮音樂的因素。〔註14〕近人商偉在〈論
唐代的古題樂府〉一文中，對古題樂府的音樂性有進一步的說明：「唐
代的古題樂府雖然基本上不再依聲作辭，但是音樂性已經轉化爲詩歌語
言的內在素質，歌辭的風格和寫法形成了普遍的傳統。它的淺近流暢、
聲情搖曳的歌一般的語言以及不斷換韻的跳躍性的寫法，都有別于古詩
的傳統。」〔註15〕文人對古樂府如此，對新樂府也就可想而知了。在明·
胡震亨《唐音癸籤》卷十五「唐人樂府不盡譜樂」條亦云：

> 古人詩即是樂。其後詩自詩，樂府自樂府。又其後樂府是
> 詩，樂曲方是樂府。詩即是樂，三百篇是也。詩自詩，樂
> 府自樂府，謂如漢人詩，同一五言，而「行行重行行」爲
> 詩，「青青河畔草」則爲樂府者是也。樂府是詩，樂曲方是
> 樂府者，如六朝而後，諸家擬作樂府鐃歌朱鷺、艾如張、
> 橫吹隴頭、出塞等，只是詩；而吳聲子夜等曲方入樂，方
> 爲樂府者是也。至唐人始則摘取詩句譜樂，既則排比聲譜
> 填詞。其入樂之辭，截然與詩兩途。〔註16〕

胡氏此段文字，說明了樂府與音樂關係的變化，導致樂府以歌辭與詩
之分離演變的情形。胡氏接著又云：

> 而樂府古題，作者以其唱和重複沿襲可厭，於是又改六朝擬
> 題之舊，別拗時事新題，杜甫始之，元、白繼之。……各自
> 命篇名，以寓其諷刺之指，於朝政民風，多所關切，言者不
> 爲罪，而聞者可以戒。……即未嘗譜之於樂，……。〔註17〕

是知繼樂府古題而起的時事新題，更與音樂脫離，以諷刺朝政民風爲
能事。可見樂府與詩之混淆，或者說詩循樂府的途徑發展，已經漸成

〔註14〕 參見金銀雅《盛唐樂府詩研究》，國立政治大學博士論文，1990 年 6
　　　　月，頁 212。
〔註15〕 商偉〈論唐代的古題樂府〉，《文學遺產》，1987 年第二期，頁 46。
〔註16〕 明·胡震亨《唐音癸籤》卷十五，上海，上海古籍出版社，1984 年
　　　　8 月一版二刷，頁 174。
〔註17〕 同前註。

一個趨勢了。清・沈德潛在〈唐詩別裁集凡例〉中也說：「唐人達樂者已少，其樂府題，不過借古人體制，寫自己胸臆耳，未必盡可被之管絃也。故雜錄于各體中，不另標樂府名目。」〔註18〕

元稹、白居易所倡導的新樂府運動，認爲最理想的樂府詩應當是從內容到形式都是嶄新的，也就是不必「沿襲古題，唱和重復」，而應該像杜甫寫新樂府那樣，借鑒漢魏晉古樂府「即事名篇，無復依傍」〔註19〕的傳統，以新題寫時事。張籍對樂府詩的創作也有相同的認知，其近學杜甫，並且繼承他社會寫實的優良傳統，在杜甫和新樂府運動之間，進行創作實踐，而成爲新樂府運動的先驅與中堅，可說是杜甫社會文學的直接繼承人。唐・馮贄《雲仙雜記》云：「張籍取杜甫詩一帙，焚取灰燼，副以膏蜜，頻飲之，曰：『令吾肝腸從此改易。』」〔註20〕雖然《四庫總目》謂此書爲王銍所僞託，又此一段故事的眞實性令人懷疑，但有一點我們可以肯定的是張籍對杜甫的欽佩，與對杜詩的愛好，是極其可信的。從張籍許多樂府詩的創作中，我們可以看出他的寫作手法可說是與杜甫完全一致的。明・徐獻忠《唐詩品》則稱讚張籍能繼承杜甫之美，其云：

> 水部長于樂府古辭，能以冷語發其含意，一唱三歎，使人不忍釋手。張舍人序其能繼李、杜之美，予謂李、杜渾雄過之，而水部淒惋最勝，雖多出瘦語，而俊拔獨擅，貞元以後，一人而已。〔註21〕

將張籍提高至與李、杜並論，給予極高的評價，稱之「俊拔獨擅，貞元以後，一人而已」。此一論述，對於後世鑑賞張籍的樂府詩，有一

〔註18〕清・沈德潛〈唐詩別裁集凡例〉，《唐詩別裁集》，上海，上海古籍出版社，1992 年 7 月一版四刷，頁 4。

〔註19〕唐・元稹〈樂府古題序〉，《元稹集》卷第二十三，臺北，漢京文化事業有限公司，1983 年 10 月，頁 254～255。

〔註20〕唐・馮贄撰《雲仙雜記》，收入王汝濤編校《全唐小說》第四卷，濟南，山東文藝出版社，1993 年 3 月，頁 3245。

〔註21〕明・徐獻忠《唐詩品》，轉引自陳伯海主編《唐詩論評類編・張籍》，濟南，山東教育出版社，1993 年 1 月一版一刷，頁 1231～1232。

定的助益。

　　茲將張籍樂府詩其內容範圍和表現方式與漢魏樂府類似之處論述如下：〔註22〕

　　一、一部分新題因從古題派生，內容和風格自然近似古樂府。例如：〈思遠人〉，其義同〈從軍行〉一類古樂府；〈寄衣曲〉與古樂府〈擣衣曲〉、〈送衣曲〉同為擣素裁衣，緘封送遠之作；〈北邙行〉，其義同〈梁甫吟〉、〈泰山吟〉、〈蒿里行〉一類古樂府；〈涼州詞〉，從〈涼州歌〉一類古題衍生；〈塞上曲〉，出於〈出塞〉、〈入塞〉一類古題樂府。

　　二、漢魏樂府中不少反映社會問題的詩篇，是根據「觀風俗，知得失」的目的采集的；張籍新題樂府詩也有一些作品能在反映風俗民情的同時，體現諷興時事的意義。例如：〈征婦怨〉、〈永嘉行〉寫征戰之苦，嫠婦之哀；〈廢宅行〉，寫吐蕃入侵時的悲涼情景；〈寄衣曲〉寫征婦擣素裁衣，緘封送遠之作；〈將軍行〉寫將軍急欲征胡立功；〈塞上曲〉寫邊塞禦備年年，諷諭征戰不休。這類詩多寫戰爭帶給人民的苦難，使詩歌具有諷興時弊的含義。〈野老歌〉藉山農與官府、商人之雙重對比，揭露朝廷的橫征暴斂，反映出社會極度貧富不均之景況；〈促促詞〉、〈山頭鹿〉寫農民在苛重賦稅壓榨下的慘重苦難，諷賦稅繁重；〈江村行〉寫江南水鄉農民之勞動與生活情況；〈樵客吟〉寫樵夫採樵之所有情狀與艱苦。這類詩多寫農家之艱苦生活，而寄諷諭之意。另外，如〈牧童詞〉寫牧童的生活，反映人民懼怕官府的特殊心態。〈吳宮怨〉、〈楚宮行〉、〈宮詞〉、〈離宮怨〉、〈洛陽行〉等都從不同的角度取材，寫君王驕奢淫逸的生活，並造成妃嬪之痛苦和憤怨，寄諷諭之意。〈學仙〉、〈求仙行〉、〈寄菖蒲〉，皆諷當時社會學仙、求仙之風氣。由於觀風有刺也有美，張籍樂府詩中也有像漢樂府〈雁門太守行〉一樣頌美地方官之作，如〈董公〉詩，頌揚董公德政，欲

―――――――――――――

〔註22〕此處所述之標題，擬自葛曉音〈新樂府的緣起和界定〉，《中國社會科學》，1995年第三期，頁167～172。

爲群臣樹立楷模，是一首自覺模仿漢樂府的新樂府詩。

三、漢樂府中有相當一部分作品旨在總結人生經驗，說明生活道理，對於生死、貧富、盛衰等具有普遍意義的社會人事問題抒發感嘆，帶有教訓告誡的意味。在張籍樂府詩中也有此類之作。例如：〈雀飛多〉規勸雀鳥不要飛得太高，以免自投羅網，意在誡人要安身樂命，知足常樂；又如〈朱鷺曲〉勸人與其富貴名利纏身，不如自由自在地寄寓江湖。像這樣借鳥獸譬諭人生經驗的表現方式，當是受漢樂府〈枯魚過河泣〉一類寓言詩的啓發。〈新桃〉一詩，寫爲學做人，應時時砥礪精進，方不致半途而廢。〈惜花〉寫花落花飛與累累結實之自然規律的豁達心態。〈北邙行〉述對人死後之送葬與感觸，並對熱衷追逐仕宦與名利者引發警戒作用。這是漢樂府古詩中最常見的感嘆之作。〈各東西〉以遊子出門作爲起興，插入諺語式的比喻，寫人生終須離別：「浮雲上天雨墮地，暫時會合終離異。我今與子非一身，安得死生不相棄。」（《張籍詩集》卷一）頗有看透人生歸宿的意味。

四、張籍新題樂府中有一部分作品，在取題和題目的傳承性方面也與古樂府有近似之處。古樂府中有許多二字或三字（間有四字、五字）的沒有歌辭字樣的題目，〔註23〕例如漢〈饒歌〉十八首，全爲二字或三字題，其題目有的取自詩篇首句，有的則是概括篇意。在張籍樂府詩中，類此命名者，如〈各東西〉、〈思遠人〉、〈長塘湖〉、〈雀飛多〉、〈寄菖蒲〉、〈山頭鹿〉、〈懷別〉、〈離婦〉、〈新桃〉、〈惜花〉、〈董公〉、〈學仙〉等題目，也是有的取自詩篇首句，有的是概括篇意，從漢樂府的取題方式借鑒而來。

五、張籍新樂府詩中，有一部分題目與古樂府相同，有擬作、仿作和一題多人共作，從而形成了題目的傳承性。例如：〈寄遠曲〉、〈北邙行〉、〈思遠人〉、〈宮詞〉，王建皆有同題之作；〈促促詞〉，李益、王建，有同題之作；〈憶遠曲〉，元稹有同題之作；〈楚宮行〉，薛奇童

〔註23〕古樂府中歌辭性的題目，即以「歌」、「篇」、「行」、「曲」、「詞」之類命名者。

有〈楚宮詞〉;〈牧童詞〉,儲光羲、李涉,有同題之作;〈征婦怨〉,
孟郊有同題之作;〈求仙行〉,孟郊有〈求仙曲〉;〈羈旅行〉,孟郊有
〈長安羈旅行〉;〈吳宮怨〉,衛萬有同題之作;〈將軍行〉,劉希夷有
同題之作;〈涼州詞〉,耿湋、薛逢,有同題之作;〈塞上曲〉此題其
擬作和同題共作者人數則更多。

　　六、漢樂府善於選擇生活中典型的場景片斷來反映某一類社會現
象。在張籍許多新題樂府中也繼承此一特點,其多以具體事件出發,
雖然不一定都有生活片斷的描寫,但都是以一首詩概括一類社會現
象,例如:〈征婦怨〉、〈野老歌〉、〈永嘉行〉、〈廢宅行〉、〈江村行〉、
〈樵客吟〉等詩皆是。

　　綜上可知,雖說張籍近學杜甫,然而杜氏又是借鑒漢魏古樂府的
傳統,倒不如說張籍實承漢魏古樂府的傳統。又從白居易以「風雅比
興」、「鋪陳六義」的角度推崇張籍的古樂府可知,白氏稱其為古樂府,
是指他看到了張籍主要是學古的傾向。在張籍的樂府詩中,其反映的
生活層面非常廣泛,涉及了當時社會的政治、經濟、軍事、文化等各
方面的問題。社會上各階層的人物,都被融入其詩作中,可以說《詩
經》的精神與漢代樂府民歌以來的社會寫實傳統,在張籍樂府詩中得
到充分的繼承。

第三節　張籍樂府詩之思想內涵

　　張籍沒有論詩論文之專著,在詩歌創作上,也沒有提出明確的創
作理論,但是從他的為人及詩作中,我們可以知道他的文學主張,是
與白居易相合的。他的詩歌是社會結構和人民生活的表現,以揭發社
會黑暗,諷諭腐敗政治,反映民生疾苦為要務,其思想以儒家為宗。
白居易在〈讀張籍古樂府〉一詩中,即言張籍的樂府詩,可以描寫生
民之病,讓天子得知,可以諷放佚之君,誨貪暴之臣,能夠「盡歡怨
之聲,上感于上,下化于下」(〈系樂府十二首序〉,《元次山集》卷二),

也就是說詩歌可用來指陳政治得失的。除此之外，又稱張籍的樂府詩，尚能感化悍婦，勸導薄夫，達到救世勸俗的目的。從白居易這首詩可知，張籍樂府詩的創作正符合「文章合為時而著，歌詩合為事而作」(〈與元九書〉，《白居易集箋校》卷第四十五)；「為君、為臣、為民、為物、為事而作」的創作主張，認為文學不可離開現實。同時張籍還積極參加新樂府運動，發揮詩歌對君主的規諷或美刺的作用，以達到「補察時政，洩導人情」(同前)，匡救時弊，救世勸俗的目的。由於張籍接觸過社會底層的生活，同情勞苦百姓，與身處於不穩定的政治社會環境之下，使得「事物牽於外，情理動於內，隨感遇而形於歎詠」(同前)，讓張籍寫出許多社會寫實的詩篇。

在張籍的樂府詩中，不論是抨擊為害人民的貪官，還是蒙蔽君主的奸佞，鋒芒皆「臣為君諱」，避免直斥君王。例如在〈永嘉行〉中，避言君王之昏瞶，著眼於質問「九州諸侯自顧土，無人領兵來護主。」又如在〈董逃行〉中，洛陽叛軍固當指責，然玄宗之荒淫誤國豈無罪愆！再如「諷上」的詩篇，如〈吳宮怨〉、〈楚宮行〉，也都運用「引古刺今」的表現手法。新樂府是強調「其言直而切」的，但涉及到對君王的諷諫，「切」則仍切，遇「直」則隱。

白居易曾云：「啓奏之外，有可以救濟人病，裨補時闕，而難以指言者，輒詠歌之。」(〈與元九書〉)其所「刺美」者，有「難以指言」而隱寓其人，帝王自不能例外，然而我們實無需苛求被儒家思想影響深厚的張籍。所以在研究張籍的樂府詩時，我們必須看到其中所存在的儒家傳統君臣關係之局限。

張籍居韓門弟子，深受韓愈引介之恩，在生活上與韓愈的關係極為密切，韓愈「言之有物」的寫作態度，對他不無影響。並且他在〈上韓昌黎書〉與〈上韓昌黎第二書〉中，強調了文章的教化作用，希望韓愈擔當起「使聖人之道復見於唐」(〈上韓昌黎書〉)的任務。可知他的思想雖然沒有超出儒家的思想範圍，但他強調詩歌的社會作用，繼承儒家積極、言志、寫實的文學傳統，寫出不少社會寫實詩篇，發

揮對社會深切的關懷，以達到教化社會的功能。此對於扭轉大歷詩人
以詩歌純粹抒發個人情感，忽視現實的傾向，有著重要的意義。他反
對消極的批評，主張積極的創造。又說：「君子發言舉足，不遠於理，
未嘗聞以駁雜無實之說爲戲也。」（〈上韓昌黎第二書〉）可見他對文
學的態度是十分嚴肅的，反對吟風弄月與無病神吟之作。

　　張籍以儒家經世濟民之志自命，亟思「窮則獨善其身，達則兼善
天下」，然終生屈居下僚，志不得伸，加之以國家政經凋蔽，民不潦
生，使之進不得經綸世局，退無以俯仰江湖，故於其詩文中不僅不忘
兼善天下，亦不辭獨善其身。張籍意欲「學而優則仕」，以實現經世
濟民的抱負，然而卻窮困終生，不被賞識。因此，他在思想上始終交
織著「兼善」與「獨善」的矛盾，所以於其詩中，反映出一展抱負與
充滿信心的樂觀向上精神，也流露出不受重用，懷才不遇的思想。